Amanda Frost

Vom Tod geliebt

W0332024

Buch:

Was könnte eine erfolgreiche Fantasy-Autorin mehr begeistern als ein Zusammentreffen mit einem Wesen der Unterwelt? Natürlich nichts! So ist Olivia hin und weg, als sie den smarten Alexander kennenlernt, der von sich selbst behauptet, der Tod persönlich zu sein. Als sie jedoch herausfindet, dass er sie belogen hat, bricht für sie eine Welt zusammen. Was sie allerdings nicht weiß: Die einzige Chance, Alexanders Leben zu retten, ist ihre Liebe!

Ist der Tod das Ende oder erst der Anfang?

Packende Fantasy, prickelnde Erotik und eine Liebe, die den Tod besiegen will!

Die neue Serie von Amanda Frost!

Autorin:

Im April 2013 erfüllte Amanda Frost sich mit der Veröffentlichung ihres ersten Buches einen lang gehegten Traum. Sie startete die erfolgreiche Siria-Trilogie, die es prompt in die Kindle Top 100 schaffte.

Zuvor war Amanda viele Jahre international im Marketing und der Logistik großer Unternehmen tätig und lebte lange in der Schweiz, bevor es sie nach München zog. Wenn Amanda nicht gerade Geschichten erfindet, verschlingt sie Bücher oder macht die bayerische Landeshauptstadt unsicher. Als Tochter eines Rennfahrers liebt sie schnelle Autos und Motorräder genauso sehr wie Reisen in ferne Länder.

„Vom Tod geküsst“ erschien im November 2014 und wurde von den Lesern mit Begeisterung aufgenommen. „Vom Tod geliebt“ ist der zweite Teil der Trilogie.

Für alle, die diesen langen und aufregenden Weg mit mir gegangen sind und an mich geglaubt haben. Eure Unterstützung hat mich getragen und dieses Werk ermöglicht.

Vielen Dank

Vom

Tod

geliebt

von

Amanda Frost

Roman

Impressum

1. Auflage 2015

Copyright © 2015 Amanda Frost, München

Alle Rechte vorbehalten
Eine Kopie oder anderweitige Verwendung, auch auszugsweise, ist nur mit schriftlicher Genehmigung vonseiten der Autorin gestattet

Lektorat: Sonja Fiedler-Tresp
Umschlaggestaltung: Gerhard Höllisch studio_[works]
Umschlagfoto: © Shutterstock/VojtechVlk
PR: M. Trottnow, Blumenstr. 35, 85774 Unterföhring

E-Mail: Amanda.frost@aol.com
Homepage: http://www.amandafrost.de
Twitter: http://twitter.com/frostamanda
Facebook: http://facebook.com/amanda.frost.3150
ISBN: 978-3-00-049501-4

Prolog

Mit einem kaum wahrnehmbaren Ruckeln durchbrach der Jet die Schallmauer. Brachiale Kräfte wirkten auf Alexanders Körper ein und pressten ihn in den Schalensitz. Einem reißenden Strom gleich pumpte das Adrenalin durch seine Venen und versetzte ihn in einen Rauschzustand, ließ ihn eins werden mit dem Flugzeug und vermittelte ihm das Gefühl, selbst Flügel zu besitzen.

Die Mach 1 brachte den Steuerknüppel unter seinen Fingern zum Erbeben, während sich die Lautstärke in dem kleinen Cockpit wie dichter Nebel über Alexanders Trommelfelle legte. Für ihn die aufregendste Melodie, die er sich vorstellen konnte. Ähnlich einer Symphonie gingen die Geräusche ineinander über, wurden zu einem Ganzen. Das Pfeifen des Windes, das Vibrieren der Instrumente, das Dröhnen der Triebwerke - Hier war er in seinem Element! Es gab keinen Ort, an dem er ein größeres Glücksgefühl empfand. Er benötigte die unendliche Freiheit, die grenzenlose Weite des Himmels wie die Luft zum Atmen.

Völlig fasziniert von der Beschleunigung des ausgereiften Kampfflugzeugs leitete er eine Linkskurve ein. Der Jet reagierte auf den winzigsten Impuls und ging wie auf Schienen in die Schräglage über. Mindestens fünf G wirkten nun auf Alexanders Halsmuskulatur ein. Doch er steckte das problemlos weg - das jahrelange Training zahlte sich aus.

Schneebedeckte Berge flitzten unter ihm hindurch. Dann flutete gleißendes Sonnenlicht das Cockpit und ließ ihn blinzeln. Das Knacken des Headsets riss ihn aus seiner Trance. „Kurs 270 Grad, auf 10.000 Fuß steigen!“, lautete die Anweisung des Towers.

Er bestätigte und zog das Flugzeug nach oben. Sein Blick schweifte über den Himmel, der ihm durch das Visier seines Helms ein noch tieferes Blau vorgaukelte, als er innehatte. Wie ein gigantischer Vogel jagte der hypermoderne Euro-Fighter durch die vereinzelten Schäfchenwolken, die auseinanderzuplatzen schienen. Die Faszination des Fliegens war allgegenwärtig.

Plötzlich registrierte Alexander aus dem Augenwinkel heraus einen Schatten, der in einem Höllentempo auf ihn zuschoss. Eigentlich ein Ding der Unmöglichkeit. Er befand sich auf einem streng überwachten Übungsflug, und den vorgeschriebenen Sicherheitsabstand zu Hindernissen oder größeren Wolkenformationen hatte er eingehalten.

Seine geschulten Sinne reagierten, noch bevor sein Gehirn die vernunftwidrigen Gegebenheiten erfassen konnte. Mit einem gewagten Manöver riss er die Maschine zur Seite.

Doch zu spät: Ein gewaltiger Schlag ließ den Jet erbeben, gefolgt von einem metallischen Knirschen. Die Instrumententafel blinkte wie eine Lichtorgel, während ein schrilles Warnsignal Alexanders Gehörgänge malträtierte. Wie ein bockiges Pferd ruckte der Eurofighter hin und her, bevor er ins Trudeln kam und kopfüber in die Tiefe stürzte.

Alexander stockte für den Bruchteil einer Sekunde der Atem. Dann beschleunigte sich sein Herzschlag, nahm rasend schnell Fahrt auf, bis er seinen Brustkorb zu sprengen schien. Die Umgebung verschwamm vor seinen Augen. Mit aller Macht kämpfte er gegen die aufsteigende Panik an. Wenn er überleben wollte, war Angst das Letzte, was er jetzt gebrauchen konnte. Er atmete tief durch und unternahm alles Menschenmögliche, um die Maschine wieder auf Kurs zu bringen.

Ein Glück, dass er aufgrund seiner jahrelangen Erfahrung imstande war, sogar in einer solchen Extremsituation die Ruhe zu bewahren.

Doch seine Bemühungen brachten nicht den gewünschten Erfolg! Weder war er in der Lage, die Nase des Jets hochzuziehen, noch in einen kontrollierten Sinkflug überzugehen. Wie ein Magnet schien die Erdanziehungskraft das kleine Flugzeug anzulocken und machte deutlich, dass selbst die ausgereifteste Technologie nicht das Maß aller Dinge war. Zwar müsste er einzig und allein den Schleudersitz betätigen, doch dieses Wunderwerk der Technik kampflos in einen gigantischen Schrotthaufen zu verwandeln, fiel ihm schwer.

Gerade versuchte er, mithilfe der Höhenruder dem Strömungsabriss entgegenzuwirken, als die Druckwelle einer Explosion den Jet erschütterte. Wie ein Tennisball wurde der Eurofighter durch die Luft gewirbelt, schlug mehrere Saltos und schleuderte Alexander in seinem Sitz herum, bis er völlig die Orientierung verlor. Voller Verzweiflung klammerte er sich am Steuerhebel fest. Todesangst brach über in herein wie ein heftiger Monsunregen.

Das war's!, schoss es ihm durch den Kopf. *Game over!* In Sekundenschnelle würde er in Flammen aufgehen.

Wie aus weiter Ferne vernahm er in diesem Augenblick eine zweite Detonation, die ihn die kurzzeitige Lähmung überwinden ließ. Einige Hundert Meter von ihm entfernt erblickte er einen glühenden Feuerball, der sich in einen Bergkamm fraß. Verwirrung stieg in Alexander auf. Hatte die Explosion seinen Jet etwa gar nicht in Mitleidenschaft gezogen? War sein Flugzeug mit einem anderen Flieger kollidiert, für den jetzt jede Rettung zu spät kam?

Erneut startete er den Versuch, seine Maschine abzufangen, kämpfte ums nackte Überleben. Doch er bekam das Flugzeug einfach nicht in den Griff. Mindestens eine Tragfläche und das Steuerruder mussten bei der Kollision beschädigt worden sein.

Wohl wissend, dass sich der Jet in wenigen Sekunden gnadenlos in den Erdboden bohren würde, tastete er letztendlich doch nach dem Schalter des Schleudersitzes und aktivierte ihn. Das Dach flog zischend zur Seite und Alexander wurde mitsamt Sitz in die Luft katapultiert. Knallend öffneten sich die Fallschirme. Zerrten ihn in der Luft hin und her, schienen ihn in Stücke zu zerfetzen. Dann ein Schlag.

Die Dunkelheit legte sich wie eine Decke über ihn.

Kapitel 1

Zwischenwelt

„Was soll das heißen, du hast nur einen erwischt?" Thanatos, Gott der Zwischenwelt, saß an dem langen Marmortisch in seinem Besprechungszimmer und nahm den grauhaarigen Mann, der soeben eingetreten war, argwöhnisch ins Visier. Mit einer Handbewegung deutete er auf einen der Stühle. „Aber setz dich doch erst einmal."

Der Mann nahm unverzüglich Platz, vermied den Augenkontakt zu Thanatos jedoch hartnäckig. „Na ja, was soll ich sagen …? Diese modernen Jets … Weißt du, sie sind so unglaublich schnell."

„Schnell?", schnitt ihm der Herrscher über Tod und Leben unwirsch das Wort ab, während er die Kapuze seiner Kutte zurechtzupfte. „Henry, du solltest die Flugzeuge vom Himmel holen, nicht mit ihnen um die Wette laufen."

Der Mann winkte verdrossen ab. „Ja ja, schon klar. Eigentlich hatte ich auch alles im Griff. Ich konnte die beiden Maschinen problemlos in eine Kollision verwickeln. Aber dann hat mir der Pilot des einen Fliegers einen gewaltigen Strich durch die Rechnung gemacht." Henry schüttelte ungläubig den Kopf. „Ich habe im Laufe der Zeit schon einige Flugzeuge abstürzen lassen, die Hindenburg nicht zu vergessen. Und die Sache mit der Titanic war schließlich auch keine Lappalie. Aber du kannst mir glauben, das heute war das Meisterhafteste, was ich jemals an Fliegerei gesehen habe."

Er seufzte theatralisch. „Dieser Kerl muss ein Ausnahmepilot sein. Er hat ein so kamikazemäßiges Manöver durchgeführt, dass sein eigener Jet sozusagen mit einem blauen Auge davonkam. Der andere Jet hingegen ist außer Kontrolle geraten und planmäßig am Berg zerschellt. Und dann hat sich dieser Pilot auch noch mit dem Schleudersitz ins Freie katapultiert." Er zuckte mit den Schultern. „Ja, und somit war mein Auftrag gescheitert."

Thanatos zog verärgert an seiner Zigarette und blies ein paar dicke Ringe in die Luft. „Na, herrlich. Wenn man nicht alles selbst macht", ätzte er. „Hast du zumindest einen Vorschlag parat, wie du das wieder gutmachen willst?" Er blickte in Richtung eines gigantischen Flachbildschirms, der an der Wand eifrig flimmerte. „Wir können den Befehl der Maschine nicht ignorieren. Die Zeit dieses Piloten ist abgelaufen. Ein weiterer Flugzeugcrash würde allerdings zu viel Aufmerksamkeit auf sich ziehen. Also musst du ihn auf weniger spektakuläre Weise beseitigen."

Der grauhaarige Mann schaute hilflos drein. „Na ja, da fällt mir nur noch eine Krankheit ein."

„Gut, aber es muss schnell gehen. Ich habe nicht die geringste Lust schon wieder vor Luzifer und Gabriel in Erklärungsnotstand zu kommen. Dazu war ich in letzter Zeit oft genug gezwungen."

Henry kratzte sich am Kopf, wobei seine Haare wirr abstanden. „Dann tendiere ich zu einem Herzinfarkt, das ist immer noch der unkomplizierteste Weg." Er warf Thanatos einen um Zustimmung heischenden Blick zu.

Dieser jedoch schüttelte vehement den Kopf. „Bei so einem jungen Mann? Nein, der Typ ist durchtrainierter als Herkules. Gesundheitlich voll auf der Höhe. Das würde die Mediziner der Erde zu sehr verwirren."

Da huschte ein Lächeln über Henrys Gesicht. „Ich hab's!", posaunte er. „In seiner Akte habe ich gelesen, dass sein Vater an Krebs gestorben ist. Also werde ich auch ihm eine aggressive Krebsform einpflanzen. Dauert dann zwar noch ein paar Wochen, ist aber völlig unauffällig. Einverstanden?“

Thanatos zögerte einen Moment. „Nun ja, nicht gerade der Tod, den man sich wünscht. Aber das kann ich Luzifer vermutlich problemlos verkaufen, ohne dass er wieder die Kompetenz meiner Fürsten infrage stellt. Mit ein wenig Glück wird er gar nichts von deinem Versagen erfahren.“ Er warf seinem Gesprächspartner einen eisigen Blick zu. „Okay, das war’s. Bring diesen Auftrag zu Ende! Und vergeige es nicht wieder!“

Gedankenverloren verfolgte Thanatos mit den Augen den Abgang seines Fürsten. Mit hängendem Kopf schlurfte dieser von dannen. Henry war einmal einer seiner besten Männer gewesen, aber in letzter Zeit versagte er immer öfter. Womöglich war es an der Zeit, ihn in seinen wohlverdienten Ruhestand im Himmel zu entlassen.

Thanatos seufzte verhalten. Er beugte sich zur Seite und packte Thor, seinen treuen Höllenhund, der wie üblich auf dem Boden vor sich hindöste. Liebevoll platzierte er den kleinen Kerl auf seinem Schoß. Als er das Tier hinter den gebogenen Hörnern kraulte, jaulte dieses glücklich auf. Hechelnd ließ es die rosa Zunge aus dem Maul hängen und kuschelte sich an ihn.

Nachdenklich zündete Thanatos sich die nächste Zigarette an. Er konnte keinen Hehl daraus machen, dass nicht nur Henry momentan andauernd Fehler unterliefen. Auch ihm selbst wuchs der Job über den Kopf.

Ob er sich ebenfalls nach einem Nachfolger umsehen sollte? Er war schließlich auch nicht mehr der Jüngste. Jetzt, wo er endlich nach so vielen Jahren wieder eine Partnerin gefunden hatte, wäre das eine Maßnahme, die ihm niemand verübeln könnte.

Aber was war nur die Ursache für die ständigen Verfehlungen der letzten Zeit? Die Menschheit verweichlichte. Zuverlässige Fürsten der Dunkelheit waren immer schwieriger zu bekommen. Kaum jemand war mehr bereit, sich nach seinem Tod dieser Herausforderung zu stellen.

Dabei war die Stellenbeschreibung denkbar einfach: Todesfürsten waren in einer Zwischenwelt angesiedelt und kamen immer dann ins Spiel, wenn das Ableben eines Menschen auf unnatürliche Art herbeigeführt werden sollte. Dann inszenierten sie Unfälle, Kriege, Attentate und Naturkatastrophen oder töteten durch ihre bloße Berührung. Danach stand die Ablieferung der Seele im Himmel oder der Hölle an.

Ende der Fahnenstange!

Ein Kinderspiel, sollte man meinen.

Dennoch musste Thanatos in letzter Zeit andauernd auf Leasingkräfte zurückgreifen, die völlig unfähig waren und häufig eine Spur der Verwüstung auf der Erde hinterließen. Die globale Stimmung war angespannt genug, er konnte keinesfalls riskieren, dass ein paar dilettantische Leiharbeiter die Aggressivität weiter schürten.

Jetzt konnte er nur hoffen, dass die Sache mit diesem Piloten reibungslos über die Bühne ging. Er hasste es, wenn die Maschine Aufträge ausspuckte, bei denen das Militär oder Politiker involviert waren. Das war immer eine heikle Angelegenheit.

Doch für heute hatte er genug. Auch ein Gott kam ab und zu an seine Grenzen. Er würde jetzt den Feierabend einläuten und sich einen schönen Abend mit seiner Katharina machen. Was sprach eigentlich dagegen, sich ein Schild mit der Aufschrift anfertigen zu lassen: *Zwischenwelt für heute geschlossen.*

Kapitel 2

Erde – zwei Wochen später

Mit einem flauen Gefühl im Magen beobachtete Alexander die herzzerreißende Zeremonie, die sich auf dem kleinen Friedhof in der Nähe von Berlin abspielte. Ein warmer Frühlingswind fegte über den Platz und ließ die Bäume geheimnisvoll flüstern. Da kurz zuvor ein Regenschauer niedergegangen war, standen Pfützen auf dem Boden. Schwer hing der Geruch von nasser Erde in der Luft. Ab und an zog eine dunkle Wolke vorbei, die die Umgebung in gedämpftes Licht tauchte und die schwarz gekleideten Trauergäste wirken ließ wie Statuten in einem Endzeitfilm.

Der Sarg, der sich langsam ins Grab absenkte, war von einer schwarz-rot-goldenen Bundesdienstflagge bedeckt. Der schwarze Adler darauf schien Alexander hämisch anzugrinsen. Auf Höhe des Kopfes des Verstorbenen war ein Fliegerhelm befestigt. Melancholische Trompetenmusik schallte über das Gelände, während die umstehenden Soldaten ehrfurchtsvoll salutierten.

Doch das war bei Weitem nicht das Schlimmste für Alexander. Wie gebannt hing sein Blick auf der großen, von Kopf bis Fuß in Schwarz gehüllten Frau, die am Grab stand. Ein paar blonde Strähnchen hatten den Weg unter ihrem Hut hervorgefunden. Ihr Gesicht ähnelte einer Maske, die Augen waren rot und geschwollen. Unablässig kullerten ihr Tränen über die Wangen. Ein kleines Mädchen zerrte an ihrer Hand, wohingegen zwei Jungs in dunklen Anzügen stocksteif neben ihr verharrten und ungläubig den Sarg in Augenschein nahmen. Einer der beiden schluchzte leise, während der andere einen eher trotzigen, verbitterten Gesichtsausdruck aufgesetzt hatte.

Als der Sarg vollends im Boden verschwunden war, sackte die Frau mit einem Schrei in sich zusammen. Sie fiel auf die Knie und wimmerte herzergreifend. Sofort waren zwei Soldaten bei ihr, halfen ihr auf und führten sie zu einer Bank, wo sie in unkontrolliertes Weinen ausbrach.

Alexander war für gewöhnlich hart im Nehmen, doch es fehlte nicht viel und er hätte sich übergeben. Es war doch ein Unterschied, ob man einem solchen Ereignis als Unbeteiligter beiwohnte ober direkt in die Begebenheiten verstrickt war. Zwar war noch nicht endgültig geklärt, ob er eine Mitschuld an der Kollision trug. Bei dem Anblick der erschütterten Frau fühlte er sich jedoch automatisch verantwortlich. Er hatte den verunglückten Piloten nur flüchtig gekannt. Dennoch flackerte bei diesem anrührenden Bild in ihm der Wunsch auf, niemals mehr ein Kampfflugzeug zu besteigen.

In Gedanken versunken verließ er bereits vor den Trauergästen den Friedhof. Er griff nach dem Helm, der an seinem Motorrad befestigt war, stülpte ihn sich über den Kopf, schloss seine Lederjacke und startete die giftgrüne Kawasaki. Mit einem brüllenden Geräusch erwachte das hochgezüchtete Motorrad zum Leben. Lässig schwang Alexander eins seiner langen Beine über die Maschine, trat den Gang rein und bretterte davon.

Keine zwei Stunden später brachte er das Gefährt auf einer hohen Klippe zum Stehen. Sein Blick glitt über den weißen flach abfallenden Sandstrand, bis hin zu der tiefblauen Ostsee. Er zog den Helm vom Kopf und platzierte ihn vor sich auf dem Tank.

Augenblicklich drang das Rauschen der Brandung an seine Ohren. Tief sog er den salzhaltigen Geruch des Meeres in die Lungen ein. Er liebte das Meer, es übte die gleiche beruhigende Wirkung auf ihn aus wie die unendlichen Weiten des Firmaments. Seine Augen wanderten gen Horizont, wo Himmel und Wasser aufeinanderzutreffen schienen. Und zum ersten Mal seit Tagen entspannte er sich ein wenig.

Alexander stellte das Motorrad auf den Seitenständer, stieg ab und marschierte auf eine Bank zu. Dort ließ er sich nieder, lehnte sich zurück und wandte sich geistesabwesend wieder dem Meer zu.

Nachdem er bei der verheerenden Flugzeugkollision wie durch ein Wunder mit einer leichten Gehirnerschütterung davongekommen war, hatte er in den letzten Tagen Unmengen psychologischer Tests über sich ergehen lassen müssen. Viele Piloten waren nach einem derartigen Erlebnis so traumatisiert, dass sie niemals mehr in der Lage waren, mit der gleichen Hingabe und Aggressivität zu fliegen wie zuvor.

Doch nicht so Alexander.

Zugegeben, die Ereignisse zehrten immer noch mächtig an seinen Nerven. Aber die Fliegerei war nun mal sein Leben, seine einzige wahre Obsession, das Motorradfahren einmal außer Acht gelassen. Und daran konnte auch ein solcher Zwischenfall nichts ändern. Nun fehlte nur noch die Freigabe vom Arzt, um ihn endlich wieder in die Lüfte zu entlassen. Doch Alexander war zuversichtlich, dass es in dieser Hinsicht keinerlei Beanstandungen geben würde. Körperlich war er auf der Höhe.

„Entschuldigen Sie, haben Sie zufälligerweise ein Handy bei sich?“, riss ihn in diesem Moment eine sanfte Stimme aus seinen Gedanken.

Er schaute auf. Genau in die großen dunklen Augen einer blonden Frau, die ein wenig beschwerlich neben ihn auf die Bank sank. Interessiert betrachtete er sie. Sie trug eine enge Jeans und ein weißes T-Shirt, das den Ansatz prächtiger Brüste freigab. Davon abgesehen, dass Blondinen normalerweise nicht in sein Beuteschema fielen, war sie verdammt sexy.

Mit einer lässigen Handbewegung schob er sich die Sonnenbrille auf das kurze schwarze Haar, während er die junge Frau weiterhin taxierte. „Natürlich. Wo brennt es denn?"

Sie atmete erleichtert auf. „Gott sei Dank. Ich benötige dringend ein Taxi. Ich bin in den Dünen umgeknickt. Jetzt schaffe ich den Rückweg leider nicht mehr zu Fuß. Und mein Handy liegt zu Hause."

„Wohnen Sie in der Nähe?"

„Nein, eigentlich in Berlin. Aber ich habe mir für ein paar Tage ein kleines Strandhaus gemietet, auf der anderen Seite der Bucht."

Alexander inspizierte kurz ihre vollen Lippen, bevor er ihr in die Augen schaute. „Alleine?"

Prompt ließ sie sich von seinem Blick gefangen nehmen. „Ja, ich brauchte unbedingt eine Auszeit." Sie schenkte ihm ein herzliches Lächeln. „Wollte mal die Seele baumeln lassen. Und ich finde, das kann man am besten am Meer."

Er nickte. „Wohl wahr."

Sie hielt seinem Blick ein paar Herzschläge lang stand, dann unterbrach sie jedoch den Augenkontakt und zupfte an einer Haarsträhne herum. „Also, was ist jetzt mit dem Handy?"

Hervorragend! Er machte sie eindeutig nervös. „Sie können es wohl kaum erwarten, mich loszuwerden?"

Überrascht schaute sie auf. „Nein, nein. Ich möchte

Ihnen nur nicht zur Last fallen."

„Das tun Sie keineswegs. Ich hatte noch nie etwas gegen die Gesellschaft einer schönen Frau einzuwenden."

Ein sanftes Lächeln zuckte um ihre Mundwinkel. „Danke schön", flüsterte sie. „Dieser Tag wird wohl doch noch besser, als vermutet. Was hat *Sie* eigentlich hierher verschlagen? Ebenfalls Urlaub?"

„Zwangsläufig. Ich bin Pilot und es gab einen kleinen Zwischenfall. Nun muss ich die Zeit überbrücken, bis ich wieder fliegen darf."

Ihre Augen leuchteten auf. „Wow! Ich habe noch nie einen Piloten persönlich kennengelernt."

Alexander unterdrückte ein siegessicheres Grinsen. Diese Karte zu spielen, funktionierte einfach immer. Er kannte kein weibliches Wesen, das nicht auf Piloten abfuhr. Frauen brachten diesen Job grundsätzlich mit Sex-Appeal, Geld und Uniformen in Verbindung. Dachten an die große weite Welt und an Männer, die bereit waren, Verantwortung zu übernehmen. Höchstwahrscheinlich hätte er das Mädchen auch ohne diesen kleinen Trumpf um den Finger wickeln können, aber so hatte er die Angelegenheit definitiv beschleunigt.

Er erhob sich. „Kommen Sie, ich bringe Sie nach Hause. Sie brauchen kein Taxi." Er blickte auf ihren Fuß. „Oder soll ich Sie lieber zu einem Arzt fahren?"

„Nein, nein. Kein Arzt. So schlimm ist es nicht." Sie begutachtete ihn neugierig von Kopf bis Fuß. Ihre Augen blieben an seiner Lederjacke hängen, dann an seiner Maschine, die ein paar Meter entfernt parkte. „Mit dem Motorrad?"

Er nickte. „Sie wirken nicht wie eine Frau, die Angst vor einer Herausforderung hat."

Sie grinste. „Gut erkannt. Dann fliegen Sie mich mal nach Hause."

„Versprochen. Ich werde Sie unbeschadet an Ihrer Hütte abliefern." Auffordernd streckte er ihr eine Hand entgegen. Bereitwillig legte sie ihre Finger in seine und ließ sich hochziehen. Leicht hinkend folgte sie ihm zu seiner Maschine. Er schlüpfte aus der Lederjacke und reichte sie ihr. „Hier, der Fahrtwind kann ganz schön ungemütlich sein."

Sie riss erstaunt die Augen auf, griff dann aber nach der Jacke und warf sie sich über. „Danke schön." Sie blickte an sich hinab. „Ein bisschen groß, aber total kuschelig." Sie atmete mit verzücktem Gesichtsausdruck tief ein. „Und sie riecht so gut, so männlich."

Er hielt ihr den Helm vor die Nase.

Erneut schaute sie ihn irritiert an. „Und Sie?"

„Machen Sie sich darüber mal keine Gedanken. Ich habe einen ziemlichen Dickschädel. Dem passiert so schnell nichts."

„Wow, Sie sind ja ein wahrer Gentleman." Mit diesen Worten setzte sie sich den Helm auf.

Alexander stieg derweil auf das Motorrad und startete es. Die junge Frau kletterte prompt hinter ihn und schlang die Arme fest um seine Taille. Anscheinend hatte der liebe Gott heute ausnahmsweise einmal ein Einsehen mit ihm. Das Mädchen war genau das, was er jetzt brauchte, um vollständig abschalten zu können.

Sie dirigierte ihn zu einem in grellem Blau gestrichenen Strandhaus mit direktem Meerblick, vor dem er die Kawasaki zum Stillstand brachte. Als seine Begleiterin abstieg und vorsichtig auftrat, verzog sie schmerzverzerrt das Gesicht und kam ins Wanken.

Geistesgegenwärtig fing Alexander sie auf und hielt sie fest. Sie stützte sich mit den Handflächen an seiner

Brust ab, machte aber keinerlei Anstalten, sich aus der Umarmung zu lösen. Als sie aufblickte, brannte ein dunkles Verlangen in ihren Pupillen.

„Darf ich dich auf einen Kaffee einladen?“, hauchte sie.

Er schmunzelte. „Du und ich, wir wissen beide, dass es nicht beim Kaffee bleiben wird, richtig?“

Sie strich ihm mit einem Finger spielerisch über die harten Konturen seiner Brustmuskulatur. „Das will ich doch hoffen.“

Voller Überraschung quiekte sie auf, als er sie auf die Arme hob und ins Haus trug. „Weißt du was? Du bist eine Frau ganz nach meinem Geschmack.“

„Wie heißt du eigentlich?“, wollte sie noch wissen, dann fiel die Haustür hinter ihnen ins Schloss.

Erschrocken schoss Alexander hoch. Dunkelheit umgab ihn. Er tastete nach dem Lichtschalter, stieß jedoch mit der Hand gegen etwas Hartes. Wo war er? Das war keineswegs das lederbezogene Kopfteil seines Bettes.

Verwirrt sank er in die Kissen zurück. Wie so oft in den letzten Tagen hatte ihn dieser Albtraum heimgesucht. Aus dem er grundsätzlich erst erwachte, wenn sein Jet mit einer ohrenbetäubenden Explosion am Boden zerschellte. Sein Unterbewusstsein machte ihm immer wieder schonungslos klar, dass auch ein erprobter Kampfpilot nur ein Mensch war und keine gewissenlose Maschine.

Neben ihm bewegte sich etwas. Schlagartig meldete sich die Erinnerung zurück. Das Strandhaus in den Dünen! Die süße Blondine! Ein paar ziemlich heiße Nummern!

„Alexander, alles in Ordnung?“, wollte besagte Blondine in diesem Moment wissen.

Er schlang ihr einen Arm um die Taille und zog sie an sich. Kichernd ließ sie es geschehen. Ihre Nähe tat gut, gab ihm das Gefühl von Geborgenheit.

„Nur ein unschöner Traum." Verflixt und zugenäht, wie hieß die Kleine gleich noch mal? Anja? Anna? Anka? „Komm her, Süße, ich will dich spüren!", zog er sich schlussendlich aus der Affäre.

Bereitwillig schmiegte sie sich an seine Brust. Er glitt mit einer Hand über ihren prächtigen Busen, hinunter bis zu ihrer Hüfte. Dann legten sich seine Finger um ihren straffen Hintern und pressten ihren Unterleib gegen sein Becken.

Sie stöhnte überrascht auf. „Meine Güte, Alexander! Schon wieder?", keuchte sie, als er sie seine Härte spüren ließ.

Er beugte sich über sie. „Hilf mir diesen Traum zu vergessen!", raunte er ihr ins Ohr, bevor er sie küsste.

Mehr brauchte es nicht, um sie zu überzeugen. Willig kam sie ihm entgegen, als er sie mit seinem Gewicht in die Matratze drückte.

„Wirst du mich anrufen, wenn du das nächste Mal in Berlin bist?", flüsterte sie zwischen zwei Küssen.

„Nur wenn du aufhörst, so viele Fragen zu stellen."

Sie kicherte erneut. „Warum stopfst du mir nicht einfach wieder den Mund? Auf die gleiche Art und Weise wie du es am Abend getan hast, als ich zu viel geredet habe."

Alexander hielt einen Moment lang die Luft an. Wow, die Braut war heiß! Vielleicht sollte er tatsächlich in Erwägung ziehen, ihr gelegentlich einen Besuch abzustatten. Gesetzt den Fall er erinnerte sich noch rechtzeitig an ihren Namen. „Dein Wunsch ist mir Befehl." Mit diesen Worten schob er sie ein Stück nach unten und tat, um was sie ihn gebeten hatte.

Ein paar Wochen später wurde Alexander von jeglicher Schuld an dem Unfall freigesprochen. Anscheinend hatte der Pilot des anderen Jets die Kontrolle über sein Flugzeug verloren und fatalerweise Kurs auf Alexanders Maschine genommen. Doch selbst die gewieftesten Sachverständigen hatten nicht rekonstruieren können, was sich genau zugetragen hatte. Ob es sich um einen technischen Defekt oder menschliches Versagen handelte, stand in den Sternen.

Voller Ungeduld marschierte Alexander in das einstöckige Sanitätsgebäude, in dem der für die Überwachung der Jetpiloten zuständige Bundeswehrarzt ansässig war. Denn der deutsche Staat vertraute nicht leichtsinnig jedem seiner Piloten millionenteure Jets an. Die Auserwählten unterlagen strengen Gesundheitsauflagen. Nur wer topfit war, kam in den Genuss, einen Eurofighter zu fliegen.

„Setzen Sie sich doch, Herr Winter!“, forderte ihn der betagte grauhaarige Mediziner auf, nachdem Alexander die dürftig eingerichtete Praxis betreten hatte.

Alexander winkte ab. „Ach kommen Sie schon, Doc. Sagen Sie mir einfach rasch, dass alles in Ordnung ist. Dann bin ich auch schon wieder weg. Mein Jet steht bereits in den Startlöchern. Ich kann es kaum erwarten, wieder in den Himmel aufzusteigen.“

Der Arzt räusperte sich. „Tja, so leid es mir tut, aber genau da liegt das Problem. Das kann ich leider nicht. Ihre Blutwerte sind außerhalb der Norm. Vielleicht ist das eine Nachwirkung der Ereignisse, aber ehrlich gesagt kann ich mir das nicht vorstellen. Sind Ihnen in letzter Zeit irgendwelche Symptome aufgefallen, wie Gewichtsveränderungen, Schlafstörungen, Schwitzen, Nasenbluten?“

Alexander fühlte sich, als hätte ihm gerade jemand eine Faust in den Unterleib gerammt. Völlig perplex sank er nun doch auf den ungemütlichen Plastikstuhl. „Na ja, Schlafstörungen habe ich schon ab und an, aber wer hätte das in einer solchen Situation nicht? Und ja, ich habe ein paar Kilo abgenommen, aber ich habe während der letzten Wochen auch sehr viel Sport getrieben. Sie wissen ja, ich hatte jede Menge Zeit. Was genau ist denn nicht in Ordnung?"

Der Arzt räusperte sich erneut. „Ihre Leukozyten sind massiv erhöht."

„Was bedeutet?"

„Nun, das kann viele Ursachen haben: Stress, eine bakterielle Entzündung, eine Erkrankung der Prostata, schlimmstenfalls Leukämie. Um das einzugrenzen, ist es nötig, dass Sie sich umgehend weiteren Tests unterziehen." Er stockte. „Ganz im Ernst, Herr Winter, ich habe es selten erlebt, dass Blutwerte in so kurzer Zeit dermaßen aus der Bahn geraten. Ihre letzte Untersuchung liegt gerade mal drei Monate zurück. Und da waren Sie kerngesund. Sie müssen schnellstmöglich eine Knochenmarkuntersuchung durchführen lassen. Ihren Unterlagen entnehme ich, dass Ihr Vater vor einigen Jahren an einer Krebserkrankung gestorben ist. Somit kann eine familiäre Vorbelastung nicht ausgeschlossen werden."

Er blickte Alexander nachdenklich an, wobei der wehmütige Ausdruck in den Augen des Arztes ihm einen eiskalten Schauer über den Rücken jagte. „Es tut mir leid, aber ich muss Sie weiterhin vom Dienst suspendieren."

Mit zittrigen Knien erklomm Alexander ein paar Tage später die Stufen zu seinem Elternhaus, einem etwas abgelegenen Einfamilienhaus in der Nähe von Stuttgart. Das Ergebnis der Knochenmarkanalyse hatte ihn zutiefst erschüttert. Und wenn er ehrlich zu sich selbst war, konnte er mehr schlecht als recht damit umgehen. Er war wie gelähmt, völlig handlungsunfähig.

Der qualvolle Tod seines Vaters ging ihm unablässig durch den Kopf und ließ ihn ein ums andere Mal erschauern. Denn konnte man den Ärzten Glauben schenken, stand er bereits ebenfalls mit einem Fuß im Grab. Sein Körper war geradezu vom Krebs zerfressen. Mehrere Spezialisten hatten ihre Verwunderung darüber zum Ausdruck gebracht, dass ein kerngesunder Mensch wie er in so kurzer Zeit dem Tode geweiht sein konnte. Nicht einmal einer Chemotherapie räumten die Mediziner eine Aussicht auf Erfolg ein, weswegen Alexander auch darauf verzichten wollte.

Wenn schon abtreten, dann doch bitte schön mit Stil.

Es war unfassbar, aber die Ärzte gaben ihm noch allerhöchstens drei Monate. Wo er sich doch lebendig fühlte wie ein Fisch im Wasser. Und gemutmaßt hatte, mit seinen zweiunddreißig Jahren stünde ihm die Welt offen. Im Grunde genommen sollte er ob dieser vernichtenden Diagnose noch einmal richtig über die Stränge schlagen, seine letzten Wochen genießen, die Sau rauslassen. Doch ihm stand nicht der Sinn danach. Er war einfach nur deprimiert.

Es war, als hätte eine höhere Macht den Entschluss gefasst, dass seine Tage gezählt waren. Und da er den Flugzeugabsturz überlebt hatte, hatte sich das Schicksal nun einen weiteren miesen Trick ausgedacht. Hätte er das im Vorfeld geahnt, wäre er doch lieber in seinem Jet draufgegangen.

Überhaupt hatte er sich immer einen heldenhaften

Tod ausgemalt: ein aufsehenerregender Abschuss zum Beispiel, nach einem stundenlangen Luftkampf mit feindlichen Vipers oder Migs. Oder beim Versuch, einen Selbstmordattentäter unschädlich zu machen, als Märtyrer hervorzugehen.

Aber an Krebs zu sterben? In so jungen Jahren? Pfui! Wie unspektakulär war das denn?

Alexander hatte die aufregenden Seiten des Lebens kennengelernt. Er war in seinem Beruf aufgegangen, war rundum zufrieden gewesen mit dem Erreichten. Sicher, er war hin und wieder über Leichen gegangen, wenn es der Karriere dienlich war. Schöne Frauen waren für ihn immer schmückendes Beiwerk gewesen. Ein Spiel, eine Freizeitbeschäftigung, eine Bestätigung seines Egos.

War dies nun die Strafe für all das?

Denn wenn er seinen Lebensstil im Geiste Revue passieren ließ, würde er mit Sicherheit schon bald in der Hölle schmoren.

Unfassbar! Sein Leben war innerhalb weniger Tage zur Sackgasse geworden. Zum ersten Mal fühlte er sich vollkommen hilflos, fand kein Schlupfloch zum Entkommen. Zum Teufel noch mal! Er konnte es sich nicht erlauben, jetzt schon zu sterben. Er wurde gebraucht. Er hatte eine Verantwortung zu tragen, die ihm niemand sonst auf der Welt abnehmen konnte. Und damit meinte er nicht seinen Kampfjet. Schon der Gedanke daran ließ ihn um ein Haar innerlich zersplittern.

Eine groß gewachsene dunkelhaarige Frau öffnete nach dem ersten Läuten die Eingangstür. Als sie ihn erblickte, wischte sie sich die Hände an ihrer Schürze ab, bevor sie ihn umarmte und ihm ein Küsschen rechts und links auf die Wange hauchte. „Alexander, wie schön! Mit dir hätte ich nun am allerwenigsten gerechnet. Ich dachte, du bist schon wieder in der Luft." Sie schob ihn ein Stück von sich und musterte ihn eindringlich. „Ist irgendetwas nicht in Ordnung?"

In diesem Moment schoss ein kleines brünettes Mädchen in einem purpurroten Kleid aus einem der angrenzenden Zimmer. Wild wogten ihre verwuschelten Locken um ihren Kopf herum, als sie freudestrahlend auf ihn zujagte. „Papa!", rief sie. „Endlich bist du da! Oma und ich haben Kuchen gebacken." Sie leckte sich mit der Zunge über den Schokoladenrand, der sich um ihren Mund breitgemacht hatte. „Mhmm. Lecker." Sie fixierte ihn neugierig. „Hast du mir etwas mitgebracht?"

Er sank in die Hocke und fing den Wildfang auf. Glücklich kichernd schmiegte sich das Mädchen an ihn. Und es war ihm gerade vollkommen gleich, dass sein helles Hemd unter ihren schokoladenverschmierten Fingerchen litt. Fest presste er die Kleine an sich, küsste sie aufs Haar und sog so begierig ihren Duft ein, als wären es bereits seine letzten Atemzüge.

Über die Schulter des Kindes hinweg sah er zu seiner Mutter auf, die die rührende Szene stirnrunzelnd verfolgte. Sie kannte ihn zu gut. Sie wusste, dass ihn etwas bedrückte. Er blinzelte und senkte den Blick, denn er konnte ihren prüfenden Augen nicht standhalten, die geradewegs in seine Seele vorzudringen schienen.

Voller Verzweiflung vergrub er das Gesicht im Haar seiner Tochter. „Ich liebe dich, Jessy, mein kleiner Sonnenschein. Mehr als alles auf der Welt …" Verstohlen wischte er sich eine Träne aus dem Augenwinkel, als seine Stimme brach.

Sekunden später kämpfte Jessy sich zappelnd aus

seinen Armen. „Komm mit, Paps! Du musst dir den Kuchen angucken. Aber er ist noch warm, man darf ihn noch nicht essen“, fügte sie altklug hinzu.

Ohne seine melancholische Stimmung wahrzunehmen, griff sie nach seiner Hand und zerrte ihn in die Küche, wo ein ziemlich unförmiger Kuchen den Tisch mit Beschlag belegt hatte. Der Raum wirkte zwar wie ein Schlachtfeld, aber es duftete köstlich.

„Schau nur!“, rief die Kleine freudestrahlend, „ist der nicht toll?“

„Wow, der sieht ja lecker aus!“, bekundete Alexander, auch wenn ihm der Sinn gerade überhaupt nicht nach etwas Essbarem stand. „Jessy, lässt du Oma und mich bitte für ein paar Minuten alleine?“

Das Mädchen runzelte die Stirn und schielte misstrauisch von einem zum anderen. „Ihr esst den Kuchen aber nicht ohne mich auf, oder?“

Alexander musste schmunzeln. „Nein, mein Schatz. Wir haben nur etwas Wichtiges zu besprechen. Geh doch schon mal in dein Zimmer und fang mit dem neuen Minion-Puzzle an. Nachher helfe ich dir dabei.“

Schon strahlte Jessy wieder über beide Ohren und hüpfte vergnügt aus der Küche.

Seine Mutter rutschte derweil auf einen Stuhl und musterte ihren Sohn prüfend. „Was ist los, Alexander? Haben sie dich wieder für einen gefährlichen Auslandseinsatz eingeteilt?“ Sie seufzte auf. „Manchmal hasse ich deinen Job geradezu. Du solltest mehr an deine Tochter denken. Das Mädchen darf dich nicht auch noch verlieren.“

„Wem sagst du das?“ Er lehnte sich mit der Hüfte gegen einen Schrank und fixierte den Fußboden. „Nein, Mom, kein Auslandseinsatz. Es ist eher … also … ich bin krank … schwer krank.“ Er blickte auf. „Es ist wie bei Dad. Ich habe Krebs."

Seiner Mutter entfuhr ein gurgelndes Geräusch, bevor sie beide Hände vors Gesicht schlug. „Nein!", wimmerte sie, „sag, dass das nicht wahr ist! Haben sie es früh genug entdeckt? Gibt es noch Hoffnung?"

Er schüttelte den Kopf. „Mir bleiben noch ungefähr drei Monate. Und nein, es gibt keine Hoffnung."

Blankes Entsetzen stand der Frau, die er über alles liebte, ins Gesicht geschrieben. Der Anblick zerriss ihm schier das Herz. Kopflos sprang sie auf und fiel ihm um den Hals. Er schloss sie fest in die Arme, zog sie an sich und versuchte ihr Trost zu spenden, obwohl er kurz davor stand, ebenfalls die Fassung zu verlieren. Ihr schlanker Körper bebte, während sie lautlos an seiner Schulter weinte. „Alexander, warum? Was haben wir eigentlich verbrochen?"

„Die Frage habe ich mir auch schon gestellt. Aber sie führt zu nichts." Er schloss die Augen. „Wir müssen jetzt einen klaren Kopf bewahren. Mom, bitte versprich mir, dass du immer für Jessy da sein wirst."

Sie löste sich eine Handbreit von ihm. „Ich weiß nicht, wie ich das verkraften soll. Erst dein Vater … und jetzt du …" Ihre Stimme versagte. Dann sackte sie in seinen Armen zusammen. Geistesgegenwärtig packte er sie und setzte sie vorsichtig wieder auf dem Stuhl ab. Laut schluchzend ließ sie den Kopf auf die Tischplatte sinken.

„Paps, warum weint Oma denn?"

Alexander fuhr herum und blickte in Jessys entsetztes Gesicht. Er schluckte vernehmlich und wischte sich mit dem Daumen unauffällig ein paar Tränen von der Wange. Seine Knie zitterten so sehr, dass er ebenfalls auf einem der Stühle Platz nahm.

Jessy jagte derweil auf ihre Oma zu und schlang ihr

die Ärmchen um den Hals. „Oma, was ist denn? Geht es dir nicht gut?“

Seine Mutter blickte auf und räusperte sich mehrmals. „Doch, doch alles in Ordnung, Mäuschen“, brachte sie schließlich ein paar schwache Worte hervor. „Mir war nur ein wenig schwindelig. Das Wetter, weißt du?“ Fest zog sie das Mädchen an sich.

Dieses rührende Bild raubte Alexander den letzten Rest Beherrschung. Er sprang auf und flüchtete ins Badezimmer. Dort sank er auf den Rand der Badewanne und ließ zum allerersten Mal seinen Tränen freien Lauf.

Gott, das konnte doch alles nicht wahr sein!

Bittere Galle stieg in ihm hoch. Es fehlte nicht viel und er hätte sich übergeben. Minutenlang rang er um Fassung und versuchte, die Übelkeit zu bekämpfen. Als er wieder imstande war, normal zu atmen, erhob er sich und spritzte sich am Waschbecken kaltes Wasser ins Gesicht. Er strafte die Schultern und wanderte zurück in die Küche. Jessy hockte auf dem Schoß seiner Mutter, die sich glücklicherweise gefangen hatte.

„Jessy, gibst du mir noch eine Minute mit Oma allein? Dann bin ich für dich da.“

Ein wenig widerwillig kletterte die Kleine herunter. „Aber du musst auf Oma aufpassen! Nicht, dass es ihr wieder schlecht geht“, verkündete sie mit vorwurfsvollem Unterton.

Er nickte. „Geht klar!“

Nachdem Jessy aus der Küche getapst war, wandte er sich wieder seiner Mutter zu. „Mom, es tut mir so leid. Ich kann es ja selbst kaum fassen. Aber du musst jetzt stark sein. Du schaffst das! Jessy braucht dich!“

Sie rang sich ein Nicken ab. „Ich weiß. Wirst du es ihr sagen?“

„Ja, zu gegebener Zeit.“ Er zuckte mit den Schultern. „Und bis dahin hoffe ich noch auf ein Wunder.“

Kapitel 3

Alexander lag auf seinem schwarzen Ledersofa und stierte geistesabwesend aus den Panoramafenstern seines geräumigen Appartements. Es war ein warmer Frühsommertag. Der Himmel über Stuttgart präsentierte sich tiefblau und wolkenlos, doch Alexander nahm es nicht einmal wahr.

Wie so oft in den letzten Tagen verweilten seine Gedanken bei der Person, die das Wichtigste in seinem Leben war. Seinem Sonnenschein, seiner über alles geliebten Tochter Jessy. Seit dieses vernichtende Todesurteil über ihn hereingebrochen war, hatte er so viel Zeit mit ihr verbracht wie nur möglich. Obendrein war bereits alles in die Wege geleitet, um sie für die Zukunft finanziell abzusichern.

Dennoch hatte er es bisher nicht übers Herz gebracht, sie auf sein bevorstehendes Ableben vorzubereiten. Die Vorstellung, dass das Mädchen sich schon bald ohne ihn durchs Leben kämpfen musste, ließ ihn um ein Haar verzweifeln. Er wusste, auf seine Mutter war Verlass. Aber sie wurde auch nicht jünger.

Das Läuten der Türklingel riss ihn aus seinen Überlegungen. Herrje, Gesellschaft war das Letzte, wonach ihm jetzt der Sinn stand! Das konnte doch nur wieder Lena sein. Seit seine Schwester von der Misere erfahren hatte, rannte sie ihm unablässig die Bude ein. Bedachte ihn mit Blicken, die ihm in der Seele schmerzten. Und bei dem Gedanken, dass er auch von ihr bald Abschied nehmen musste, sank seine Laune vollends auf den Nullpunkt.

Seufzend sprang er auf und marschierte durch die hypermoderne Wohnung. Die untergehende Sonne schickte ihre letzten Strahlen durch den Raum und ließ den Marmorboden glitzern wie eine Eislaufbahn. Ein gigantischer Flachbildschirm dominierte das Wohnzimmer. DVDs und Bücher tummelten sich auf einem Sideboard. Ansonsten gab es nur noch eine protzige Ledersitzgruppe. Eine typische Junggesellenbude eben. Aber da Alexander häufig monatelang unterwegs war, konnte er sein Zuhause nun mal nicht mit Pflanzen oder sonstigem Schnickschnack bereichern.

Er öffnete die Eingangstür und blickte voller Überraschung in drei Gesichter. Allem Anschein nach hatte Lena sich Geleitschutz mitgebracht.

Er entdeckte ihre Busenfreundin Lilly und einen groß gewachsenen dunkelhaarigen Typen mit Hut, der ihn mit seiner Frisur und dem intensiven Blick im allerersten Moment an Johnny Depp erinnerte. Die drei unterzogen ihn stillschweigend einer eingehenden Musterung.

Was sollte das? War er eine Rarität? Eine Museumsfigur, die es zu bewundern gab?

„Alexander!“, hauchte Lena schließlich, machte einen großen Schritt auf ihn zu und fiel ihm um den Hals. „Wie geht es dir?“

„Danke, den Umständen entsprechend.“

Völlig aufgelöst klammerte sie sich dermaßen an ihm fest, dass er das Gefühl hatte, sein letztes Stündchen hätte heute bereits geschlagen.

Tod durch Ersticken. Ausgelöst durch Schwesterliebe.

Kaum hatte Lena sich von ihm gelöst, stürzte sich schon Lilly auf ihn. „Mein Gott, Alexander! Ich kann es noch gar nicht fassen. Mir fehlen die Worte.“

Lilly war das genaue Gegenteil von Lena. Brünett, etwas kleiner und grundsätzlich in Jeans und Turnschuhe gekleidet. Wohingegen seine Schwester schon immer ein Händchen für Mode gehabt hatte.

Das Mitgefühl in Lillys Stimme verursachte ihm einen Knoten im Hals. Wenngleich sie sich selten sahen, rangierte Lilly weit oben auf Alexanders Liste der wertvollsten Menschen. Er liebte sie wie eine weitere kleine Schwester. Allerdings waren da vor ein paar Jahren durchaus einmal andere Gefühle hochgekommen.

So waren sie in leicht alkoholisiertem Zustand zusammen im Bett gelandet. Am Morgen danach war ihnen jedoch schnell bewusst geworden, dass es bei diesem einmaligen Ausrutscher bleiben musste. Eine Beziehung hätte nicht funktioniert. Lilly gehörte an die Seite eines Mannes, der sie achtete und abgöttisch liebte. So waren sie übereingekommen, dass sie diese unselige Nacht einfach in die hinterste Ecke ihrer Köpfe verdrängen würden.

Doch auch wenn er es nicht wahrhaben wollte: Dieses Erlebnis hatte ihm Lilly noch nähergebracht. Sie würde bis in alle Ewigkeit einen ganz besonderen Platz in seinem Herzen innehaben. Lange hielt er sie in den Armen, drückte sie fest an sich, vergrub sein Gesicht in ihren weichen Locken, sog ihren Duft ein. Sie roch nach Rosen, verkörperte das blühende Leben. Die Wärme ihres Körpers zu spüren war Balsam für seine Seele. Am liebsten hätte er sie nie mehr losgelassen. Erst als er neben sich ein Räuspern vernahm, blickte er auf. Genau in die grünen Augen von Lillys Begleiter.

Oje! Gar nicht gut! Da war er wohl ein wenig übers Ziel hinausgeschossen.

Tief hatte der Fremde den Hut in die Stirn gezogen. Sein Blick verriet, dass er alles andere als begeistert war, dass Alexander Lillys Nähe so unverfroren auskostete. Augenblicklich ließ er die Frau in seinen Armen los und trat einen Schritt zurück. „Kommt doch rein!“, forderte er seine Besucher auf.

Lilly stutzte einen Moment ob Alexanders abruptem Rückzug, dann flogen ihre Blicke zwischen den beiden Männern hin und her. Sie schien die unterschwellige Spannung, die in der Luft lag, sehr wohl zu spüren. „Ach, Alexander, das ist Sebastian. Ich habe dir ja bereits bei unserer letzten Begegnung von meinem Gast aus dem Jenseits erzählt“, äußerte sie mit einer Handbewegung in Richtung des Fremden.

Verblüfft inspizierte Alexander den Mann. Ganz in Schwarz gekleidet vermittelte dieser einen ziemlich draufgängerischen Eindruck. Dennoch konnte man ihm eine gewisse Eleganz nicht absprechen. Der Anzug, den er trug, kam definitiv nicht von der Stange und er bewegte sich darin mit geschmeidiger Lässigkeit.

Betont leger schob Alexander die Daumen in die Schlaufen seiner Jeans und bedachte den Fremden mit einem zynischen Lächeln. „Na prima. Dann spielen wir beide ja bald für den gleichen Verein.“ Er wandte sich wieder Lilly zu. „Wenn ich tot nur noch halb so gut aussehe wie dein Freund, bin ich vollkommen zufrieden.“

„Mann“, verbesserte Lilly ihn. „Wir haben vor ein paar Wochen geheiratet.“

Alexander blieb der Mund für einen Moment lang offen stehen. Entgeistert glotzte er Lilly an. „Dein Mann? Das glaube ich jetzt nicht. Sicher, dass du da nichts überstürzt hast?“

„Ich war mir noch nie im Leben einer Sache so sicher. Tja, Alexander. Du hast leider einiges verpasst während der letzten Monate. Aber dir war es ja wichtiger, deinen Jet über die endlosen Weiten New Mexikos zu jagen, anstatt ab und zu mal hier vorbeizuschauen.“

Irritiert zog Alexander eine Augenbraue hoch. Äh, hallo! Was passierte hier gerade? Er war wirklich nicht in der Verfassung, sich eine Standpauke anzuhören. „Sorry, aber das ist nun mal mein Job. Die neuen Jets erfordern Unmengen von Testflügen. Außerdem hatte ich noch ein paar weitere Probleme. Vielleicht hat dir Lena ja erzählt, dass ich bei der Kollision mit einem anderen Flugzeug beinahe draufgegangen bin."

Er richtete sein Augenmerk wieder auf Sebastian. „Aber ganz ehrlich: Dein Mann wirkt alles andere als tot. Eher habe ich den Eindruck, er würde mich am liebsten tot sehen."

Doch der ungebetene Eindringling schien gar nicht daran zu denken, auf Alexanders Provokation einzugehen. Im Gegenteil, er erwiderte seinen Blick, ohne mit der Wimper zu zucken.

Okay, der Klügere gibt nach!

Entschieden streckte er dem Typen die Hand entgegen, die dieser nach kurzem Zögern ergriff. Sebastians Handschlag war fest und sicher, strahlte Selbstbewusstsein aus.

„Üben Sie sich einfach noch ein paar Wochen in Geduld, dann geht Ihr Wunsch in Erfüllung", verkündete Alexander leise. Ohne einen kleinen Sieg zu verbuchen, konnte er sich einfach nicht geschlagen geben.

„Alexander!", zischte Lilly ungehalten. „Was glaubst du wohl, was du hier machst? Dieses Wettpinkeln ist nun wirklich nicht angesagt. Wir wollen dir lediglich helfen. Fakt ist: Sebastian ist nicht der einzige Tote hier im Raum …" Sie holte tief Luft. „Ich bin nämlich auch nicht mehr am Leben."

Alexander rollte entnervt mit den Augen. „Was soll das werden? Denkst du, du könntest mich aufmuntern mit diesen geschmacklosen Scherzen? Sorry, Schätzchen, aber das geht gerade mächtig nach hinten los. Also lass den Blödsinn!“

Lilly hob die rechte Hand, an der ein antiker Siegelring mit zwei geflügelten Schlangen prangte. „Ich verdanke mein Leben einzig und alleine diesem Ring hier. Er gehörte meiner Oma. Sebastian besitzt den zweiten. Nur durch diese Ringe bist du überhaupt in der Lage, uns zu sehen.“

Alexander schüttelte missbilligend den Kopf. „Ja ja, schon klar. Nette Märchenstunde. Aber was habt ihr eigentlich hier zu suchen? Auf den Arm nehmen kann ich mich ganz alleine.“

„Alexander!“, mischte sich da seine Schwester mit vorwurfsvollem Unterton ein. „Verstehst du denn nicht? Falls dir jemand helfen kann, dann sind es die beiden.“ Mit einer ausholenden Handbewegung wies sie in Lillys und Sebastians Richtung. „Sie sind dem Sensenmann quasi von der Schippe gesprungen.“

Ohne ein weiteres Wort zu verlieren, machte er auf dem Absatz kehrt und marschierte ins Wohnzimmer zurück, wo er aufs Sofa fiel. Gezwungenermaßen folgten ihm seine drei Besucher.

„Und was sollen die beiden bitte schön tun?“, forderte er seine Schwester heraus, nachdem sie ihm gegenüber Platz genommen hatte. „Gott davon überzeugen, dass er einen gewaltigen Fehler begangen hat, als er mir den Krebs in den Körper pflanzte? Dass er mich mit jemandem verwechselt hat? Ich eigentlich noch viel zu jung bin für diese ganze Scheiße?“ Die Verzweiflung in seiner Stimme brach sich Bahn.

Sekundenlang herrschte betretenes Schweigen im Raum.

„Zu allererst müssen wir in Erfahrung bringen, ob Sie Gott oder Luzifer zugeteilt sind“, meldete sich da der Mann mit Hut zu Wort.

Ungeachtet der Tatsache, dass er Blödsinn redete, hatte seine Stimme einen tiefen und samtenen Klang und machte ihn unwillkürlich sympathisch.

Alexander setzte ein ironisches Grinsen auf. „Das kann ich Ihnen auf Anhieb sagen. Sollte es in der Tat eine Hölle geben, dann werde ich bis in alle Ewigkeit darin schmoren!"

„Wenn Sie das sagen." Sebastian verzog immer noch keine Miene.

Mannomann! Der Kerl war mehr als abgeklärt! Was vermutlich nötig war, um einer Frau wie Lilly auf Dauer die Stirn zu bieten.

„Ich würde dennoch vorschlagen, das Thanatos herausfinden zu lassen", setzte Sebastian nach wenigen Sekunden mit undurchdringlichem Gesichtsausdruck wieder an.

Alexander runzelte die Stirn. „Thanatos?"

Sebastian nickte. „Er ist der Gott der Zwischenwelt. In seinem Bereich wird über Tod und Leben jedes einzelnen Menschen entschieden. Dort werden die Seelen dem Himmel oder der Hölle zugeordnet."

„Ach so, ja klar!" Alexander fiel in das Sofa zurück und schlug sich entnervt die Hände vors Gesicht. „Aber wenn ihr schon auf Du und Du mit einem Gott seid, könnt ihr ihn ja vielleicht durch gutes Zureden davon abbringen, mich in der Hölle verrotten zu lassen."

Lilly kicherte leise. „Ja, und falls unser Einfluss nicht ausreichen sollte, bitten wir einfach seine Frau um Hilfe. Du musst wissen, es handelt sich dabei um keine andere als meine geliebte Omi."

Alexander schüttelte einmal mehr den Kopf. „Jetzt reicht es mit dem Blödsinn!", platzte es ungefiltert aus ihm heraus. „Es gibt keine Rettung. Ich muss mich damit abfinden. Höchstwahrscheinlich hätte ich schon bei diesem verflixten Flugzeugabsturz draufgehen sollen. Doch da ich dem Tod ein Schnippchen geschlagen habe, holt er mich jetzt auf andere Art und Weise. Anscheinend habe ich es nicht besser verdient."

„Ach, Alexander", versuchte Lilly ihn erneut aufzumuntern, „so kenne ich dich gar nicht. Wo ist dein unerschöpflicher Optimismus geblieben?"

„Den hat mir ein Rudel Ärzte im Handumdrehen genommen. Meinst du, ich würde mich nicht gerne an jeden Strohhalm klammern? Aber leider bin ich zu sehr Realist, um meine Hoffnung auf einen Ring am Finger zu stützen." Demonstrativ blickte er auf ihre Hand. „Muss ich ihn dann auch noch fest umklammern und pausenlos ‚mein Schatz' murmeln?"

Lilly verzog das Gesicht. „Idiot", murmelte sie. Dann sprang sie auf. „Okay, ich zeige dir etwas." Sie hob den ausgestreckten Arm in die Luft, griff nach dem Siegelring und zog ihn sich langsam und gemächlich vom Finger – wie eine Stripperin, die sich ihres Handschuhs entledigte. Prompt löste sie sich in Luft auf.

Alexander schloss fassungslos die Augen. Er blinzelte, doch Lilly war und blieb verschwunden. Er schaute suchend um sich – nichts. Seine Blicke flitzten durch den Raum, landeten auf seiner Schwester und dem Typen mit Hut. Seine beiden Gäste verharrten seelenruhig auf dem Sofa und machten einen eher gelangweilten Eindruck.

„What the fuck?", fluchte er leise vor sich hin. „Was ist das für ein billiger Trick?"

In diesem Moment materialisierte sich Lilly direkt vor seiner Nase.

Er zuckte zurück. Ungläubig rieb er sich über die Augen. „Keiner hat mir verraten, dass diese beschissene Krankheit mit Halluzinationen einhergeht. Gut, jetzt habt ihr mich neugierig gemacht. Schießt los! Erzählt mir eure Geschichte!“

Und dann lauschte er fasziniert Lillys Worten. Die darüber berichtete, dass ihre Uhr bereits vor Monaten abgelaufen war, sie aber nicht sterben konnte, da der Ring ihrer Oma sie vor dem Tod beschützte. Daraufhin hatte die Unterwelt Sebastian geschickt, um herauszufinden, was mit Lilly nicht stimmte. Doch dann hatten sich die beiden – sehr zum Unmut der Unterwelt - ineinander verliebt. Und letztendlich hatte Lilly doch das Zeitliche gesegnet, da sie Sebastian ihren Ring geschenkt hatte, was ihm wiederum ermöglichte, das Totenreich zu verlassen. Glücklicherweise hatte ihre Oma jedoch einen weiteren Ring in petto gehabt. Daher weilte Lilly nun ebenfalls wieder unter den Lebenden.

Alexander schwirrte heftig der Kopf, nachdem Lilly diese bizarre Story zum Besten gegeben hatte. „Und ihr glaubt wirklich, dass ihr diesen Thanatos beeinflussen könnt?“

Lilly zuckte mit den Schultern. „Einen Versuch wäre es wert. Was haben wir denn zu verlieren? Ich darf mir gar nicht vorstellen, wie grausam es für Jessy wäre, wenn man ihr auch noch den Vater nehmen würde.“

Alexander schnaubte. „Du kannst mir glauben, das ist es, was mich bei der ganzen Sache am allermeisten um den Verstand bringt.“

„Ich hätte da vielleicht eine bessere Idee“, meldete sich da Sebastian völlig unerwartet zu Wort.

Die Köpfe aller Anwesenden flogen in seine Richtung.

„Es gibt vermutlich noch einen vierten Ring!"

Lilly blickte ihn verdutzt an. „Du meinst, falls Olivia noch einen in der Hinterhand hat?"

Sebastian nickte.

Lilly kaute nachdenklich auf ihrer Unterlippe. „Aber ich verstehe nicht …" Sie klatschte sich eine Hand gegen die Stirn. „O mein Gott! Das ist es!" Mit einem plötzlichen Strahlen im Gesicht wandte sie sich Alexander zu. „Alexander, du musst sie einzig und allein dazu bringen, sich in dich zu verlieben. Mehr nicht! Dann lebst du ewig."

„Bitte was? Von wem sprichst du? Von deiner Oma?"

„Blödsinn! Von Olivia. So eine Art Cousine von mir. Sie lebt in England und ist ebenfalls im Besitz eines Ringes. Höchstwahrscheinlich hat sie aber einen weiteren. Dieser kann seine Wirkung jedoch nur entfalten, wenn sie ihn jemandem schenkt, den sie von ganzem Herzen liebt." Lilly sah Alexander durchdringend an. „Verstehst du, wovon ich rede? Das müsste doch ein Kinderspiel für dich sein. Es gibt keine Frau, die dir nicht binnen kürzester Zeit zu Füßen liegt."

Sie stockte einen Augenblick. „Nur musst du mir versprechen, Olivia nicht wehzutun. Solltest du tatsächlich ihr Herz erobern, darfst du sie hinterher nicht so gnadenlos abservieren wie deine sonstigen Liebschaften. Immerhin könnte sie dir ewiges Leben schenken."

Alexander raufte sich die Haare. „Aber mir bleibt nicht viel Zeit, und die Ärzte haben mir prophezeit, dass ich von Tag zu Tag schwächer werde. Wie soll ich das denn anstellen?"

„Das ist jetzt nicht Ihr Ernst!", mischte sich da Sebastian ein, seine Stimme mit einem Hauch Arroganz unterlegt. „Lillys Schilderungen zufolge hielt ich Sie für einen Draufgänger. Und nun machen Sie sich in die Hose wegen dieses Mädchens?“ Sebastian lehnte sich auf dem Sofa zurück und legte lässig einen Arm um Lillys Schultern, bevor er sie besitzergreifend an sich zog.

Alexander verdrehte innerlich die Augen. Schon klar, er hatte verstanden. Das war die Retourkutsche für sein kindisches Verhalten von vorhin. Lillys Mann demonstrierte ihm gerade, wie ein Sieger aussah. Was für ein Arsch!

Besagter Arsch sah ihn unverwandt an. „Ich verrate Ihnen etwas: Die Kleine lebt mitten in der englischen Einöde. Sie vergräbt sich seit Jahren aus einem mir unbekannten Grund in der Welt der Bücher. Sie ist einsam wie ein Wolf, und ihr bester Freund heißt Johnny Walker. Fragen Sie sich jetzt noch immer, wie Sie das anstellen sollen?“

Er schob sich den Hut aus dem Gesicht und warf Alexander einen herablassenden Blick zu. „Ich weiß, dass Sie Lilly viel bedeuten. Daher gebe ich Ihnen einen Tipp. So von Mann zu Mann … Es gibt da etwas, von dem ist Olivia geradezu fasziniert! Ja, vielleicht sogar besessen. Keine Ahnung, warum.“ Er zuckte lässig mit den Schultern und legte eine rhetorische Pause ein.

Lilly und Lena bombardierten Sebastian derweil mit auffordernden Blicken, bevor dieser endlich die Katze aus dem Sack ließ: „Von Geistern. Machen Sie ihr einfach weis, Sie wären ein Geist. Dann haben Sie sie in null Komma nichts um den Finger gewickelt.“

Kapitel 4

Nachdenklich stellte Olivia den Laptop neben sich auf dem Boden ab, lehnte sich mit dem Rücken gegen den Felsen und blickte in den wolkenverhangenen Himmel. Obwohl die mystischen Steine von Avebury sie normalerweise inspirierten, hatte sie heute lediglich ein paar Seiten zu Papier gebracht.

Nachdem sie während der letzten Wochen die haarsträubenden Erlebnisse ihrer Cousine Lilly niedergeschrieben hatte, war ihr Kopf wie leer gefegt. Nicht ahnend, dass Lillys Geschichte auf der Realität basierte, hatte der Verlag ob der Absurdität der Story prompt auf eine Fortsetzung gedrängt. Voller Euphorie hatte Olivia zugesagt, doch nun fehlte die Erleuchtung.

Sollte sie Lillys und Sebastians Abenteuer weiterführen? Oder das nächste Buch einem anderen Fürsten der Dunkelheit widmen? Sie hatte bisher keine zufriedenstellende Antwort auf diese Frage gefunden.

Zweifellos war es ein Vorteil, dass sie jederzeit mit Sebastian in Kontakt treten konnte, wenn sie Bedarf an zusätzlichen Informationen hatte, denn dieser hatte genügend Zeit in der Zwischenwelt verbracht, um ihr wichtige Details zu liefern. Dennoch fand sie keine glaubwürdige Überleitung zum zweiten Teil der Geschichte.

Im Geiste erschien ihr Sebastians hübsches Gesicht. Der Mann war wahrlich eine Augenweide. Extravagant, unerschrocken, abgebrüht. Einfach total außergewöhnlich. Vor allem seine herrlich grünen Augen hatten sie in seinen Bann geschlagen. Und an seinen begnadeten Body wollte sie gar nicht erst denken, sonst kam sie nur auf dumme Ideen.

Wirklich ein Prachtstück von einem Mann!

Dummerweise war ihre Cousine ihr zuvorgekommen und hatte den Kerl vor ein paar Wochen vom Fleck weg geheiratet.

Echt jammerschade!

Nichtsdestotrotz gönnte sie den beiden ihr Glück. Die zwei waren zwar grundverschieden, doch irgendwie füreinander bestimmt, ergänzten sich geradezu und führten ein aufregendes Leben. Was nicht nur daran lag, dass sie im Grunde genommen beide tot waren. Nein, Sebastian war obendrein einer der gewieftesten Kunstdiebe der Welt und machte sich schamlos zunutze, dass er nun in der Lage war, sich auf Abruf in Unsichtbarkeit zu hüllen.

Doch man musste den beiden zugutehalten, dass das ergaunerte Geld nicht in ihre eigenen Taschen floss. Lilly spendete es großzügig an Krankenhäuser, Tierheime, Altersheime und andere Institutionen, die eine Finanzspritze dringend benötigten.

Geistesabwesend ließ Olivia den Blick über die Umgebung schweifen. Weitläufige Felder und Wiesen umgaben die mystischen Felsformationen von Avebury. Das Wetter war trüb und ungemütlich, wie so oft in England. Bald würde mit Sicherheit der wohlbekannte Nieselregen einsetzen. Eine leichte Windböe erfasste die umstehenden Bäume und ließ ihre Äste tanzen, wobei die Blätter mysteriös raschelten.

Olivia liebte diese unheilvolle Stimmung, badete geradezu darin. Hier war sie zu Hause. Hier entstanden seit Jahren ihre schrillen Fantasy-Romane, die ein ums andere Mal zu Bestsellern mutierten.

In Gedanken bastelte sie sich gerade einen weiteren Fürsten des Todes zurecht, als ihre Augen auf einen hochgewachsenen Mann fielen, der ein Stück von ihr entfernt lässig an einem Baum lehnte.

Huch, wo kam der denn jetzt her?

Klar, es verirrten sich hin und wieder Touristen nach Avebury, aber bei so einem bescheidenen Wetter wie am heutigen Tag war das eher selten der Fall. Und dass er keiner der schrulligen Dorfbewohner war, konnte sie selbst auf diese Distanz erkennen. Nein, dieser Mann passte definitiv nicht in die englische Einöde.

Mit verhaltener Neugier begutachtete sie ihn. Er trug eine dunkle Jeans und eine braune Lederjacke im Fliegerstil. Auf seinem kurzen schwarzen Haar thronte vorwitzig eine Sonnenbrille, die bei diesem Wetter alles andere als notwendig war. Er hatte markante Gesichtszüge und, wenn sie es auf die Entfernung richtig erkannte, himmelblaue Augen.

Und war so was von sexy!

Nur legte er ein äußerst seltsames Verhalten an den Tag. Er stand einfach nur unbeweglich da und starrte sie an. Sekundenlang verzog er keine Miene, und so langsam erschien ihr diese gleichmütige Ruhe ein wenig beängstigend.

Sie rappelte sich auf, schnappte ihren Laptop und die Decke, auf der sie gesessen hatte, und ging gemessenen Schrittes auf den Fremden zu. Dieser nahm sie weiterhin mit stoischem Gesichtsausdruck ins Visier.

Avebury war ein Ort des Friedens. Obendrein war sie kein Feigling, aber sie wusste auch, dass sich weit und breit keine Menschenseele befand, die ihr im Notfall zur Hilfe eilen könnte. Und die Pistole, die sie sich vor langer Zeit zugelegt hatte, ruhte in ihrem Schlafzimmer. Wo sie ihr gerade so viel nützte wie dem Fisch ein Fahrrad.

Unter Einhaltung eines gewissen Sicherheitsabstandes blieb sie vor dem Mann stehen und schaute ihm couragiert in die Augen. Wobei sie den Kopf in den Nacken legen musste, da er sie um einige Zentimeter überragte. Aber völlig egal! Nur keine Schwäche zeigen! „Entschuldigen Sie, finden Sie es nicht ein wenig unhöflich, mich so anzuglotzen?"

Der Fremde zog eine Augenbraue hoch und blickte suchend um sich. „Sie können mich sehen?", murmelte er zu guter Letzt mit einem Ausdruck der Überraschung im Gesicht.

„Ja, natürlich … Warum sollte ich nicht …?" Sie stockte. „Jetzt sagen Sie aber nicht, Sie sind einer der Fürsten …?"

Ein paar Sekunden lang verharrte er regungslos. Dann nickte er. „Woher wissen Sie von uns?"

Bingo! Olivias Laune vollführte einen ausgelassenen Trampolinsprung. Heute musste ihr Glückstag sein! Ein zufriedenes Lächeln breitete sich auf ihrem Gesicht aus. „Oh, das ist eine lange Geschichte. Nur so viel: Sehen kann ich Sie aufgrund des Ringes." Sie hob ihre rechte Hand mit dem Siegelring, über den die zwei geflügelten Schlangen wachten.

Der Mann stieß sich von dem Baum ab, überwand mit einem Schritt die Distanz zwischen ihnen und beugte sich über ihre Finger. Der Duft seines herben Rasierwassers umhüllte sie wie dichter Nebel. Gierig saugte sie diesen männlichen Geruch ein.

Der unbekannte Besucher musterte derweil ausgiebig das Schmuckstück. „Interessant! Was passiert, wenn Sie ihn abnehmen?"

„Sie lösen sich im wahrsten Sinne des Wortes in Luft auf."

„Woher haben Sie den Ring?"

„Ein Erbstück. Von meiner Großmutter. Er wurde vor sehr langer Zeit von einem größenwahnsinnigen

Magier gegossen.“

„Ich verstehe.“ Er schaute auf.

Sie hatte sich nicht geirrt. Seine Augen waren azurblau und riefen ihr einen Ozean in Erinnerung. Sie war jedoch nicht in der Lage, auf den Grund zu sehen. Bei vielen Menschen waren die Augen ein Spiegelbild der Seele, bei diesem Mann jedoch reflektierten sie rein gar nichts. Aus irgendeinem Grund schottete er sich vor ihr ab.

„Was haben Sie hier zu suchen? Ist Ihre Aufgabe, jemanden zu holen?“, erkundigte sie sich neugierig.

Er nickte. „Ja, im Nachbarort. Einen Teenager. Es ist immer so frustrierend, wenn es junge Menschen erwischt. Doch es ging alles problemlos über die Bühne. Und da momentan keine weiteren Aufträge anliegen, habe ich mich hierherversetzt.“ Er blickte in Richtung der Steine. „Ich liebe mystische alte Orte.“

Olivia lächelte. „Wem sagen Sie das? Ich bin immer hier draußen, wenn das Wetter es zulässt. Sie müssen wissen, ich bin Schriftstellerin und die Umgebung hier inspiriert mich wie keine zweite.“ Sie ging einen Moment mit sich zurate. Dann wagte sie den Vorstoß. „Es liegt mir auf der Zunge, zu sagen: Sie schickt der Himmel. Aber ich weiß, dass das ein wenig pietätlos wäre. Daher lassen Sie es mich so ausdrücken: Sie kommen wie gerufen. Ich bin nämlich gerade dabei, einem weiteren Fürsten der Dunkelheit ein Buch zu widmen.“

„Einem weiteren?“

„Ja, Sebastian Schwarz ist der Protagonist des ersten Teiles. Kennen Sie ihn?“

Er blinzelte. „Flüchtig.“

„Hätten Sie Lust, mir ein paar Stunden Ihrer Zeit zu schenken?“, ließ Olivia nicht locker. „Sie könnten mir

Ihre Lebensgeschichte anvertrauen und ich sehe dann, was sich daraus machen lässt."

Seine Mundwinkel verzogen sich zu einem Lächeln und enthüllten perfekte weiße Zähne. Und obwohl es ein wenig gezwungen wirkte, sah er in diesem Augenblick absolut faszinierend aus.

„Warum nicht?", äußerte er schließlich. „Ich hatte heute ohnehin nichts anderes mehr vor. Und es ist schön, sich zur Abwechslung mal mit jemandem zu unterhalten, der nicht tot ist." Er warf ihr einen bewundernden Seitenblick zu. „Und obendrein so bezaubernd", verkündete er mit samtweicher Stimme.

Olivia blieb für einen Moment die Spucke weg.

Lieber Himmel!

Er flirtete mit ihr. Ein angenehmes warmes Gefühl durchzog prompt jede einzelne Zelle ihres Körpers.

Allerdings schien ihr attraktiver Besucher sich seiner Wirkung auf Frauen bewusst zu sein, denn in seinen Augen blitzte etwas auf. Genugtuung? Triumph? Oder einfach nur Interesse? Sie konnte es nicht deuten. Zumindest aber wusste sie jetzt, dass er doch zu Gefühlsregungen in der Lage war.

Sein braun gebrannter Teint gab ihm etwas Weltmännisches und offenbarte, dass er zu Lebzeiten die schönen Dinge des Lebens genossen hatte. Sein Kurzhaarschnitt war gepflegt und makellos, wenngleich ihm längere Haare sicher auch gut gestanden hätten. So wirkte er streng, irgendwie militärisch. Seine Klamotten hingegen spiegelten zeitlose Eleganz wider.

Um es auf den Punkt zu bringen: Er besaß Stil.

Hallo! Erde an Olivia!, riss sie sich schließlich am Riemen.

Was sollte er denn von ihr halten, wenn sie nur stumm dastand und Maulaffen feilhielt?

Herausfordernd blickte sie ihm direkt in die Augen. „Verraten Sie mir Ihren Namen?“, säuselte sie in dem gleichen verheißungsvollen Tonfall.

Er lächelte erneut, doch das Lächeln schien seine Augen nicht zu erreichen. Im Gegenteil: Alles in allem beherrschte verhaltene Traurigkeit seinen Ausdruck. Armer Kerl! Nun, sie würde schon noch in Erfahrung bringen, was ihn so betrübte und was ihm widerfahren war. Warum er in so jungen Jahren schon das Zeitliche hatte segnen müssen.

„Alexander. Alexander Winter. Und Sie?“

„Olivia Moore. Aber kommen Sie doch, Alexander. Ich wohne gleich da drüben.“ Sie wies mit der einen Hand auf ein paar vereinzelte Häuser am Ortsrand, während sie ihm die andere vertrauensvoll auf den Arm legte.

Als hätte er sich verbrannt, zuckte er zurück. „Nein, nicht! Um Himmels willen!“, stieß er voller Entsetzen aus.

Olivia erschrak ob seiner heftigen Reaktion. Doch schnell dämmerte ihr, was ihn so aus dem Häuschen brachte. Die Berührung durch einen Fürsten der Dunkelheit war für jeden normalen Menschen tödlich. Demonstrativ griff sie nach Alexanders Hand und hielt sie fest. „Keine Angst, Sie können mich nicht töten. Der Ring, er macht mich unsterblich. Und nun kommen Sie schon! Machen wir es uns doch am Kamin gemütlich. Ich brenne darauf, Ihre Geschichte zu erfahren.“ Und um jeden Widerspruch im Keim zu ersticken, zog sie ihn schnell hinter sich her.

In Gedanken versunken folgte Alexander der feschen Rothaarigen. Die enge Jeans und der grüne Pulli, der ihre außergewöhnliche Augenfarbe unterstrich, betonten ihre hammerharten Formen. Und im Zusammenspiel mit dem knallroten Haarschopf war das eine ziemlich explosive Mischung. Sie war heiß, keine Frage. Es sah ganz danach aus, als ob er das Angenehme mit dem Nützlichen verbinden konnte.

Olivia strahlte eine gewisse Abgeklärtheit aus, obgleich in ihren großen grünen Augen auch ein Hauch Verletzlichkeit lag. Und wie Sebastian es ihm vorhergesagt hatte, hatte sie sich in dem Moment geöffnet, als er behauptet hatte, kein Mensch zu sein.

Aber warum? War sie völlig durchgeknallt? So in die Traumwelt ihrer Romane abgerutscht, dass sie den Bezug zur Realität verloren hatte?

Mit Genugtuung hatte er ihre heftige Reaktion auf seinen Flirtversuch wahrgenommen. Aber ihm war auch der Anflug von Misstrauen in ihren Augen nicht entgangen. Olivia schien über eine wache Aufmerksamkeit zu verfügen, was vermutlich notwendig war, wenn man als Schriftstellerin seine Brötchen verdiente. Er musste also ausgesprochen vorsichtig und feinfühlig vorgehen, wenn er sie für sich gewinnen wollte. Keine einfache Übung für einen Mann wie ihn, der im Normalfall nicht viel Zeit mit Nebensächlichkeiten verschwendete. Doch er hatte keine Wahl. In diesem Spiel gab es keinen Zweitplatzierten.

Entweder er gewann – oder er war tot.

Ende der Geschichte!

Er durfte sich erst gar nicht vor Augen führen, was für ihn auf dem Spiel stand, sonst würde er einen Teil der Souveränität und Lässigkeit einbüßen, die er normalerweise dem weiblichen Geschlecht gegenüber an den Tag legte.

Eventuell ginge er aus dieser ganz speziellen Situation ja sogar eher als Sieger hervor, wenn er sich ein wenig zurücknahm. Den Lebemann nicht allzu offensichtlich heraushängen ließ. Denn Olivia machte keineswegs den Eindruck, eine willenlose Marionette zu sein, bei der man nur die richtigen Fäden ziehen musste. Im Gegenteil: Sie vermittelte das Gefühl, haargenau zu wissen, was sie wollte.

Also würde er ihr das Ruder überlassen. Sie dazu bewegen, den ersten Schritt zu machen. Was eine ganz neue Erfahrung für ihn werden würde. Aber er durfte ausnahmsweise einmal nicht nur an sich selbst denken. Hier ging es in erster Linie um Jessy. Er konnte das Mädchen nicht kampflos zurücklassen. Falls er wirklich in den Besitz eines solchen Ringes käme, wäre er imstande, bis in alle Ewigkeit für die Kleine zu sorgen. Und wenn er in einigen Jahrzehnten sein Leben gelebt hätte, könnte er ihr den Ring schenken und ihr somit ebenfalls ein langes, glückliches Dasein garantieren. Eine wundervolle Aussicht, die ihm augenblicklich gute Laune bescherte.

Auch der Gedanke einen Jet zu fliegen, wohl wissend, dass man nicht sterben konnte, war nicht zu verachten. Er könnte jedes Manöver noch aggressiver angehen. Ihm war zwar noch nicht ganz klar, wie er an den Bundeswehrärzten vorbeikommen sollte, aber da fand sich sicherlich auch eine Lösung.

Unauffällig musterte er die junge Frau, in deren Händen seine Zukunft lag. Sie war fast einen Kopf kleiner als er. Das kinnlange rote Haar hüpfte ihr bei jedem Schritt ausgelassen um die Wangen. Er wusste, dass sie bald dreißig wurde, doch sie wirkte wesentlich jünger, irgendwie unverbraucht. Ihr Gesicht mit der zierlichen Stupsnase und der schneeweißen, makellosen Haut schien aus feinstem Marmor gemeißelt zu sein und erinnerte an eine kostbare Porzellanpuppe.

Er unterdrückte ein Seufzen. Herrje, gesetzt den

Fall, er sollte wirklich in den Besitz des Ringes kommen, was sollte er nur hinterher mit Olivia anfangen? Lilly hatte ihm mehrfach nahegelegt, ihrer Cousine nicht wehzutun, was auch definitiv nicht in seiner Absicht lag. Normalerweise spielte er Frauen gegenüber mit offenen Karten. Doch hier waren die Umstände vollkommen anders. Er kam nicht umhin, sie zu belügen, wenn er sein Vorhaben erfolgreich in die Tat umsetzen wollte.

Denn Fakt war nun einmal, dass Olivia so gar nicht seinem Typ Frau entsprach. Zeit seines Lebens hatten ihn rassige Südländerinnen und Latinas in Begeisterung versetzt, keineswegs blasse rothaarige Normanninnen, auch wenn sie noch so einen süßen Arsch hatten. Und überhaupt stand er mit Romantik auf Kriegsfuß. In seinem Herzen war einzig und allein Platz für seine Tochter und die Fliegerei. Da blieb kein Raum für eine Frau.

Doch er schüttelte diese Gedanken ab. Das Problem würde er lösen, wenn sein Plan aufgehen sollte. Wie gut, dass Sebastian ihn trotz ihrer anfänglichen Startschwierigkeiten detailliert über die Zwischenwelt in Kenntnis gesetzt hatte. Aber würden diese Informationen genügen, um glaubhaft rüberzukommen?

Sebastian hatte ihm nahegelegt, bei jeder Berührung zurückzuzucken. Obendrein durfte er keine Gegenstände anfassen und keine Speisen oder Getränke zu sich nehmen. Und vor allem musste er darauf achten, dass ihm partout kein anderes Lebewesen begegnete. Denn Olivia lebte ja in dem Glauben, dass einzig und allein sie ihn sehen konnte. Das Wichtigste jedoch war: Er musste verhindern, dass sie in seinem Beisein den Ring ablegte. Oje, ein langer steiniger Weg schien da vor ihm zu liegen.

Olivias Hütte war zwar nicht sehr geräumig, strahlte aber Gemütlichkeit aus. Eine gigantische Bücherwand aus Eiche beherrschte das Wohnzimmer. An den Wänden hingen Zeichnungen von Engeln, Geistern, Werwölfen und anderen undefinierbaren Fantasygeschöpfen. Tausende von kleinen Post-its bevölkerten die Pinnwand neben einem ausladenden Schreibtisch, auf dem das reinste Chaos herrschte. Das Ansprechendste war die antike Esstischgruppe vor dem offenen Kamin, in dem ein Feuer zufrieden vor sich hinflackerte. Der Geruch nach verbranntem Holz hatte sich in der Hütte ausgebreitet und gab dem Raum etwas Heimeliges.

Nachdem Alexander Platz genommen hatte, verschwand Olivia für kurze Zeit in der Küche, bevor sie mit einer dampfenden Teetasse zurückkehrte. Seine Kehle war wie ausgetrocknet. Er sehnte sich nach einem Bier, doch er wusste, dass das nicht infrage kam. Die Fürsten der Dunkelheit waren auf der Erde quasi Geister und nicht in der Lage, etwas zu sich zu nehmen, geschweige denn ein Glas zu halten. Er durfte jetzt keine Schwäche zeigen.

Olivia rutschte auf den Stuhl ihm gegenüber, schob sich ein paar Haarsträhnen hinter die Ohren und erweckte ihren Laptop zum Leben. Ohne Zeit zu verlieren, bombardierte sie ihn mit der ersten Frage: „Verraten Sie mir, wie Sie gestorben sind?“

Ihm fiel die Kinnlade herunter. Scheiße! Das war genau das, was er nicht besprechen wollte. Denn dieses Thema hatte er tief in seinem Hinterkopf vergraben. In der Hoffnung, das Schlimmste vielleicht doch noch abwenden zu können.

Er zupfte an seinem Hemdkragen herum, der urplötzlich fürchterlich eng saß. Es half alles nichts, er musste ihr antworten. Und um sich nicht zu sehr in einem Netz aus Lügen zu verstricken, würde er sich weitestgehend an die Tatsachen halten. „Krebs", murmelte er. „Ich hatte Blutkrebs. Die Ärzte gaben mir so gut wie keine Überlebenschance. Daher habe ich auf jegliche Behandlung oder Chemotherapie verzichtet."

Er sinnierte kurz. „Ich war Jetpilot bei der Luftwaffe. Geschwindigkeit beherrschte mein Leben. So war eines meiner größten Hobbys das Motorradfahren. Und als der körperliche Verfall einsetzte, wusste ich: So will ich nicht enden. Also habe ich mein Motorrad im Gebirge in einen tiefen Abgrund gejagt."

Er schluckte trocken. Was für eine dunkle Vorhersehung. Aber gar nicht so weit hergeholt. Denn so ähnlich würde sein Ende wohl aussehen. Wochenlang menschenunwürdig vor sich hinzuvegetieren lag nicht in seiner Absicht. Das konnte er niemandem zumuten, am allerwenigsten Jessy.

Die Erschütterung stand Olivia ins Gesicht geschrieben. Aus weit aufgerissenen Augen starrte sie ihn ungläubig an. „Wow! Das war aber mutig!"

Er schüttelte den Kopf. „Nein, eigentlich war es eher feige. In der Luft, in meinem Jet, war ich für jeden Kampf gewappnet. Fürchtete mich vor keinem noch so gefährlichen Gegner. Aber in der realen Welt war ich nicht imstande, den Kampf gegen den Krebs aufzunehmen."

Er räusperte sich. „Mein Vater ist vor ein paar Jahren jämmerlich im Krankenhaus verendet. Am Schluss bestand er nur noch aus Haut und Knochen, war nicht mehr er selbst. Wurde gefüttert, gewaschen, rund um die Uhr versorgt wie ein Kleinkind. Diese Bilder werde ich wohl nie aus meinem Kopf bekommen. Ich wollte nicht ebenfalls auf so entwürdigende Art und Weise aus dem Leben scheiden. Das war der Grund … Und natürlich Jessy …“

„Jessy?“

Ob ihres verwunderten Tonfalls blickte er auf. „Ja, Jessy, meine Tochter.“

„Sie haben eine Tochter?“

Er nickte. „Ja, sie hat gerade ihren sechsten Geburtstag gefeiert. Wird dieses Jahr eingeschult …“ Würde er das noch erleben? Wohl kaum. Eisige Kälte legte sich bei dem Gedanken über seinen Körper.

Olivias Blick wanderte zu seinen Händen, die er vor sich auf dem Tisch platziert hatte. „Wie kommt die Kleine mit Ihrem Tod klar? Und vor allem, wie geht es der Mutter?“

In diesem Moment begriff er. Sie hatte nach einem Ehering Ausschau gehalten. Interessant! „Ihre Mutter ist gestorben, als Jessy noch ganz klein war. Eine Überdosis. Sie hat sich den goldenen Schuss gesetzt.“

Olivia riss abermals voller Entsetzen die schönen Augen auf. „O mein Gott! Das arme Kind.“

Er nickte. „Ja, Jessy wächst seitdem bei ihrer Oma auf. Glücklicherweise kann sie sich an ihre Mutter kaum mehr erinnern. Und obwohl ich viel unterwegs war, hatte ich ein sehr inniges Verhältnis zu meiner Tochter. Ich habe sie geliebt, mehr als mein Leben. Sie war mein Ein und Alles …“ Seine Stimme brach.

Herrje, was hätte er jetzt für einen Schluck Bier gegeben. Er konnte noch nicht einmal die Toilette aufsuchen, um seine ausgetrocknete Kehle mit ein wenig Wasser zu befeuchten, denn laut Sebastian hatten Geister solche Bedürfnisse nicht.

Er räusperte sich erneut. „Ich war immer hin- und hergerissen, zwischen ihr und meinem Job. Mehrfach habe ich darüber nachgedacht, mich versetzen zu lassen, um mehr Zeit mit der Kleinen verbringen zu können. Aber wenn ich dann wieder in meinem Jet saß, wusste ich nicht, ob ich ohne die Fliegerei leben könnte. Ich hatte oft Angst, dass Jessy auch noch ohne Vater aufwachsen müsste, sollte mir etwas zustoßen. Und jetzt ist genau das eingetreten … Das Schicksal kann ein solches Arschloch sein."

Olivia schaute ihn unverwandt aus großen Augen an. Lauschte aufmerksam, schien jedes seiner Worte in sich aufzusaugen. Orangefarbene Lichtpunkte, hervorgerufen durch das Flackern des offenen Kamins, tanzten über ihr Gesicht. Ließen ihre tränenfeuchten Augen riesig und traurig wirken. Und auf ihre Art wunderschön. Sekundenlang ließ er sich von ihrem einfühlsamen Blick gefangen nehmen. Versank in dem tiefen Grün ihrer Pupillen.

Mit dem Zeigefinger wischte sie sich eine kleine Träne aus dem Augenwinkel. Huch! Da hatte er wohl mehr auf die Tränendrüse gedrückt als beabsichtigt. Dennoch konnte er nicht bestreiten, dass dieses Verständnis, dieses ungeteilte Interesse, das ihm entgegenschlug, ihn in ruhigeres Fahrwasser lenkte. Olivias Nähe hatte etwas Tröstliches, ließ die quälenden Stimmen in seinem Kopf für kurze Zeit verstummen.

„Es tut mir leid", setzte er letztendlich wieder an. „Die Ereignisse stecken mir immer noch in den Knochen. Sie müssen mich für einen erbärmlichen Jammerlappen halten."

Sie schüttelte den Kopf, schob den Laptop beiseite und griff über den Tisch hinweg nach seiner Hand. Instinktiv zuckte er zurück. Kaum zu glauben, die Rolle, die er spielte, war ihm schnell in Fleisch und Blut übergegangen.

„Aber nein. Es ist bewundernswert, wenn ein Mann so offen über seine Gefühle reden kann. Ich bin es, die sich entschuldigen muss. Ich hätte sie nicht fragen dürfen. Sie haben Ihren Tod noch nicht überwunden. Und Sie glauben gar nicht, wie sehr mir das mit Ihrer Tochter leidtut. Die Vorstellung, dass da so ein kleines Mädchen ganz alleine aufwachsen muss, zerreißt mir das Herz. Ohne ihren Dad, der sie über alles liebt. Wie lange ist das jetzt her?"

Das Mitgefühl in ihren Augen rüttelte ihn abermals durch. Herrgott noch mal! Was war er eigentlich für ein Mistkerl? Der dieser einfühlsamen Frau hier ein solches Theater vorspielte. Der Anstand verlangte, dass er ihr auf der Stelle die Wahrheit offenbarte. Doch dann rief er sich in Erinnerung, was für ihn auf dem Spiel stand. Und dass die Geschichte so fernab der Realität gar nicht war. „Gerade mal ein paar Wochen."

Olivia nickte. „Das dachte ich mir. Wenn ich das gewusst hätte, wäre ich sicher nicht dermaßen mit der Tür ins Haus gefallen. Sie müssen wissen, ich habe nicht häufig Besuch. Ich bin einfach ein Bücherwurm. Verbringe die meiste Zeit mit mir alleine. Würden Sie mir etwas über die Zwischenwelt erzählen oder sollen wir lieber ein anderes Mal weitermachen?"

Er winkte ab. „Nein, nein. Es geht schon wieder. Was möchten Sie denn wissen?"

„Alles!", hauchte sie.

Unwillkürlich musste er schmunzeln. Sebastian sollte einmal mehr recht behalten. Das Mädchen war völlig von der Unterwelt besessen. Das Wort „Neugier" war ihr geradezu auf die Stirn tätowiert und ließ sie entzückend wirken. Aber warum nur übte alles Übersinnliche eine solche Faszination auf die junge Frau aus? Ob es einzig an ihrem Beruf als Schriftstellerin lag?

So lehnte er sich zurück und fing an, Bericht zu erstatten. Gab alles wieder, was er von Sebastian erfahren hatte. Geschäftig hackte Olivia derweil auf ihren Computer ein, verschmolz mit ihrem Laptop und warf immer neue Fragen auf. Sodass er ab und an ins Schwimmen geriet und gezwungen war zu improvisieren.

Zu vorgerückter Stunde befand sich Olivia dann ob der vielen Informationen in einer solchen Euphorie, dass sie auf Whiskey umstieg. Immer wieder warf sie Alexander über den Computer hinweg eindeutige Blicke zu. Und eins war ihm klar: Er hatte einen Volltreffer gelandet. Die Frau war todsicher auch an ihm als Mann interessiert und nicht nur an seinen Erzählungen.

Als er Stunden später das Haus verließ, war er guter Dinge. Seine Zurückhaltung und der ungewollte emotionale Ausbruch schienen ihm Pluspunkte beschert zu haben.

Er hatte die Kleine definitiv an der Angel.

Kapitel 5

Olivia lag in ihrem Bett und starrte mit leeren Augen die Decke an. Ihre Gedanken verweilten bei Alexander. Seit über einer Woche besuchte er sie nun regelmäßig, und sie konnte nicht leugnen, dass sie sich an seine nette, zwanglose Gesellschaft gewöhnt hatte. Meistens saßen sie gemütlich am Feuer ihres offenen Kamins und plauderten über Gott und die Welt – genauer gesagt die Unterwelt.

Es war eine Wohltat, sich mit diesem Mann zu unterhalten. Er war geistreich, originell und wartete mit einer unglaublichen Allgemeinbildung auf. Seine Geschichten über die Fliegerei hätten aufregenden Büchern entsprungen sein können. Unvorstellbar, was Alexander in seinen zweiunddreißig Jahren bereits erlebt hatte. Er hatte die ganze Welt bereist, kannte jeden noch so verborgenen Winkel der Erde. Ganz im Gegensatz zu ihr.

Wie auch? Stundenlang in ein Flugzeug mit Hunderten von Passagieren eingepfercht zu sein, war einfach nicht ihre Vorstellung vom Reisen. Denn nur in ihrem eigenen Wagen fühlte sie sich richtig wohl.

Voller Ungeduld fieberte sie Alexanders nächstem Besuch entgegen. Er hatte sicherlich noch jede Menge interessante Anekdoten auf Lager. Obendrein war er eine wahre Inspiration. Ihr Manuskript nahm allmählich Formen an. Und sie war jetzt schon davon überzeugt, dass das Buch ein weiterer Kassenschlager werden würde.

Wobei es Olivia keineswegs ums Geld ging. Das besaß sie in Hülle und Fülle. Materielle Güter waren für sie Nebensache. Die Lebenshaltungskosten in Avebury waren gering, und die kleine Hütte hatte sie von ihrer

Großmutter geerbt. Vor ein paar Jahren hatte sie sich einen gebrauchten Range Rover zugelegt, der ihr noch lange zu Diensten stehen würde. Einzig für Klamotten griff sie hin und wieder tief in die Tasche, genau genommen vor allem für Unterwäsche. Ihre Bücher warteten mit Unmengen erotischer Szenen auf, und so hatte sie irgendwann ein Faible für ausgefallene Dessous entwickelt.

Elementarer als alles Finanzielle war es für sie, ihre Leser zu begeistern, sie mit Leib und Seele in Fantasywelten zu entführen. Für viele Frauen war der Alltag schwer genug, so konnte sie sie zumindest für ein paar Stunden zum Abschalten bewegen, ihnen das Leben ein wenig spannender und liebenswerter machen.

Darüber hinaus mochte sie den Kontakt zu ihren Fans. Gewissenhaft beantwortete sie alle Anfragen und Briefe. Signierstunden und Lesungen waren jedoch weniger ihr Ding. Auch wenn sie die eine oder andere ihrer Leserinnen durchaus gerne einmal persönlich kennengelernt hätte, konnte sie sich einfach nicht mit dem Gedanken anfreunden, sich dermaßen zu exponieren.

Am meisten amüsierte sie sich allerdings immer wieder über Fans, die ihre ausgeprägte Fantasie lobten. Wie sollten sie auch ahnen, dass Teile ihrer Geschichten der Realität entsprachen.

Ihre Gedanken wanderten zurück zu Alexander. In einem unterschied er sich massiv von den Fürsten, deren Bekanntschaft sie bisher gemacht hatte. Er schien keinerlei Sehnsucht nach körperlicher Nähe zu haben. Immerhin war sie eins der wenigen menschlichen Wesen, das er berühren konnte, ohne es postwendend zu töten. Sie war die einzige Frau, der er näher kommen konnte. Trotzdem hatte er bisher nicht einmal den Versuch unternommen, sie anzufassen, geschweige denn, sie in seine starken Arme zu ziehen oder zu küssen. Im Gegenteil: Immer wieder beschlich sie das Gefühl, er ginge willentlich auf Abstand.

Alexander war ein außergewöhnlich gut aussehender Mann, und da sie schon seit Ewigkeiten keinen Typen mehr gehabt hatte, sehnte sie sich nach seinem muskulösen Körper. Seine Hände waren die Hände eines echten Kerls. Wirkten, als ob sie zupacken könnten. Was genau das war, was sie mochte.

Diesen Mann schien so schnell nichts aus der Ruhe zu bringen. Er besaß Nerven aus Stahl. Seine einzige Achillesferse war seine Tochter. Gerne hätte sie mehr über die Kleine in Erfahrung gebracht, die Alexander liebevoll als seinen Sonnenschein bezeichnete. Doch sie traute sich nicht, Fragen aufzuwerfen. Denn jedes Mal wenn sie das Thema anschnitt, litt Alexander wie ein Hund.

Genau wie er es vermied, über seine Krankheit und seinen Tod zu sprechen. Einerseits zollte sie seinem Mut Bewunderung. Kaum vorstellbar, wie radikal er seinem Leben ein Ende gesetzt hatte. Andererseits verstand sie nicht, dass er nicht gekämpft hatte. Einen Versuch wäre es doch wert gewesen. Zumindest seiner Tochter zuliebe.

Doch die Strafe für sein eigenmächtiges Handeln hatte nicht lange auf sich warten lassen. So war er in dieser Zwischenwelt gelandet, wo er sich nun tagein, tagaus als Sensenmann beweisen musste. Denn Selbstmördern war der Zugang zum Himmel per Definition untersagt. Und dass man ihn trotz allem nicht automatisch in die Hölle gesteckt hatte, zeigte ihr, dass er ein guter Mensch sein musste.

In Alexanders Augen lag prinzipiell etwas Unergründliches. Tiefer Schmerz vermischt mit Trauer, als ob ihn irgendetwas innerlich verzehrte. Und nach und nach berührte er mit dieser verhaltenen Verletzlichkeit ihr Herz. Gerne hätte sie ihm ein wenig Wärme und Geborgenheit gegeben, doch anscheinend war sie nicht sein Typ.

Schon mehrfach hatte sie sich die Frage gestellt, ob Alexander vielleicht gar nicht auf Frauen stand. Denn er war offenbar lange nicht so bewandert im Umgang mit dem weiblichen Geschlecht, wie er auf den ersten Blick wirkte. Und sollte er tatsächlich vom anderen Ufer sein, hätte das auch die Sentimentalität erklärt, die er gelegentlich an den Tag legte.

Immer wieder gab ihr dieser Mann neue Rätsel auf. Er materialisierte sich grundsätzlich nicht in ihrer Anwesenheit. Genauso wenig löste er sich im Haus in Luft auf, wenn er sie verließ. Was bei den Fürsten der Dunkelheit gang und gäbe war. Nein, Alexander ging und kam wie ein ganz normaler Mensch durch die Eingangstür. Tja, jeder hatte so seine Macken, warum nicht auch ein Wesen der Zwischenwelt.

Des Weiteren hatte er absolut kein Interesse an Spaziergängen oder Ausflügen. Meistens lungerten sie daher in ihrer Hütte herum. Was ihr bisher nichts ausgemacht hatte, da das Wetter in der letzten Woche gruselig gewesen war. Doch heute blinzelte die Sonne schon am frühen Morgen vorwitzig durch die Vorhänge, und Olivia unterlag dem unbändigen Drang, endlich einmal wieder durch die Umgebung zu streifen.

Sie liebte die Natur. Sie gab ihr Lebensfreude, das Gefühl, unabhängig zu sein. Sie hasste Großstädte und enge Räume, verabscheute Autoschlangen und verpestete Luft. Nie im Leben könnte sie tagein, tagaus in einem winzigen Büro eingesperrt sein oder in einem

Hochhausbunker leben.

Sie schwang die Beine aus dem Bett, frühstückte gemütlich und nahm dann auf der Holzbank vor ihrem Haus Platz. Die Sonne strahlte ihr ins Gesicht und erweckte ein tiefes Glücksgefühl in ihr. Vermittelte den Eindruck, dass das Leben schön war und lebenswert und eine Zukunft bereithielt.

Auch für Frauen wie sie.

Schon vor langer Zeit hatte sie sich in ihre eigene kleine Welt zurückgezogen, sich abgeschottet, sich ihren Illusionen hingegeben. Und eigentlich war die Einsamkeit ihre beste Freundin.

Gut, wenn die Melancholie ab und an zuschlug, rückte sie mit einem Whiskey die Welt wieder gerade. Aber glücklicherweise hielten diese depressiven Phasen selten lange an. Und sobald sie wieder mit sich im Reinen war, nahm sie vor ihrem Computer Platz und tauchte ab in ihre ureigene Fantasywelt. Dort lebte sie auf, fühlte sich sicher und geborgen. Sie träumte sich ihr ganz persönliches Universum zusammen und brachte dabei fantastische Geschichten zu Papier.

In ihrer Welt waren die Frauen stark, hatten alles im Griff und kamen zu keiner Zeit unter die Räder. Und die Männer waren – bis auf ein paar unabdingbare Bösewichte – ehrlich und geradlinig. Sie strotzten vor Leidenschaft, hatten einen ausgeprägten Beschützerinstinkt und würden zweifelsohne einer Frau niemals Gewalt antun.

Anders als im realen Leben.

Doch heute überkam sie überraschenderweise der Wunsch, hinauszuwollen, unter Menschen zu sein. Dem Alleinsein den Rücken zu kehren.

In diesem Moment erschien Alexander am Gartentor. Lässig hatte er die dunkle Lederjacke über die

Schulter geworfen, wo er sie gerade mal mit einem Finger festhielt. Wie üblich ruhte eine Sonnenbrille auf seiner Nase. Ihre Augen wanderten über seinen Körper. Das enge T-Shirt spannte über seiner Brust und offenbarte ein paar braun gebrannte muskulöse Arme. Mhmm … Lecker! Der Mann war einfach ein Augenschmaus.

Freudestrahlend sprang sie auf. „Alexander, du kommst wie gerufen. Ist das Wetter nicht wundervoll?" Sie blickte gen Himmel. „Bitte, lass uns ausnahmsweise mal einen Spaziergang unternehmen. Ich sehne mich so sehr nach den Wiesen und Wäldern."

„Guten Morgen erst einmal." Er schaute nachdenklich um sich. „Das verstehe ich ja. Aber seit meinem Tod habe ich es nicht mehr so mit der Sonne. Ich würde es vorziehen, hier im Garten zu bleiben. Du kannst die Sonne genießen und ich setze mich so lange in den Schatten."

„Ach, Alexander, wir brauchen uns ja nicht stundenlang der prallen Sonne auszusetzen. Bitte!" Sie sprang auf ihn zu, griff nach seiner Hand und zerrte ihn aus dem Garten. „Nun komm schon!"

Widerwillig trottete er hinter ihr her. „Aber nur dahin, wo uns niemand begegnet. Du weißt, ich fühle mich unter Menschen nicht wohl. Lebe ständig in der Angst, gegen jemanden zu stoßen und ihn dabei zu töten."

Sie winkte ab. „Ja ja, schon klar. Um diese Uhrzeit ist hier sowieso noch keine Menschenseele unterwegs. Da müsstest du dir schon große Mühe geben, jemandem das Licht auszublasen."

Schweigend wanderten sie auf einem schmalen Feldweg über abgelegene Wiesen und Felder. Unter ihren

Füßen knirschte genüsslich der Kies. Tief sog Olivia den Duft der Natur ein, ließ den Geruch des nahenden Sommers auf sich wirken. Das Gezwitscher der Vögel war allgegenwärtig. Die kleinen gefiederten Kerle schienen dem gleichen Glücksgefühl zu unterliegen wie sie und schrien ihre Freude trällernd heraus.

Alexander hielt immer noch ihre Hand. Der Druck seiner Finger fühlte sich vorsichtig und zaghaft an. Stand im krassen Gegensatz zu seinem durch und durch männlichen Aussehen. Sie hatte nicht übel Lust, laut zu seufzen. Sie wünschte sich so sehr, dass er ein wenig forscher vorgehen würde, aber anscheinend lag das nicht in seinem Naturell.

Himmel, sie musste endlich in Erfahrung bringen, ob dieser Kerl eventuell gar nicht auf Frauen stand. Nicht, dass sie sich hier die ganze Zeit etwas vormachte.

Sie blickte zu ihm auf. Er bemerkte es, drehte den Kopf leicht und erwiderte ihren Blick. Prompt versank sie in seinen tiefblauen Augen, die sogar durch die obligatorische Sonnenbrille hindurch gut erkennbar waren. „Alexander, findest du mich eigentlich sehr abstoßend?“

Er riss überrascht besagte Augen auf. „Wer sagt, dass ich das tue?“

„Na ja, das liegt doch auf der Hand. Bitte versteh mich nicht falsch. Aber alle Fürsten, die ich bisher kennengelernt habe, sehnten sich nach meinen Berührungen. Du hingegen weichst mir grundsätzlich aus, als hätte ich eine ansteckende Krankheit.“

Gemächlich schob er sich die Sonnenbrille auf den Kopf, die ihn begleitete, als wäre sie angewachsen. Pilot eben!

„Puh! Was soll ich dazu sagen? Frauen gegenüber

war ich schon immer sehr zurückhaltend. Obendrein bin ich tot. Auf eine Leiche kann wohl keine klar denkende Frau abfahren."

„O Alexander, du hast ja keine Ahnung, wie sehr du dich täuschst. Um ehrlich zu sein, ist es eher so, dass ich mit lebenden Männern nichts anfangen kann."

Er starrte sie entgeistert an. „Du wirst mir hoffentlich verraten, warum?"

Sie seufzte. „Ich rede nur sehr ungern darüber", setzte sie schließlich leise an. „Ich wurde als junges Mädchen vergewaltigt, von einem entfernten Verwandten. Seitdem habe ich mich zurückgezogen. In die Welt der Bücher, der Fantasy. Ich habe neue Welten kreiert und Heldinnen erfunden, die stark sind, denen so etwas nie passieren würde." Sie zuckte mit den Schultern. „Das ist auch der Grund, warum ich nach Avebury gezogen bin. Ich liebe die Einsamkeit dieses idyllischen Ortes, fühle mich hier geborgen."

Sie hielt einen Moment inne und legte sich die nachfolgenden Worte zurecht: „Um Männer habe ich jahrelang einen großen Bogen gemacht, konnte mir nicht vorstellen, jemals wieder von einem berührt zu werden. Bis ich eines Tages in der Nähe der Felsen auf einen Fürsten der Dunkelheit stieß. Wir kamen ins Gespräch, trafen uns hin und wieder. Irgendwann offenbarte er mir, wer er ist. Mir war schon immer bewusst gewesen, dass Grannys Ring außergewöhnliche Kräfte besaß, aber da erst begriff ich das volle Ausmaß. Von dem Tag an sahen wir uns regelmäßig. Sein Name war Scott. Er faszinierte mich, denn er passte hervorragend in die Welt, die ich konstruiert hatte.

Scott war ein gut aussehender junger Mann, gestorben bei einem Autounfall. Allmählich kamen wir uns näher. Mir war klar, dass er mir niemals gefährlich werden könnte. Käme er mir zu nahe, könnte ich einfach den Ring ablegen, und Scott wäre nicht mehr in der Lage, mich auch nur mit dem kleinen Finger anzufassen. Wir haben das häufig durchgespielt, herumgealbert. Nach und nach ließ mich dieses Wissen meine Angst vor seinen Berührungen verlieren."

Sie kickte ein vorwitziges Steinchen aus dem Weg. „Wir führten eine Zeit lang eine relativ normale Beziehung. So normal wie unter den gegebenen Umständen eben möglich. Doch dann hat man ihn dem Himmel zugeteilt. Er zog in Erwägung, meinetwegen in der Zwischenwelt zu bleiben. Doch was hätte das schon gebracht? Ich wäre gealtert, er nicht. Und ein weiteres Mal hätte man ihm die Chance auf den Himmel nicht gewährt. So trennten wir uns schweren Herzens.

Ich wäre Scott gerne gefolgt, denn was hatte ich schon zu verlieren, außer meinen treuen Fans? Aber hätte ich meinem Leben ein Ende gesetzt, wäre ich aller Voraussicht nach in der Hölle gelandet. Obendrein hatte ich keinen blassen Schimmer, wem ich den Ring schenken sollte, denn meine Mutter wehrte sich mit Händen und Füßen dagegen. Und es ist nun mal völlig unmöglich zu sterben, solange man im Besitz dieses Ringes ist. Auf seine ganz ureigene Art ist dieses Teil ein Segen und ein Fluch. Also blieb ich tapfer am Leben und ließ Scott gehen."

Alexander musterte sie mit einem seltsamen Ausdruck in den Augen. „Liebst du ihn noch immer, diesen Scott?"

Sie schüttelte den Kopf. „Keineswegs. Genau genommen habe ich ihn nie wirklich geliebt. Wir hatten eine gute Zeit miteinander. Aber als ich versuchte, ihm den Ring zu schenken und ihn damit zum Leben zu erwecken, hat es nicht funktioniert. Da erst wurde mir bewusst, dass das, was ich für Scott empfand, keine wahre Liebe war. Im Nachhinein betrachtet wäre es ziemlich dämlich gewesen, für ihn mein Leben zu opfern. Stattdessen habe ich die Geschichte zu Papier gebracht. Das Buch wurde ein Bestseller. Mein größter Erfolg bisher. Irgendwie eine Ironie des Schicksals."

Alexander nickte. „Ja, das Schicksal scheint in der Tat über einen sehr irrwitzigen Humor zu verfügen. Das ist ja schon fast makaber."

„Wohl wahr. Aber zurück zu Scott: Er hat anscheinend in der Zwischenwelt ausgeplaudert, dass ich euch Fürsten sehen kann. So stattet mir immer mal wieder einer von euch einen Besuch ab. Ja, und seitdem habe ich einen ganz speziellen Draht zu euch." Sie wandte sich zu Alexander um. „Aber falls dir jemand erzählen sollte, dass ich für jeden Fürsten die Beine breitmache, dann ist das schlichtweg gelogen. Ich hatte in den letzten Jahren zwei flüchtige Affären. Das ist alles."

Alexander war inzwischen stehen geblieben und taxierte sie mit unergründlichem Gesichtsausdruck. Irgendetwas an ihm erschien ihr verändert. Es war, als ob alle Rädchen in seinem Gehirn im Eiltempo arbeiteten. Hatte sie ihn so vor den Kopf gestoßen?

„Es tut mir unsagbar leid, was du durchmachen musstest", bekundete er schlussendlich, während er sich gedankenverloren mit einer Hand übers Gesicht fuhr. „Ich hatte ja keine Ahnung … Gott, wenn ich mir nur vorstelle, dass jemand meinem kleinen Mädchen Gewalt antun würde - Ich würde ihm die Eier abreißen. Unglaublich, dass es sogar ein Verwandter war. Wie haben deine Eltern darauf reagiert?"

Olivia nahm ihn verwundert in Augenschein. Eine Hand zur Faust geballt schien Alexander völlig erschüttert zu sein. Und wäre ihr Peiniger zum jetzigen Zeitpunkt in der Nähe gewesen, hätte er vermutlich in seinem Leben nichts mehr zu lachen gehabt. Einmal mehr wurde ihr bewusst, wie sehr dieser Mann seine Tochter liebte. Und in diesem Moment wünschte sie sich nichts sehnlicher, als ebenfalls einen Vater gehabt zu haben, der alles Unheil dieser Welt von ihr genommen hätte.

Doch dummerweise hatte sie ihren Vater nie kennengelernt. Sie war ein Einzelkind, ein Unfall. Ihre Mutter war eine angesagte Tänzerin gewesen und hatte nicht wirklich etwas mit einem Kind anfangen können. Ihr Vater - offenbar ein verheirateter, gut betuchter Geschäftsmann - hatte ihre Mutter dafür bezahlt, seine Identität geheim zu halten. Was diese all die Jahre standhaft durchgezogen hatte.

„Danke, deine Anteilnahme ist rührend. Aber ich kenne meinen Vater nicht einmal, und meine Mutter wusste nicht so recht, wie sie mit der Angelegenheit umgehen sollte. Eben weil der Typ mit uns verwandt war. Obendrein hat er behauptet, ich hätte ihn verführt. So wurde die Sache totgeschwiegen." Sie räusperte sich, denn Bruchstücke der Erinnerung fielen gerade wie ein Schwarm blutrünstiger Piranhas über sie her.

Mutig setzte sie wieder an. „Allerdings war ich nicht das einzige Mädchen, dem er das angetan hat. So wurde er letztendlich doch noch für alle Zeiten weggesperrt. Aber nun möchte ich nicht mehr darüber reden. Dafür ist der Tag viel zu herrlich. Lass uns lieber zum eigentlichen Thema zurückkehren." Sie schaute Alexander herausfordernd an. „Nämlich zu dir. Ich kann also davon ausgehen, dass du nicht wirklich etwas gegen Frauen hast?"

Er blickte verblüfft drein. Dann grinste er lausbubenhaft. „Du meinst, ich wäre …? Gott bewahre, nein! Ich stehe durchaus auf Frauen."

Sie seufzte erleichtert auf. „Puh! Mir fällt ein Stein vom Herzen. Wäre es denn zu viel von dir verlangt, mich mal in den Arm zu nehmen? Ich könnte deine Nähe gerade gut gebrauchen. Es fällt mir nicht leicht, über meine Vergangenheit zu sprechen."

Alexander schloss voller Verzweiflung die Augen. Mit dieser Offenbarung hatte Olivia ihn in einen heftigen Gewissenskonflikt gestürzt. O Fuck! Wie sollte er nur aus dieser Nummer wieder herauskommen? Er hätte Sebastian den Hals umdrehen können, der ihm diese Misere eingebrockt hatte. Doch andererseits hatte Sebastian die Umstände völlig richtig eingeschätzt. Hätte Alexander sich nicht als Geist ausgegeben, hätte er nicht den Hauch einer Chance gehabt, Olivia näherzukommen. So sehr es ihm auch gegen den Strich ging, er musste diese Scharade aufrechterhalten.

Doch wie zum Geier sollte er sich nun verhalten? Olivia war gerade äußerst verletzlich. Er konnte manchmal ein richtiger Arsch sein, aber er würde ihre momentane Schwäche keinesfalls auszunutzen.

Erwartungsvoll blickte sie zu ihm auf und wirkte dabei wie ein junges, verschrecktes Reh, das Schutz benötigte. Der unbändige Drang, sie in seine Arme zu ziehen, um ihr genau diese Wärme und Geborgenheit zu geben, machte sich in ihm breit. Nur mit äußerster Willensanstrengung konnte er sich davon abhalten. Er durfte jetzt keinen Fauxpas begehen!

„Olivia, entschuldige. Aber ich halte das für keine gute Idee. Nicht, dass ich es nicht wollte. Du bist wunderschön und raubst mir seit Tagen den Verstand. Aber ich bin der Tod, ein Monster, das tagtäglich Menschen abschlachtet. Ich möchte dir einfach nicht zu nahe treten, ich …“

„Wirklich, mich stört es nicht im Geringsten, dass du tot bist. Im Gegenteil, nur so kann ich Vertrauen zu dir fassen“, fiel sie ihm ins Wort und nahm ihm damit den Wind aus den Segeln.

Verdammt, so funktionierte es also nicht!

Er musste noch eine Schippe zulegen. „Ehrlich gesagt ist das nicht der einzige Grund, warum ich auf Abstand gehe. Du bist die einzige Frau, die mich sehen kann, mit der ich lachen kann, über meine Gefühle und Probleme sprechen kann, und das bedeutet mir sehr viel. Ich habe solche Angst, das mit uns beiden zu vergeigen. Weißt du, setz mich in einen Kampfjet und ich frage dich: Was kostet die Welt? Aber stell mir eine schöne Frau vor die Nase, und ich bin völlig hilflos.“ Jetzt hatte er sich mit Sicherheit erst einmal Zeit zum Nachdenken erkauft.

Doch weit gefehlt. Olivia verringerte die Distanz zwischen ihnen und schob ihm vorsichtig die Arme um den Nacken. „Och, Alexander, du bist so süß“, flötete sie. „Du findest mich wirklich schön? Ich hatte schon Angst, ich wäre so gar nicht dein Typ.“

Mist! Typisch Frau: Olivia hatte nur gehört, was sie hören wollte. Er verfing sich immer tiefer in seiner eigenen Schlinge.

Derweil lehnte sich Olivia gegen ihn und ließ den Kopf an seine Schulter sinken. Du liebe Güte! Das fühlte sich so unglaublich gut an. Aus welchem Grund hatte er sich gleich noch mal von ihr fernhalten wollen? Plötzlich waren ihm die Argumente abhandengekommen.

Mit Überraschung stellte er fest, dass Olivia ihm vertraute, sich geradezu nach ihm verzehrte. Und in ihren Augen erkannte er mehr als rein körperliches

Verlangen. Sie war auf dem besten Weg, sich in ihn zu verlieben. Ein Teil seines Körpers jubilierte, dem anderen Teil war sehr wohl bewusst, dass ihm dieses hinterhältige Verhalten erst recht einen Stammplatz in der Hölle einbringen würde. Nämlich dann, wenn der Plan scheitern sollte. Das Mädchen hatte in ihrem Leben genug Dreck gefressen, es war keineswegs fair, sie so vorzuführen.

Doch zu spät! Er konnte nicht mehr zurück. Jetzt einen anderen Weg einzuschlagen, hätte Olivias Misstrauen erweckt. Ob er wollte oder nicht: Er musste in erster Linie an das Wohl seiner Tochter denken.

„Olivia, was für eine Frage! Welcher Mann würde dich nicht schön finden?“, drückte er sich um eine Antwort. „Aber bitte lass uns die Sache langsam angehen.“

Sie blickte zu ihm auf. „Ich möchte einzig und allein von dir gehalten werden. Bitte, tu mir den Gefallen!“

Ihre großen, flehentlichen Augen zwangen ihn in die Knie. Er zögerte betont lange, kämpfte währenddessen erneut die aufsässigen Stimmen in seinem Hinterkopf nieder, die ihn immer wieder als mieses Schwein betitelten, und versuchte sich einzureden, dass er Olivia ja nichts Böses wollte.

Doch genau in dem Moment, als er nach ihr greifen wollte, lehnte sie sich zur Seite, sodass seine Hand auf ihrem Busen landete. Als hätte er sich verbrannt, zuckte er zurück. Was kein Leichtes war, denn ihre Brust fühlte sich göttlich an. Fest und schwer. Schrie geradezu danach, liebkost zu werden. Herrje, auch das noch! Hoffentlich interpretierte Olivia da nicht zu viel hinein.

Zischend ließ er die Atemluft entweichen. „Entschuldige, ich bin ein solcher Trottel! Völlig verblödet im Umgang mit Frauen.“ Er schielte kurz gen Himmel.

Sollte es tatsächlich eine übergeordnete Macht geben, müsste ihn jetzt eigentlich der Blitz treffen.

Olivia lächelte zufrieden. Kaum zu glauben! Die Berührung hatte nicht nur ihn angetörnt.

„Halb so wild, es gibt Schlimmeres." Sie blinzelte ihn herausfordernd an. Und wirkte dabei so süß, dass sich in ihm alles zusammenzog. „Ach, Alexander, was soll ich nur mit dir anfangen?" Vertrauensvoll ließ sie den Kopf erneut gegen seine Brust sinken. Ihr Atem streifte seinen Hals, und ein paar rote Haarsträhnen kitzelten sanft sein Kinn.

„Gott, Livi!", flüsterte er in ihr Haar, wobei ihm der Kosename wie selbstverständlich aus dem Mund purzelte. „Du fühlst dich so unglaublich gut an." Und das war ausnahmsweise einmal keine Lüge. Vorsichtig griff er nach ihr und zog sie näher an sich. Es war eine Wohltat sie zu halten. Sie duftete so frisch, war belebend wie die Natur um sie herum. Ihr Körper war weich und warm, während ihre Rundungen sich verführerisch gegen ihn schmiegten. In diesem Moment schlug die Lust ihre Krallen in Alexanders Fleisch. Er spürte, dass er hart wurde.

Verdammt! Das passte ihm jetzt überhaupt nicht in den Kram. Er musste einen klaren Kopf bewahren. Mit allen Mitteln versuchte er, gegen die Erregung anzukämpfen, doch als Olivia sich an ihm rieb, verlor er den Kampf gegen seinen Körper.

Allmächtiger, die Frau war so was von heiß!

Sollte er sie seine Erektion nun spüren lassen oder lieber auf Abstand gehen? Er hatte keinen blassen Schimmer.

Olivia hingegen schien nichts von seinen wirren Gedankengängen zu ahnen. Sie seufzte glücklich, legte den Kopf ein wenig schief und blickte ihn herausfordernd an. „Gut, das mit dem Festhalten hätte schon mal geklappt. Denkst du, du bist wagemutig genug, mich auch zu küssen?"

Er schluckte vernehmlich. Denken? Nein, das war gerade nicht angesagt. Sein Kopf war völlig blutleer. Dennoch spornten ihn ihre Worte an. Er konnte den Erfolg förmlich riechen. Sein Blick wanderte zu ihren vollen, saftigen Lippen und er konnte nicht leugnen, dass er scharf auf Olivia war. Ihr kurvenreicher Körper trat unentwegt heftige Gefühle in seinem Unterleib los. Sein Widerstand bröckelte. Er wollte sie schmecken, mit seiner Zunge ihren Mund erkunden.

Okay, sie hatte gewonnen!

Einen Kuss! Nichts weiter als einen harmlosen Kuss.

„Nichts lieber als das!", hauchte er gegen ihre Wange. Er senkte seine Lippen auf die ihren herab, zuerst betont zaghaft, dann ein wenig plump. Bewusst stieß er mit seinen Zähnen gegen ihre.

Doch Olivia schien das alles nicht schwerwiegend zu belasten. Sie stöhnte verheißungsvoll in seinen Mund, was eine Vibration durch seinen Körper schickte. Und als ihre Zunge vorwitzig seinen Mund öffnete, übernahmen völlig unverhofft seine Hormone die Regie. Olivia war der Inbegriff der Versuchung. Ihre prallen Brüste drängten gegen seinen Oberkörper, während ihre Zunge genüsslich seinen Mund erkundete. Alexander benötigte dringend Sauerstoff im Gehirn. Heftig schnappte er nach Luft.

Doch zu spät! Es war um ihn geschehen! Er hatte keine Kontrolle mehr! Besitzergreifend riss er Olivia an sich, fiel wild und leidenschaftlich über ihren Mund her. Alles um ihn herum trat in den Hintergrund. Er vergaß die Rolle, die er spielte. Die ganzen verheerenden Umstände, und verlor sich in dieser wundervollen warmen Frau. Alle verdrängten Gefühle der letzten Wochen schossen an die Oberfläche und machten ihn verletzlich. Schlagartig war er genauso angreifbar wie das Mädchen in seinen Armen.

Gierig rieben sich Olivias Hüften an ihm. Und erst als sich seine knallharte Erektion schon fast schmerzhaft bemerkbar machte und er kurz davor stand, Olivia die Klamotten vom Leib zu reißen, wurde ihm jäh bewusst, dass er vielleicht gerade einen nicht wieder gutzumachenden Fehler begangen hatte. Automatisch war er in sein gewöhnliches Verhaltensmuster zurückgefallen: sich jede Frau zu nehmen, die er wollte.

Doch es rieselten solche Schauer des Begehrens durch all seine Nervenenden, dass es ihm unsagbar schwerfiel, sich auf die eigentliche Taktik zu konzentrieren. Wie es wohl sein mochte, Olivia unter sich zu haben? Ihre weichen Schenkel um seine Hüfte geschlungen? Er durfte sich das gar nicht erst ausmalen, sonst würde er sie mit dem Rücken gegen den nächsten Baum drängen und hart und gierig in sie hineinstoßen. Die Versuchung legte sich bleischwer über ihn und erschwerte ihm die Atmung.

Er löste sich von ihr. „Meine Güte, Olivia!“, keuchte er. „Entschuldige, dass ich über dich hergefallen bin, wie ein ausgehungertes Tier. So etwas ist mir noch nie passiert. Wir sollten auf der Stelle damit aufhören, sonst sind die ganzen guten Vorsätze dahin. Ich möchte nichts überstürzen und dich keinesfalls bedrängen.“ Gott, was für eine Lüge, in Anbetracht dessen, dass ihm die Zeit davonlief und ihm seine Hose gerade mächtig zu eng war.

Sie blickte auf. Ihre Augen schimmerten verheißungsvoll, die Pupillen waren erweitert. Ihre vollen

Lippen glänzten feucht und verführerisch und machten es Alexander nicht leicht, zu der Rolle des sexuell minderbemittelten Kerls zurückzufinden.

„Du brauchst dich nicht zu entschuldigen.“ Ihre Stimme klang atemlos. Die Luft zwischen ihnen schien zu vibrieren. War erfüllt von erotischer Energie. „Mir ist es genauso ergangen. Ich habe völlig die Kontrolle verloren.“ Peinlich berührt hielt sie einen Augenblick inne. „Aber ich will ehrlich zu dir sein. Es ist verdammt lange her, dass ich mit einem Mann zusammen war. Obendrein hat mich seit Scott keiner der Fürsten mehr so richtig angesprochen … Bis du aufgetaucht bist.“ Sie lächelte verschmitzt. „Und nachdem ich jetzt weiß, dass du auf Frauen stehst, habe ich die Hoffnung, dass das mit uns beiden vielleicht etwas werden könnte.“

Sie befeuchtete mit der Zunge ihre Lippen, was Alexander ein unterdrücktes Stöhnen entlockte. „Will heißen: Du hast vollkommen recht. Lass es uns langsam angehen. Womöglich habe ich es bisher immer überstürzt, und meine Affären sind deswegen so schnell in die Brüche gegangen.“ Sie blickte ihn aus großen Augen an. „Aber eine Bitte hätte ich trotzdem. Küss mich noch einmal!“

Ihr bettelnder Blick brachte ihn trotz der widrigen Umstände zum Schmunzeln. Die Kleine war süß, und sie fuhr definitiv auf ihn ab. Auch wenn sein Gehirn die Reaktion seines Körpers gerade nicht in Einklang mit seiner eigentlichen Zielsetzung bringen konnte. Denn er war erregt bis in dic Haarspitzen. Um nichts in der Welt hätte er die Frau in seinen Armen gegen eine andere eintauschen wollen.

Eventuell lag es ja auch an der befremdlichen Situation, in der er sich befand. Doch das spielte jetzt alles keine Rolle, er würde ihrem Wunsch liebend gerne nachkommen. Und es würde sicherlich nicht mehr lange beim Küssen bleiben. Dazu waren sie beide viel zu scharf, zu heiß aufeinander.

„Geht klar“, hauchte er gegen ihren Mund, bevor er ihn erneut mit heißen Küssen in Beschlag nahm. Sie stöhnte voller Wonne auf, was Alexander abermals heftig an seine Grenzen brachte.

Herrje, er brauchte sie! In seinem Bett. Sofort! Er war inzwischen so hart, dass er kaum noch gerade stehen konnte. Er wollte sich tief in Olivia versenken, das Gefühl ausleben, noch nicht tot zu sein.

„Darf ich dich berühren?“, raunte er gegen ihre Lippen, die sie ihm ein ums andere Mal willig anbot. „Ich möchte deine nackte Haut spüren. Keine Angst, ich werde hier sicher nicht zu weit gehen. Ich …“

„Ich bitte darum“, unterbrach sie ihn. „Ich kann mir nichts Schöneres vorstellen als deine Hände auf meinem Körper.“

Alexander ließ vernehmlich den Atem entweichen. Puh! Wenn sie in dem Tempo weitermachte, wurde das eine ziemlich schwere Übung. Er musste dringend die Bremse ziehen.

Denk an etwas anderes!, rief er sich zur Ordnung. Denn ihm schien gerade alles zu entgleiten. Er musste unbedingt runterkommen.

Aber zuerst interessierte ihn eine Sache brennend: nämlich, ob Olivia einen BH trug? Diese Frage hatte er sich während der letzten Tage schon häufiger gestellt. Wenn, dann musste ihre Unterwäsche hauchdünn sein, denn sie war selbst durch eng anliegende Klamotten nicht erkennbar. So glitten seine Hände unter ihr T-Shirt, wobei er absichtlich mit seiner Fliegeruhr am Saum hängen blieb. Er wollte die Rolle, die er spielte, noch nicht ganz über den Haufen werfen. „Verdammt!“, fluchte er, während er mit der anderen Hand unbeholfen an dem Stoff herumzupfte.

Sie kicherte. „Gott, Alex, ich liebe deine hilflose Art und Weise. Du bist so erfrischend.“

Alexander zuckte zusammen. Seine Schwester hatte ihn als Kind immer Alex genannt, da sie seinen Namen nicht hatte aussprechen können. Normalerweise verbat er sich die Verunstaltung seines Namens. Doch bei Olivia hörte sich das irgendwie richtig an.

Zärtlich streichelten seine Finger ihre Wirbelsäule entlang und ließen die Frau in seinen Armen erbeben. Sie stöhnte unterdrückt auf und eine verräterische Gänsehaut überzog in Sekundenschnelle ihren ganzen Körper. Wie ferngesteuert bewegte sich seine Hand in Richtung ihres Busens. Den Stofffetzen, den er erhaschte, gab dem Wort BH eine völlig neue Bedeutung. Seine Finger ertasteten nichts als hauchdünne Spitze.

Heilige Scheiße! Wenn sie damit beabsichtigt hatte, ihn vollkommen verrückt zu machen, dann hatte sie es geschafft. Er konnte nicht mehr anders, er musste ihre prallen Brüste spüren, umfassen, kneten. Vorsichtig berührte er sie. Olivia keuchte auf. Prompt wurden ihre Brustwarzen knallhart.

Ungläubig hielt er die Luft an. Okay, sie fuhr auf seine schüchterne Art und Weise ab!

Da brat ihm doch einer …!

Erneut stieg Euphorie in ihm auf. Er war dem Ziel schon so nahe. Und dann vergaß er einmal mehr die Welt um sich herum, widmete sich voll und ganz der Frau in seinen Armen.

Mannomann! Küssen konnte die Kleine. Wenn sie so weitermachte, würde die Lüge, die er ihr aufgetischt hatte, noch Realität werden. Wie ein blutiger Anfänger war er kurz davor, in voller Montur zu kommen. Es hieß ja immer, dass Rothaarige rassig waren, aber mit diesem Angriff auf seine Sinne hatte er nun wirklich nicht gerechnet.

Scheiß auf die guten Vorsätze!

Er würde sie jetzt ins Haus zurückschaffen und vögeln, bis sie nicht mehr laufen konnte. Denn sie war mehr als bereit für ihn.

„Die Jugend von heute! Einfach schamlos!“, ließ sie da eine Männerstimme auseinanderfahren. Alexanders Blick fiel auf einen Opa, der sie mit missbilligender Miene beäugte. „Sie sollten sich schämen, junger Mann! So etwas hätte es zu meiner Zeit nicht gegeben“, murmelte der Alte noch. Dann drehte er sich um und wackelte kopfschüttelnd mithilfe seines Krückstocks von dannen.

Langsam gewann die Welt um Alexander herum wieder an Substanz. Hastig pfriemelte er seine Hand unter Olivias T-Shirt hervor, die inzwischen auf einer ihrer üppigen Brüste zum Liegen gekommen war. Wohingegen die Finger seiner anderen Hand ihren knackigen Po umschlossen und Olivias Becken fest gegen die Härte in seiner Hose pressten. Flugs schob er sie von sich.

Ihr Atem ging schwer, als sie sich mit dem Handrücken über die wund geküssten Lippen wischte. Dann schmunzelte sie. „Ach, du liebe Güte, wo kam der denn jetzt her? Gut, dass er uns eingebremst hat. Wer weiß, was sonst passiert wäre?“ Sie legte den Kopf schief und blickte Alexander herausfordernd an. „Keine Ahnung, an was es liegt, aber du machst mich wahnsinnig. Also entweder treten wir jetzt auf der Stelle den Rückzug an oder aber wir nehmen uns in dem

Inn da drüben ein Zimmer." Mit der Hand deutete sie auf ein etwa fünfhundert Meter entfernt stehendes Haus.

Alexander nickte geistesabwesend. Er wusste haargenau, was als Nächstes passiert wäre. Denn im Geiste hatte er sich schon ganz tief in ihr drin gesehen. „Komm, wir machen uns auf den Rückweg!", murmelte er, während er nach ihrer Hand griff und davonmarschierte. Wortlos zog er sie hinter sich her, wobei er jeglichen Blickkontakt vermied.

Nach ein paar Metern stockte sie. „Alexander, aber eins verstehe ich nicht. Wieso konnte der Mann dich sehen?", stellte sie genau die Frage, die er befürchtet hatte.

Betont lässig zuckte er mit den Schultern. „Keine Ahnung. Gibt es noch mehr solche Ringe?"

„Meines Wissens nach nicht."

„Womöglich ist er auch ein Fürst, ein Geist …?" Er zuckte erneut mit den Schultern. „Irgendetwas in der Art." Unerbittlich zog er Olivia weiter.

Doch sie war nicht mehr dieselbe. Schweigsam, in Gedanken versunken, tappte sie hinter ihm her, und er konnte nur hoffen, dass sie die Sache auf sich beruhen ließ.

Verdammt, er hätte sich einfach weigern müssen, das Haus zu verlassen!

Was, wenn sie Verdacht geschöpft hatte und den Ring abnahm? Dann würde sie schnell merken, dass er sie die ganze Zeit über belogen hatte. Und das, wo er das Ziel schon vor Augen gehabt hatte. Die Schlinge um seinen Hals, die sich während der letzten Tage gelockert hatte, zog sich blitzschnell wieder zu. Olivia entglitt ihm, flutschte ihm durch die Finger.

Ob er sie einfach packen sollte, sich über die Schulter werfen und ins Bett tragen? Oder machte er damit alles nur noch schlimmer? Vielleicht sollte er sie erst einmal sich selbst überlassen, sich für ein paar Tage rarmachen, bevor ihm die Felle gänzlich davonschwammen? So entschied er, schnellstmöglich das Weite zu suchen.

Als Olivias Haus in Sichtweite kam, bremste er ab und küsste sie flüchtig auf die Stirn. „Entschuldige, Kleines, aber ich bin völlig durch den Wind. Das alles hat mich ziemlich überwältigt. Ich muss erst einmal in mich gehen." Er ignorierte ihre verwunderten Blicke und verschwand flugs in ein angrenzendes Wäldchen.

Dorthin, wo er grundsätzlich seinen Wagen parkte.

Nun konnte er nur hoffen, dass er die Scharade problemlos zu Ende bringen konnte, ohne dass Olivia Verdacht geschöpft hatte.

Ansonsten wäre er mausetot!

Kapitel 6

Geistesabwesend starrte Olivia in das Feuer des offenen Kamins. Hungrig leckten die Flammenzungen über das Holz. Das Knistern der zerberstenden Scheite erfüllte den ganzen Raum. Doch die beruhigende Wärme, die das Feuer normalerweise in Olivia auslöste, drang heute nicht zu ihr durch. Zu viel ging ihr durch den Kopf. Unentwegt hatte sie das Gefühl, Alexanders süße Küsse noch auf ihren Lippen zu spuren, und dennoch war da ein bitterer Nachgeschmack.

Der Greis, der sie im Wald beim Knutschen erwischt hatte, war für sie kein Unbekannter. Er lebte im Nachbarort. Seine Frau war vor einiger Zeit verstorben. Seitdem unternahm er häufig lange Spaziergänge. Und sie hätte darauf gewettet, dass er kein Fürst der Dunkelheit war.

Aber wieso zur Hölle hatte er Alexander sehen können? Zugegeben, im Grunde genommen konnte sie sich sogar glücklich schätzen, denn was für ein Bild hätte das ansonsten abgegeben? Sie, in inniger Umarmung mit einem Geist. Sie verteufelte sich, dass sie so unbedacht gewesen war. Die Bewohner von Avebury waren ohnehin der Meinung, dass sie einen gewaltigen Dachschaden hatte. Sie durfte die Glut nicht schüren, indem sie ihnen zusätzlichen Zündstoff lieferte.

Doch was sie am meisten beschäftigte, war Alexanders übereilter Abgang, der einer Flucht gleichgekommen war. Und das, nachdem er sie geküsst hatte, als hinge sein nacktes Überleben davon ab. Küsse, die ihr Blut mächtig in Wallung versetzt hatten. Die ihr durch und durch gegangen waren. Ehrlich gesagt konnte sie sich überhaupt nicht erinnern, jemals so von einem Mann um den Verstand gebracht worden zu sein.

Aber küsste so ein Kerl, der angeblich keine Erfahrung mit Frauen hatte?

Sie konnte die Sache drehen und wenden, wie sie wollte. Irgendetwas ging hier nicht mit rechten Dingen zu. Ob Alexander ein anderes Wesen der Schattenwelt war, eins das für Menschen sichtbar war? Eine ihr bisher unbekannte Spezies?

Schon mehrfach hatte sie den Eindruck gewonnen, dass seine körperliche Verfassung von Tag zu Tag schwankte. Im Normalfall war seine Haut sonnengebräunt. Doch es gab auch Tage, an denen er blass wirkte, dunkle Augenringe hatte. Obendrein schien er Gewicht verloren zu haben. Was bei einem Wesen der Zwischenwelt ein Ding der Unmöglichkeit war. Die Erfahrung hatte sie gelehrt, dass diese Kreaturen für alle Zeit in dem Zustand blieben, den sie an ihrem Todestag innegehabt hatten.

Des Weiteren verfügte er für einen ehemaligen Krebspatienten über eine außergewöhnlich gute Konstitution. Gut, er hatte sich das Leben genommen, bevor ihn die Krankheit gänzlich zerfressen hatte. Doch so langsam kam ihr das alles ein wenig abwegig vor. Alexander unterschied sich einfach zu sehr von den übrigen Fürsten der Dunkelheit.

Aber warum sollte er sie belügen? Und wieso besaß er ein so fundiertes Wissen über die Zwischenwelt? Er hatte ihr viele Details anvertraut, die kein Außenstehender kennen konnte. Und ausgedacht hatte er sich die Geschichten nicht, denn das meiste deckte sich mit den Schilderungen der anderen Fürsten.

Allerdings hatte sie noch nie gesehen, dass er durch Wände lief oder sich aus heiterem Himmel materialisierte. Gut, er aß nicht und trank nicht. Griff nicht nach Gegenständen. Aber was, wenn das alles inszeniert war? Er sie doch hinters Licht führte?

Es half alles nichts. Sie musste der Wahrheit auf den Grund gehen, denn diese Ungewissheit ließ ihr keine Ruhe.

Doch das gestaltete sich schwieriger als erwartet, da Alexander zwei geschlagene Tage lang nicht auftauchte. Nach und nach fiel die Nervosität über Olivia her wie eine hungrige Hyäne.

Was wenn er nicht zurückkehrte? Hatte sie ihn mit ihren plumpen Annäherungsversuchen etwa vergrault? Schließlich hatte er ihr mehrmals signalisiert, dass ihm das alles zu schnell ging. Doch in ihrer blinden Leidenschaft hatte sie seine Einwände völlig ignoriert.

Verdammt! Wenn sie nur in der Lage wäre, mit ihm in Kontakt zu treten. Ihm klarzumachen, dass sie Meilen davon entfernt war, eine männermordende Nymphomanin zu sein. Sollte sie Sebastian einschalten und um Hilfe bitten? Aber was sollte sie ihm erzählen? Dass sie wie eine Sexbesessene über Alexander hergefallen war und er sich deswegen vom Acker gemacht hatte? Wohl kaum.

Er fehlte ihr. In seiner Gegenwart war sie glücklich, fühlte sich sicher. Obendrein konnte sie nicht leugnen, dass sie nach weiteren heißen Küssen und seinem muskulösen Körper lechzte.

Nachdenklich spähte sie aus dem Fenster. Der Sommer stand in den Startlöchern. Und obwohl es noch früh am Morgen war, strahlte die Sonne bereits mit den sich öffnenden Blumen im Garten um die Wette. Neugierig reckten sie ihre Köpfchen dem Himmel entgegen. Und da Olivia sich ohnehin nicht aufs Schreiben konzentrieren konnte, wanderte sie hinaus, ließ sich auf dem weichen Rasen nieder und topfte geschäftig ein paar Pflanzen um. Sie musste sich um jeden Preis von Alexander ablenken, denn ihre Gedanken verweilten unablässig bei ihm.

„Hallo, meine Schöne", ließ sie geraume Zeit später eine hinlänglich bekannte Stimme herumfahren. Lässig an die Gartentür gelehnt stand der Mann, der ihr seit Tagen schlaflose Nächte bereitete. Die Sonnenstrahlen tanzten über sein schwarzes schimmerndes Haar und ließen ihn unwiderstehlich aussehen.

Prompt machte ihr Herz einen kleinen Luftsprung. Alle Bedenken waren schlagartig dahin. Er war zurückgekehrt! Das war alles, was zählte.

Freudestrahlend sprang sie auf. „Alexander, ich hatte solche Angst, dich nie mehr wiederzusehen. Wo hast du nur so lange gesteckt?"

Er lächelte vielsagend. „Tut mir leid, aber es gab viel zu tun. Du glaubst gar nicht, wie sehr du mir gefehlt hast." Er ging auf sie zu und zog sie zärtlich in die Arme. Nur zu gerne ließ sie es geschehen. Glückselig lehnte sie sich gegen ihn, was ihn veranlasste, sie fester zu packen. Liebevoll küsste er ihr Haar.

Gott, wie sehr sie ihn vermisst hatte!

Die Geborgenheit seiner Umarmung fühlte sich einfach unglaublich an. Sein herber männlicher Geruch kitzelte ihre Nase und ließ sie vor Wonne seufzen. Ihr ganzer Körper prickelte. Dieser Mann fehlte ihr mehr, als gut für sie war.

Doch dann schaltete sich ihr Unterbewusstsein ein: *Nun mal langsam, junge Frau!*, ermahnte es sie.

Richtig! Zuerst musste sie des Rätsels Lösung finden. Ansonsten würde sie nicht zur Ruhe kommen. Mit sanfter Gewalt wand sie sich aus Alexanders Armen. Ihr Blick fiel auf die kleine Schaufel, mit der sie den Boden umgegraben hatte. Sie ging darauf zu, klaubte sie auf und warf sie Alexander zu. „Hier, fang!"

Mit einer schnellen Handbewegung schnappte er die Schaufel im Flug. Ungläubig starrte sie auf seine Hand. Davon abgesehen, dass das nicht wahr sein konnte, waren seine Reflexe der Hammer!

Verdattert blickte er Olivia an. „Was ...?" Da erst schien er zu begreifen, dass er einen Fehler begangen hatte. Postwendend ließ er die Schaufel fallen.

Olivia wich einen Schritt zurück. „Ich glaube das jetzt nicht", murmelte sie.

Automatisch flog ihre linke Hand zu dem Ring. Sie musste wissen, was passierte, wenn sie ihn abnahm. Ob Alexander über die Kraft des Ringes erhaben war?

Doch in diesem Moment kam Bewegung in den Mann ihr gegenüber. Er stürzte auf sie zu und griff nach ihren Händen. „Nein, Olivia, tu das nicht! Bitte!", flehte er sie geradezu an, während er ihr eindringlich in die Augen blickte.

Sie unternahm den Versuch, ihm ihre Hände zu entreißen. Doch er verfügte über bemerkenswerte Kräfte und dachte gar nicht daran, sie freizugeben.

„Lass mich auf der Stelle los!", zischte sie.

Er tat nichts dergleichen.

Im Gegenteil: Der Griff um ihre Handgelenke verstärkte sich. Urplötzlich stieg ein Gefühl der Panik in ihr auf. Ähnlich einer Vision jagten die Bilder eines verschwitzten, ungepflegten Kerls durch ihren Kopf, der mit einer Hand ihre kleinen Ärmchen über dem Kopf festhielt und erbarmungslos mit seinem riesigen Schwanz in sie hineinstieß. Brutal drückte er sie dabei auf eine nach Mottenkugeln stinkende Matratze.

Niemals, in ihrem ganzen Leben würde sie diesen Geruch wieder ertragen können. Schon eine einzelne Motte trieb sie nahezu in den Wahnsinn. Die Schmerzen, die sie damals empfunden hatte, waren wieder allgegenwärtig. Ihr ganzer Körper verkrampfte sich. Kalter Schweiß bildete sich auf ihrer Haut, während ihr die Tränen in die Augen schossen.

Doch dann explodierte etwas in ihrem Kopf.

Nein! Sie war kein kleines hilfloses Mädchen mehr! So weit würde sie es kein zweites Mal kommen lassen! Niemals mehr würde ein Kerl ihr Gewalt antun!

Sie reckte das Kinn in die Luft, versuchte sich groß zu machen. „Verdammt, Alexander, lass mich los!“, schrie sie ihn an. Kopflos versetzte sie ihm einen heftigen Tritt gegen das Schienbein, wand sich fieberhaft unter seinem stahlharten Griff.

Er jaulte unterdrückt auf, ließ aber nicht locker. „Olivia, ich will dir doch nichts tun!“ Er blickte ihr ins Gesicht und seine Stimme wurde sanft. „Herrgott, Kleines, weine doch nicht.“

„Dann nimm sofort deine Hände von mir! Der nächste Tritt wird dich weiter oben treffen. Das verspreche ich dir!“, drohte sie, wohl wissend, dass sie im Ernstfall nicht den Hauch einer Chance gegen ihn hätte. Und wie so üblich befand sich ihre Waffe im Schlafzimmer.

Mist! Sie war so eine einfältige Kuh!

„Nur wenn du versprichst, den Ring nicht abzunehmen.“ Alexanders Stimme klang nun ruhig. Irgendwie verändert. Resigniert?

Hatte sie ihn tatsächlich in die Knie gezwungen? Oder war es eher ihr tränenüberströmtes Gesicht, das ihn hatte weich werden lassen? Denn ohne, dass sie es verhindern konnte, liefen ihr die Tränen inzwischen in Rinnsalen über die Wangen. Machten die Glaubwürdigkeit ihres forschen Auftritts zunichte.

Interessiert musterte sie ihren Kontrahenten. „Und

warum? Wenn ich fragen darf?"

Er blickte ihr tief in die Augen. In seinem Blick lag Traurigkeit. Doch da war noch mehr: ein Fünkchen Angst, und das ließ sie zur Ruhe kommen. Die Maske, die er normalerweise trug und hinter der er seine Gefühle verbarg, war verrutscht. Zum ersten Mal zeigte er sein wahres Gesicht. Sie war nicht die Einzige, die von Furcht befallen war. Auch wenn ihr nicht ganz klar war, was Alexanders Problem war. Immerhin war er ihr körperlich um Längen überlegen.

Als er wieder sprach, waren seine Worte von einem Zittern unterlegt: „Bitte, Olivia, versprich es mir. Dann erkläre ich dir alles."

Ohne den Blick von ihm zu nehmen, nickte sie. „Gut, wie du willst. Zumindest für den Moment werde ich den Ring anbehalten. Aber wage es nicht, mich je wieder gegen meinen Willen festzuhalten."

„Es tut mir leid. Entschuldige, ich habe nicht nachgedacht. Ich verspreche dir, dass das nicht noch einmal vorkommt." Sanft ließ er ihre Handgelenke los und versuchte, ihr die Tränen von einer Wange zu wischen, doch sie zuckte zurück.

„Es tut mir leid", flüsterte er abermals. Dann wandte er sich ab und sank auf die Holzbank vor dem Haus. Er ließ den Kopf nach vorne fallen und vergrub das Gesicht in den Händen. Als er wieder aufsah, stand die pure Verzweiflung in seinen Augen.

„Was bist du?"

Er blickte sie einen Moment lang stumm an. „Ein Mensch, ein ganz normaler Mensch."

„Aber, ich verstehe nicht … Heißt das, du bist gar nicht tot?"

Er schüttelte den Kopf. „Noch nicht."

„Aber warum hast du das denn nicht gleich gesagt?

Wozu dieses ganze Theater?"

„Ich werde sterben. Ich habe Krebs im fortgeschrittenen Stadium. Du warst meine letzte Rettung."

Sie pikste sich mit einem Finger in die Brust. „Ich? Sehe ich vielleicht aus wie ein verdammter Arzt?"

Er spähte demonstrativ auf ihre Hand. „Bist du im Besitz eines weiteren Ringes?"

Völlig verwirrt nahm sie ebenfalls den Ring in Augenschein. „Und wenn?"

„Ich hatte gehofft, dass du ihn mir schenken würdest."

In diesem Moment wich auch noch die letzte Farbe aus ihrem Gesicht. „Woher weißt du davon?"

Er zögerte einen Augenblick. „Das war reiner Zufall. Deine Cousine Lilly ist die beste Freundin meiner kleinen Schwester. Ich habe ein Gespräch der beiden belauscht. Ja, und da dachte ich …" Er zuckte mit den Schultern. „Einen Versuch war es wert."

Olivia war wie vor den Kopf gestoßen, als sie das Ausmaß seiner Aussage begriff. Heftig zitterten ihr die Knie. Eisige Kälte rollte über sie hinweg, machte den wundervollen Sommertag im Handumdrehen zunichte. „Sag, dass das nicht wahr ist! Dass du nicht nur deswegen hier warst! War wirklich alles gelogen?"

Er hob abwehrend eine Hand. „Um Himmels willen, nein! Nur die Sache mit dem Geist, der Rest entspricht der Wahrheit … Mein Leben als Jetpilot, diese schreckliche Krankheit, mein Tod …", er fuhr sich mit der Hand übers Gesicht, „der mir allerdings erst noch bevorsteht. Vielleicht verstehst du jetzt, warum ich nicht in der Lage war, darüber zu sprechen."

„Aber warum hast du mir das nicht einfach gesagt?"

Er holte tief Luft. Schien sich die nachfolgenden Worte genau zurechtzulegen. Und da wusste sie, dass er ihr noch längst nicht die ganze Wahrheit verraten hatte.

„Mir ist zu Ohren gekommen, dass du auf Geister abfährst. Ich dachte, es würde mit deinem Beruf zusammenhängen. Dass du ständig auf der Suche nach neuem Stoff für deine Bücher bist. Aber lange Rede, kurzer Sinn: Ich nahm an, dass ich leichtes Spiel mit dir hätte, wenn ich mich als Geist ausgeben würde."

„Du mieser Mistkerl!", platzte es aus Olivia heraus. „Es ging dir die ganze Zeit nur um den Ring? Hast du mir nun alles gestanden oder ist da noch mehr? So langsam glaube ich dir nämlich kein Wort mehr."

Er nickte. „Würde ich an deiner Stelle auch nicht. Aber alles, was ich dir gerade sage, ist wahr. Seit ich weiß, was dir in deiner Jugend zugestoßen ist, frisst mich mein schlechtes Gewissen beinahe auf. Mein sorgfältig zurechtgelegter Plan ist heftig ins Wanken geraten, als du mir deine Geschichte offenbart hast. Ich war kurz davor, die ganze Show abzublasen. Doch dann habe ich wieder an Jessy gedacht." Er schüttelte kaum merklich den Kopf. „Wenn ich nur geahnt hätte, was du durchgemacht hast, hätte ich mich nie so verhalten."

Olivia schloss die Augen. Am liebsten hätte sie ihm eine Ohrfeige verpasst, die ihresgleichen suchte. „Deine ganzen Bemühungen haben also nur darauf abgezielt, dass ich mich in dich verliebe. Deine zurückhaltende, höfliche Art und Weise. Das Gelaber, dass du es langsam angehen willst. Dass du keine Erfahrung mit Frauen hast. Alles Show. Nicht wahr?"

Er nickte.

Verärgert warf sie die Arme in die Luft. „Gott, ich fasse es nicht. Ich bin so eine dumme Gans! Wie konnte ich nur dermaßen blauäugig sein? Dir diese dämliche

Story überhaupt abzukaufen? Du bist die personifizierte Verführung. Sex auf zwei Beinen. Ich wette, du hast schon Hunderte von Frauen im Bett gehabt!"

Als er nicht widersprach, sah sie erst recht rot. „Jetzt erst begreife ich alles. Warum du dich nie dematerialisiert hast. Deine angebliche Angst vor Menschen. Du hast mich tatsächlich die ganze Zeit über verarscht. Du hast mich benutzt. Ich war lediglich ein Statist in deinem Theaterstück."

Sie deutete mit dem Zeigefinger auf ihn. „Weißt du was, Alexander Winter? Verschwinde aus meinem Leben! Fahr zur Hölle! Denn genau dort wirst du landen, mit diesen ganzen erbärmlichen Lügen. Ich will dich nie mehr wiedersehen!" Sie wirbelte herum und marschierte auf die Haustür zu, wo sie noch einmal innehielt. „Eine Frage noch: deine Küsse … waren die auch nur Show?"

Er stöhnte auf. „Als ob du nicht gespürt hättest, wie hart du mich gemacht hast."

Sie verdrehte die Augen. „Stimmt. Ich hätte schon tot sein müssen, um das nicht zu bemerken. Aber davon rede ich nicht. Ich hatte das Gefühl, da wäre etwas zwischen uns. Mehr als pures sexuelles Verlangen. Habe ich mich so sehr getäuscht?"

Alexander stand wortlos auf und wanderte in Richtung Ausgang. „Das spielt jetzt wohl auch keine Rolle mehr", murmelte er.

Dann verschwand er. Und hinterließ nichts als gähnende Leere und ein quietschendes Gartentor.

Kapitel 7

4 Wochen später

„Papa, Papa! Endlich bist du da!“, rief Jessy, während sie mit wehenden Haaren auf ihren Vater zustürmte. Vertrauensvoll warf sie sich in seine Arme. Er fing sie auf und wirbelte sie wie einen Drehkreisel in der Luft herum, was die Kleine vor Freude quietschen ließ. Als er sie abstellte, schwankte sie wie ein tapsiger Welpe.

„Jessy, mein kleiner Sonnenschein, wie geht es dir?“

Sie setzte einen Schmollmund auf. „Ich hab den ganzen Morgen auf dich gewartet.“

„Ich weiß, aber jetzt bin ich ja da. Ich hatte noch etwas zu erledigen. Kommst du bitte mal mit mir nach draußen? Ich muss in aller Ruhe mit dir reden. Und dann habe ich ein Geschenk für dich.“

Alexander biss die Zähne zusammen, damit er nicht voller Verzweiflung laut aufschrie. Der Gedanke an das längst fällige Gespräch zerriss ihn wie eine Detonation. Sein Magen verkrampfte sich und in seiner Kehle bildete sich ein gewaltiger Kloß. Aber er konnte es nicht länger aufschieben. In der kommenden Nacht war der Zeitpunkt gekommen, den er so lange gefürchtet hatte.

„Ein Geschenk!“, kreischte das Mädchen aufgeregt. Das war alles, was sie in ihrer kindlichen Unbeschwertheit aufgeschnappt hatte. „Was hast du denn für mich?“

Er zwang sich ein schwaches Lächeln ab. „Das wirst du schon noch sehen, aber zuerst musst du mir aufmerksam zuhören. Einverstanden?“ Er streckte ihr eine Hand entgegen.

Vertrauensvoll griff sie mit ihren kleinen Fingern danach und hüpfte neben ihm her in den Garten.

Bei Alexanders Elternhaus handelte es sich um ein gepflegtes frei stehendes Einfamilienhaus, das von einem ausladenden Grundstück umgeben wurde. Auf der rechten Seite säumten ein paar in die Jahre gekommene Kirschbäume den Garten, unter denen eine schmiedeeiserne Bank stand. Dorthin lotste er Jessy.

Ein Bild von zwei Kindern stieg vor seinem geistigen Auge auf, einem Jungen und einem Mädchen, die ausgelassen die Bäume erklommen. Das waren noch Zeiten gewesen, als er dort unbekümmert mit seiner Schwester herumgetobt war. Als hätte jemand die Uhr vorgedreht, war sein Leben wie im Zeitraffer an ihm vorbeigeflogen.

Bunte Blumen blühten in der Nähe des Zauns und verbreiteten einen sommerlichen Geruch. Irgendwo zwitscherte ein Vogel. Alexander blickte gen Himmel. Blau und wolkenlos erhob er sich über ihm. Was für eine Idylle! Warum lernte man die Schönheiten des Lebens erst dann zu schätzen, wenn sie einem entrissen wurden?

Er packte seine Tochter an der Hüfte, platzierte sie auf der Bank und sackte vor ihr in die Hocke. Aufgeregt schwangen ihre Beinchen unter dem hellen Sommerkleid hin und her. Ihre dunklen Locken tanzten im Wind, während sie ihn erwartungsvoll anguckte.

„Hör zu, mein Schatz“, setzte er letztendlich an. „Du weißt, du bist das Wichtigste in meinem Leben. Ich liebe dich über alles, und das wird auch immer so bleiben. Egal, was passiert.“ Er räusperte sich. Wie so üblich befanden sich die richtigen Worte auf Abwegen, wenn man sie benötigte.

Er wagte einen weiteren Vorstoß. „Jessy, Oma wird immer für dich da sein. Und du hast hier alles, was du brauchst. Wir haben in den letzten Wochen so viel Zeit miteinander verbracht wie nie zuvor. Und das war wundervoll, nicht wahr?“

Sie nickte eifrig. „Gehen wir wieder in den Zoo? Die kleinen Eisbären waren so süß.“

„Da geht Oma sicherlich gerne mit dir hin.“

„Ich will aber mit dir in den Zoo!“, muckte das Mädchen auf.

Er schluckte. „Tut mir leid. Aber das wird nichts. Denn ich muss leider weg.“

„Musst du wieder durch die Luft fliegen, um die Welt zu retten?“

„So ähnlich. Aber dieses Mal muss ich eine etwas weitere Reise antreten. Weißt du, irgendwann ist unsere Zeit auf der Erde abgelaufen. Und bei mir ist das jetzt der Fall. Aber keine Angst, ich werde in Gedanken immer bei dir sein und dich beschützen.“

Jessy blickte ihn verständnislos an. „Aber wohin gehst du denn?“

„In den Himmel, dorthin wo auch deine Mama ist. Und in vielen, vielen Jahren, wenn du ein erfülltes Leben gehabt hast, folgst du uns. Dann sind wir wieder alle vereint.“

Er blinzelte die Tränen weg, die ihm wie Feuer in den Augen brannten. Was für eine faustdicke Lüge! Als ob er oder Jessys Mutter auch nur annähernd in die Nähe des Himmels kämen. Niemals!

Jessy musterte ihn nachdenklich. „Warum nimmst du mich nicht gleich mit? Zu Mama.“

„Nein, Jessy, du bist noch viel zu jung. Du hast noch dein ganzes Leben vor dir.“

So langsam schien seine Tochter zu begreifen, was er versuchte, ihr mitzuteilen. Furcht blitzte in ihren großen blauen Augen auf. „Aber, Paps, du kannst mich doch nicht einfach alleine lassen“, stotterte sie hilflos.

„Ich brauche dich. Wer soll denn mit mir fernsehen und mir vorlesen? Und du hast mir versprochen, mich zum Fliegen mitzunehmen. Ich habe doch nur dich."

Und in diesem Moment war es um Alexander geschehen. Er riss sie in die Arme und schluchzte hemmungslos. Heiße Tränen liefen ihm über die Wangen und tropften in Jessys Haar. Es kostete ihn eine immense Überwindung, seinen Frust nicht laut herauszuschreien. Voller Verzweiflung biss er die Zähne zusammen, bis seine Kiefermuskeln sich verkrampften. War es wirklich das allerletzte Mal, dass er die Nähe seiner Tochter genießen durfte? Tief sog er ihren süßen Duft in die Lungen ein und hielt den Atem an, um so lange wie möglich von ihrem Geruch zehren zu können.

„Wein doch nicht, Papa!", flüsterte sie an seinem Ohr, was die Situation nicht gerade verbesserte. Erst Sekunden später war er imstande, sich von Jessy zu lösen. Mit fahrigen Fingern wischte er sich die Tränen vom Gesicht. „Entschuldige, mein Schatz. Du wirst mir so furchtbar fehlen. Bitte versprich mir, nicht traurig zu sein und immer schön auf Oma aufzupassen. Sie braucht jemanden, der für sie da ist."

„Aber wann sehe ich dich denn wieder?"

Er schluckte. Was sollte er darauf nur antworten? „Na ja, das wird schon eine Weile dauern. Aber damit du dich bis dahin nicht so alleine fühlst, habe ich dir etwas mitgebracht. Ein Geschenk. Schon vergessen?"

„Aber du kommst doch zu mir zurück, oder?"

„Jessy, ich liebe dich. Vergiss das niemals." Er war einfach nicht in der Lage, ihr die gnadenlose Wahrheit zu sagen. So rettete er sich in Ausflüchte. „Und Tante Lena wird auch immer für dich da sein. Das weißt du. Und jetzt ist es allerhöchste Zeit, nach dem Geschenk zu sehen."

Sie blinzelte ihn argwöhnisch an und wirkte in diesem Moment so entzückend, dass er beinahe erneut losgeheult hätte.

Dann schob Neugier den Anflug von Angst aus ihren Augen. „O ja, das Geschenk. Was ist es denn?"

Er griff nach ihrer Hand. „Komm mit. Es ist im Haus. Du wirst es lieben." Mit sanfter Gewalt zog er sie in Richtung Terrassentür. Seine Mutter verharrte im Flur und warf ihm einen fragenden Blick zu. Er nickte ihr zu, woraufhin sie sich unauffällig eine Träne aus dem Augenwinkel wischte.

Auf dem Boden des Kinderzimmers lag ausgebreitet eine Decke, auf der eine kleine Kiste stand. Darin rekelte sich etwas Pelziges. Jessy beäugte das winzige Geschöpf einige Sekunden lang neugierig, dann tippelte sie hastig darauf zu, bevor ein Lächeln über ihr Gesicht huschte. „Ein Kätzchen!", rief sie. „Das habe ich mir schon so lange gewünscht." Sie plumpste auf die Knie und streckte vorsichtig eine Hand aus, um das putzige Wesen zu berühren. Im ersten Moment gab es ein erschrockenes Maunzen von sich, doch dann blickte es Jessy aus großen Augen an und leckte mit seiner zartrosa Zunge über ihre kleinen Finger. „Gott! Ist das süß!", gluckste das Mädchen vergnügt. „Haha! Das kitzelt."

Alexander sank neben sie in die Hocke. „Du darfst ihm einen Namen geben. Es hat noch keinen. Es wird ab jetzt immer auf dich achtgeben. Aber du musst mir versprechen, dass du auch auf das Kätzchen aufpasst."

Jessy lächelte. „Darf ich es Alex nennen?", wollte sie wissen.

Abermals schossen Alexander die Tränen in die Augen. Sein Magen krampfte sich schlagartig zusammen.

Er sprang auf und hetzte nach draußen in den Garten, wo er sich in eine Hecke erbrach. Die Verzweiflung schnürte ihm die Kehle zu. Er zitterte am ganzen Leib, würgte erneut und schnappte so heftig nach Luft, dass er Schluckauf bekam. Würde er wirklich die Kraft aufbringen, seinen Plan in die Tat umzusetzen?

Als Alexander am Abend die Tiefgarage betrat, war ihm immer noch kotzübel. Schweißperlen standen auf seiner Stirn und er konnte sich nur mit Müh und Not davon abhalten, einfach umzudrehen und die Flucht zu ergreifen. Nun war der Zeitpunkt also gekommen, den er so lange vor sich hergeschoben hatte und der ihm schlaflose Nächte beschert hatte.

Suchend ließ er seine Blicke durch die Halle schweifen. In diesem Moment löste sich aus einem Schatten ein Mann mit Hut und kam auf ihn zu. Eine Armlänge von Alexander entfernt blieb er stehen. Ein Deckenstrahler beleuchtete ihn und ließ seine grünen Augen glitzern – Sebastian.

Er musterte Alexander eindringlich, dann landeten seine Blicke auf der giftgrünen Kawasaki, die in einer Nische stand. „Du willst es also wirklich durchziehen?“

„Ja, es ist für alle Beteiligten das Beste. Danke, dass du mir ein paar Minuten deiner Zeit schenkst. Ich weiß das sehr zu schätzen. Ich wollte dich um einen Gefallen bitten. Es wäre möglich, dass die Versicherung die Sache mit dem Unfall nicht problemlos schluckt. Denn sollten sie die Sache als Selbstmord deklarieren, müssten sie nicht zahlen.“ Er reichte Sebastian einen Umschlag. „Hier hast du alle Unterlagen. Könntest du dich bitte darum kümmern, dass meine Kleine in den Genuss des Geldes kommt? Vielleicht genügt es ja schon, meine Krankenakte zu stehlen. Falls nicht, fällt dir sicherlich etwas anderes ein. Ich weiß, wenn einer dazu in der Lage ist, dann du."

Sebastian nickte. „Das sollte das geringste Problem sein. Vertrau mir, deine Tochter wird bekommen, was ihr zusteht." Er räusperte sich. „Dir ist aber schon klar, dass mir das einen Heidenärger mit meiner Frau und deiner Schwester einbringen wird, falls sie herausfinden, dass ich über dein Vorhaben im Bilde war?"

Alexander rang sich ein schwaches Lächeln ab. „Definitiv. Darum habe ich dich auch nicht gebeten, mich zu töten. Denn das würden sie dir vermutlich nie verzeihen. Aber so wie ich dich kenne, hast du die Wogen recht schnell geglättet. Die beiden fressen dir quasi aus der Hand. Und irgendwann werden sie mein Handeln verstehen." Er atmete tief durch und schloss für einen kurzen Moment die Augen. „Werden wir uns wiedersehen?"

Sebastian schob sich nachdenklich den Hut ein Stück aus dem Gesicht. „Das kann ich dir nicht genau sagen. Solltest du Thanatos zugeteilt werden, besteht die Möglichkeit. Aufgrund des Selbstmordes würde ich mir an deiner Stelle jedoch keine allzu große Hoffnung machen, im Himmel zu landen. Wir können zwar die Versicherung aufs Glatteis führen, aber bei der Unterwelt dürfte sich das schwierig gestalten …"

Sebastian ließ den Rest unausgesprochen. Was gut war. Denn über die Hölle wollte Alexander sich erst gar nicht den Kopf zerbrechen. „Hoffen wir einfach das Beste. Ich danke dir für alles. Und pass bitte auf meine Schwester und auf Lilly auf."

Sebastian nickte. „Worauf du dich verlassen kannst. Viel Glück!" Seine Stimme zitterte leicht. In Anbetracht der Situation schien selbst ein abgebrühter Toter wie Sebastian gerade an seine emotionalen Grenzen zu stoßen.

Blitzschnell wandte Alexander sich ab und marschierte auf seine Kawa zu. Er wusste, wenn er jetzt nicht aufstieg, würde ihn der Mut verlassen. Er stülpte sich den Helm über den Kopf und startete die Maschine. Mit einem dröhnenden Geräusch nahm der Motor seinen Dienst auf.

Keine drei Stunden später schoss die Maschine auf einen hohen Alpenpass zu. Ließ die Zivilisation hinter sich zurück, und damit Alexanders Leben und seine Vergangenheit. Nur der Mond und ein paar vereinzelte Sterne begleiteten ihn auf seinem Trip.

Normalerweise hätte er die Fahrt genossen, doch seine Kehle war wie zugeschnürt. Seine Gedanken drehten sich im Kreis, ließen keinen Raum, um die Faszination des Motorradfahrens ein letztes Mal auf sich wirken zu lassen.

Ehrfurchtsvoll erhob sich neben ihm das Zugspitzmassiv. Im gedämpften Licht des Mondes erschien es ihm wie ein bedrohliches Monster aus Stein. Die Berggipfel erinnerten an die Zacken einer Krone, ließen es majestätisch anmuten, gefährlich … todbringend.

In mörderischem Tempo jagte er die Kawasaki über die menschenleeren Alpenstraßen. Die Maschine gehorchte ihrem Fahrer, nahm die Kurven butterweich, flog wie auf Schienen über den Asphalt. In lang gezogenen Serpentinen schlängelte sich die Straße den Berg hinauf. Alexander brach der Schweiß aus. Sein Herz hämmerte im Akkord. Nun waren sie also gekommen, seine allerletzten Minuten!

In seinem Kopf formierten sich Bilder seiner Eltern, seiner Schwester und natürlich von seiner Tochter. Kurz flimmerte die Vision einer rothaarigen Frau mit wundervollen grünen Augen durch seinen Schädel. Diesen Hauptgewinn hatte er dummerweise verpasst. Warum nur war er so ein gottverdammter Idiot gewesen?

Er zuckte zusammen, als sich Dunkelheit über ihn legte. Die Felsformationen, die vor ihm aufragten, hatten sich vor den Mond geschoben. Unerbittlich steuerte er das Motorrad auf eine Spitzkehre zu. Nur noch das fahle Licht des Scheinwerfers beleuchtete den Abgrund, der dahinter gähnte. Tränen brannten hinter Alexanders Augenlidern und verschleierten ihm den Blick. Einmal mehr hatte er das süße Gesicht seiner Tochter vor Augen. Er schreckte aus seiner Trance und riss die Maschine instinktiv zur Seite.

Das Motorrad kam ins Schlingern, streifte irgendetwas, doch nach einigen Metern brachte Alexander es unbeschadet zum Stehen. Er schnappte nach Luft, denn das Atmen hatte er während der letzten Sekunden vergessen.

Scheiße! Unbewusst hatte der routinierte Motorradfahrer in ihm das Ruder übernommen und den Crash verhindert. Er wendete die Maschine und hielt erneut auf den Abgrund zu.

Doch kurz bevor er diesen erreichte, kam ihm Olivia wieder in den Sinn. Was, wenn es doch noch eine Chance gab, dass sie sich in ihn verliebte? Hatte er wirklich alles versucht? Immerhin war inzwischen einige Zeit vergangen. Vielleicht hatte sie ihm ja verziehen. Obendrein war das Wort „Aufgeben“ noch nie in seinem Repertoire verankert gewesen.

Abermals drückte er die Maschine im letzten Moment in die Kurve. Sekunden später schalt er sich einen Idioten. Nach der Nummer, die er abgezogen hatte, musste diese Frau ihn abgrundtief hassen. Gott, er griff gerade nach jedem Strohhalm! Er war ein erbärmlicher Feigling!

Mit quietschenden Reifen wendete er ein weiteres Mal. Er biss die Zähne zusammen, hielt die Luft an und versuchte, alle Gedanken aus seinem Kopf zu verdrängen. Der Motor heulte ekstatisch auf, als das Motorrad nach vorne schoss. Die Kurve kam näher. Alexander schloss die Augen, ignorierte seine Umwelt und hielt stur auf den Abgrund zu. Seine Nerven waren bis zum Zerreißen angespannt, das Adrenalin schoss wie glühende Lava durch seinen Körper.

Die Maschine holperte über die Straßenbegrenzung hinweg, hob ab und segelte über den Abgrund hinaus. Als Alexander den Lenker losließ, wurde er in hohem Bogen in die Luft geschleudert, bevor die Schwerkraft ihn unerbittlich in die Tiefe zog. Ein allerletztes Mal erblickte er über sich das Mondlicht, dann schlug er hart auf einem Felsen auf. Eine Welle des Schmerzes brach über ihn herein, als seine Knochen zerbarsten.

Dann war da nur noch Finsternis.

Kapitel 8

Zwischenwelt

„Wie stellt ihr euch das vor? Ich kann ihn nicht so einfach aus der Hölle holen. Da spielt Luzifer auf keinen Fall mit“, verkündete Thanatos, während er hektisch in seinem Besprechungsraum mit dem ellenlangen Marmortisch auf und ab tigerte. Die Deckenstrahler beleuchteten sein blasses Gesicht und gaben ihm etwas Gespenstisches. Im Hintergrund flimmerte an der Wand der gigantische Bildschirm, dieses komplexe Computernetzwerk, das tagtäglich über Tod und Leben jedes einzelnen Menschen entschied.

Thanatos fischte ein Zigarettenpäckchen aus seiner Tasche und stopfte sich eine Kippe in den Mund. „Dieser Winter hat in den letzten Jahren ziemlich viel Scheiß gebaut. Und dass er nichts unversucht gelassen hat, um Olivia den Ring abspenstig zu machen, war ein weiterer Nagel zu seinem Sarg. Von seinem feigen Selbstmord ganz zu schweigen.“ Fieberhaft pustete er ein paar Ringe in die Luft.

Sebastian lehnte sich in seinem Stuhl zurück und seufzte. „Das mit Olivia ist meinem Mist entsprungen. Ich habe ihm vorgeschlagen, sich als Geist auszugeben, um sie schneller rumzukriegen.“ Voller Interesse beäugte er den Herrscher über Tod und Leben. Wie konnte ein Wesen, das vermutlich Tausende von Jahren alt war und über alles erhaben sein sollte, immer wieder solche Nervosität an den Tag legen?

Besagtes Wesen verzog entnervt das Gesicht. „Das hätte ich mir ja denken können.“

„Bitte, Thanatos“, mischte sich da Lilly ein, die Thor, den kleinen gehörnten Höllenhund, der es sich auf ihrem Schoß bequem gemacht hatte, hingebungsvoll kraulte. Sie saß ein Stück von Sebastian entfernt, denn das mopsartige Tier reagierte im Normalfall allergisch auf ihren Ehemann und spuckte beim Niesen Feuer. „Du musst ihm helfen. Alexander ist für mich immer wie ein Bruder gewesen. Er ist kein böser Mensch. Ihn der Hölle zuzuordnen, war ein gewaltiger Fehler.“

Thanatos blickte sie unter seiner Kapuze hervor an. „Na, da hat uns die Maschine aber andere Informationen geliefert. Ist dir nicht bekannt, dass er mehrere Menschenleben auf dem Gewissen hat?“

Sie zuckte betont gleichmütig mit den Schultern. „Er war Kampfpilot. Hätte er lieber selbst ins Gras beißen sollen?“

„Jeder, der den Tod eines Menschen verursacht hat, wird von der Maschine der Hölle zugeordnet. Dann erst prüft das Netzwerk weitere Fakten“, lieferte Thanatos eine Erklärung. „Befasst sich mit dem Lebensstil, den Lügen, Sünden, Verbrechen und so weiter. Dummerweise ist dieser Winter zusätzlich in vielen anderen Punkten durchgefallen. Er war sich immer selbst der Nächste.“

„Das ist nicht wahr!“, begehrte Lilly auf. „Er hat in unserer gesamten Jugend beschützend seine Hand über mich und Lena gehalten. War Tag und Nacht für uns da.“

„Nun, dann scheint ihr beiden aber die Ausnahme zu sein.“ Thanatos baute sich vor seinen Besuchern auf. „Er hat sich umgebracht, obwohl er die Verantwortung für ein kleines Mädchen trägt. Wie wollt ihr das rechtfertigen? Hätte er sich nicht noch ein paar Wochen gedulden können? Er wäre doch so oder so gestorben. Seine Zeit war abgelaufen.“

Lilly richtete sich wutentbrannt auf. „Er hat seine Tochter geliebt. Sie war sein Ein und Alles. Er wollte nicht zulassen, dass sie die gleiche Tortur ertragen muss wie er. Dass sie ihren Vater als haarlose, hässliche Kreatur in Erinnerung behält. Gebeutelt von der Chemie. Ein Monster, das man füttern und dem man den Hintern abputzen muss. Glaube mir, ich war dabei, als sein Vater seine letzten Atemzüge gemacht hat, das hättest du nicht wirklich miterleben wollen."

Lilly schnappte gierig nach Luft. „Und als ob die Situation für ihn nicht schon schwierig genug war, musste er sich auch noch den Kopf darüber zerbrechen, wie er sich eigentlich umbringen kann, damit die Versicherungen seiner Kleinen nicht das Geld streichen. Eine versehentliche Überdosis Schlaftabletten hätten sie ihm sicherlich nicht abgekauft." Sie rutschte unruhig auf ihrem Stuhl hin und her. „Also ist er so gestorben, wie er gelebt hat. Mit vollem Einsatz!"

Thanatos kratzte sich nachdenklich am Kopf. „Was soll ich denn eurer Meinung nach tun? Luzifer und Gott sind immer noch verschnupft, dass ihr beiden ihnen durch die Lappen gegangen seid. Wenn ich Luzifer jetzt bitte, Alexander rauszurücken, will er eine Gegenleistung. Wen oder was soll ich ihm denn anbieten?"

In diesem Moment jaulte Thor auf. Augenblicklich rückte Sebastian ein weiteres Stück von seiner Frau und dem Höllenhund ab. „Lilly, sei vorsichtig!", forderte er sie auf. „Auch wenn du schon tot bist, musst du nicht unbedingt in Flammen stehen. Das riecht immer so penetrant."

Doch wie so üblich hörte Lilly nicht auf ihn. Sie winkte nur ab.

Sebastian blickte zu Thanatos auf. „Gib ihm doch

einfach Thor! Dann bist du nicht mehr gezwungen, ständig neues Mobiliar zu bestellen, da das alte verkohlt ist."

Thanatos gab ein undefinierbares Geräusch von sich, ließ sich aber zu keiner Antwort herab.

„Ach komm schon, Thanni!", bettelte Lilly weiter. „Dir wird doch sicher irgendetwas einfallen. Mir liegt sehr viel daran. Dass Alexander tot ist, ist schlimm genug. Aber der Gedanke, dass er fortan in der Hölle sein Dasein fristet, ist für mich unerträglich. Er ist kein böser Mensch. Ja, er ist ein Macho und hin und wieder ein selbstverliebter Arsch. Das ist aber auch schon alles."

Aufmerksam beäugte Sebastian den Herrscher über Tod und Leben. Die Narbe an seinem Kinn schien zu leuchten, während sein rechtes Augenlid mal wieder im Eiltempo zuckte. Wie immer, wenn er nervös war. Sebastian musste innerlich grinsen. Tja, gegen Lillys Augen war wohl kein Mann gefeit. Thanatos war ebenso wenig in der Lage, ihr einen Wunsch abzuschlagen wie er selbst.

Sebastian lehnte sich lässig zurück und begutachtete scheinbar interessiert seine Hände. „Ich denke, wir sollten Lillys Oma dazurufen, wenn Thanatos nichts einfällt. Auf sie ist in solchen Sachen immer Verlass."

Thanatos erstarrte in der Bewegung und gab ein röchelndes Geräusch von sich. „Hatte ich schon erwähnt, dass ich dich manchmal regelrecht hasse, Sebastian Schwarz?" Er schnippte die Zigarettenkippe wütend von sich. „Also gut, ihr habt gewonnen. Ich werde sehen, was sich machen lässt. Aber ich kann nichts versprechen."

Missmutig betrat Thanatos am Tag darauf den Besprechungsraum, in dem Luzifer und Gabriel schon ungeduldig auf ihn warteten. Thor hüpfte ausgelassen neben ihm her. Plötzlich bremste der Höllenhund ab und gab ein gequältes Heulen von sich. Verwundert blickte Thanatos um sich. Sein Blick fiel auf etwas Schwarzes, das zu Luzifers Füßen lag.

„O nein!", brummte er. „Mir bleibt aber auch nichts erspart." Er beugte sich zu Thor hinunter und tätschelte dem Hündchen besänftigend den Kopf. „Ist ja gut, mein Kleiner. Reg dich nicht auf. Komm, leg dich da drüben auf deine Decke." Mit der Hand deutete er in die gegenüberliegende Ecke des Raumes. Thor zögerte noch eine Sekunde, dann trottete er mit hängenden Öhrchen davon, das schwarze Bündel keinen Moment aus den Augen lassend. Leise knurrend sank er auf eine braune Decke.

Thanatos ließ sich entnervt seufzend in seinem Ohrensessel am Kopfende des Tisches nieder. „Entschuldigt die Verspätung, aber ich musste einen Tornado inszenieren, das ging nicht ganz so reibungslos über die Bühne. Andauernd ist dieser verflixte Wirbelwind in die falsche Richtung gehüpft." Er wandte sich dem schwarz gelockten Mann zu. „Luzifer, was soll der Scheiß? Wie kannst du es wagen, Zeus mitzubringen? Wenn er aufwacht und Thor erblickt, bricht im wahrsten Sinne des Wortes die Hölle los."

Der Mann im schwarzen Leder zuckte lässig mit den Schultern. „Tut mir leid, aber Hades hat heute ein Date mit irgendeiner Serienmörderin. Da wäre ihm Zeus nur im Weg. Aber jetzt hab dich nicht so, ich passe schon auf ihn auf. Außerdem kann keiner etwas dafür, dass dein Höllenhund so eine Mimose ist. Lass uns lieber anfangen, damit ich zurückkomme. Ich traue diesen verdammten Zeitarbeitern nämlich keinen Meter. Da ist doch tatsächlich einer dabei, der Angst vor Terroristen hat." Er verdrehte theatralisch die Augen. „Also, was steht an?"

Gabriel begutachtete seine manikürten Fingernägel. Mit der braun gebrannten Haut, den langen blonden Locken und dem weißen Anzug wirkte er wie ein Mallorca-Tourist, nicht wie der Stellvertreter Gottes. „Luzifer hatte im letzten Monat viel mehr Neuzugänge als wir", petzte er mit beleidigtem Unterton. Dann wandte er sich Thanatos zu. „Bist du sicher, dass die Maschine nicht mal wieder gewartet werden muss?"

„Nein, an der Maschine liegt es nicht. Momentan ist in manchen Ländern der Erde Krisenstimmung angesagt, da häufen sich die Verbrechen. Obendrein werdet ihr nach dem Tornado jede Menge unschuldige Opfer bekommen."

Schon strahlte Gabriel über das ganze Gesicht. „Ach, wie herrlich!"

Luzifer lehnte sich lässig zurück, wobei das Leder seiner Jacke quietschte. „Ich finde, es wäre mal wieder an der Zeit für einen Börsencrash. Da stürzen sich die Banker im Normalfall reihenweise vom Dach oder vor den Zug. Die feinen Schnösel in ihren Anzügen bereiten mir immer eine ganz besondere Freude."

Thanatos nickte. „Okay, einverstanden, sobald die Maschine die nächste Wirtschaftskrise ausspuckt, werde ich mal sehen, was ich machen kann. Aber im Gegenzug könntest du mir auch einen Gefallen tun. Es wurden Bedenken angemeldet, dass der Maschine eventuell ein Fehler unterlaufen ist." Er fixierte einen imaginären Punkt neben Luzifers linkem Ohr. „Ich habe dir vor ein paar Tagen einen jungen Mann zugeteilt, Alexander Winter. Ich möchte seinen Fall noch einmal aufrollen. Es gibt da wohl ein paar Ungereimtheiten. Bis alles geklärt ist, würde ich ihn gerne bei mir als Fürsten einsetzen."

„Was wird ihm denn vorgeworfen?", mischte sich Gabriel neugierig ein.

„Er war Jet-Pilot. Die Maschine hat ihn als Mörder eingestuft, da er während eines Kriegseinsatzes mehrere feindliche Flugzeuge abgeschossen hat."

„Wow! Ein Jet-Pilot!", jubelte Gabriel. „Die Jungs sind normalerweise außergewöhnlich gut gebaut. Da möchte ich doch gleich mal Interesse anmelden, falls seine Unschuld bewiesen werden sollte."

Luzifer schüttelte den Kopf. Seine langen pechschwarzen Haare wiegten um seinen Kopf wie ein dichter Vorhang. „Der Traumtänzer wieder! Wer hat denn überhaupt die Entscheidung der Maschine infrage gestellt?"

„Das spielt doch keine Rolle", wiegelte Thanatos hastig ab, da er nicht wieder das leidige Thema Sebastian und Lilly aufs Tapet bringen wollte. „Was ist, Luzifer, gibst du ihn frei?"

Luzifer zog seine dunklen Augenbrauen hoch, was ihn sogleich bedrohlich wirken ließ. „Was fällt für mich dabei ab?"

„Ich wusste es", knurrte Thanatos, während er sich eine Zigarette anzündete. Deutlich vernehmbar pustete er den Rauch in die Luft - Gabriels Hustenanfall völlig ignorierend. „Was hättest du denn gerne?"

„Frag doch nicht so blöde. Du weißt genau, dass ich auf einen dieser Ringe scharf bin."

Thanatos verzog entnervt das Gesicht. „Och nein, nicht schon wieder dieselbe Leier. Dir ist doch bewusst, dass man den Besitzern die Ringe nicht mit Gewalt entreißen kann. Sie sind quasi wie angelötet. Nur der Besitzer selbst kann das Teil vom Finger nehmen."

Luzifer lehnte sich zurück. Ein selbstgefälliges Lächeln zuckte um seine Mundwinkel. „Mir ist das Gerücht zu Ohren gekommen, dass es einen weiteren Ring gibt."

Gabriel beugte sich neugierig nach vorne. „Hallöchen! Das ist ja mal eine interessante Neuigkeit. Dann will ich aber auch einen!"

Thanatos verdrehte die Augen. „Herrgott noch mal! Ihr seid doch schon unsterblich, warum seid ihr nur so wild auf diese Dinger?"

„Beleidige nicht meinen Chef!", wies Gabriel ihn augenblicklich zurecht, während er eine seiner Locken um den Finger wickelte.

Luzifer stöhnte. „Das sagt der Richtige!", brachte er zu Thanatos gewandt hervor. „Meinst du, ich weiß nicht, dass du dir ab und an einen Ring ausleihst, um die Erde in menschlicher Gestalt zu betreten? Danach wäre mir auch mal wieder. Es gibt da ein paar Dinge, nach denen steht mir schon lange der Sinn."

Gabriel klatschte wie ein kleines Kind in die Hände. „Ach ist das aufregend!", posaunte er. „Das will ich auch!"

Thanatos seufzte, während er Luzifer verdrossen musterte. „Wer hat dir denn das mit dem vierten Ring gesteckt?"

Luzifer schmunzelte. Und in diesem Moment bekam das Wort teuflisch grinsen, erst so richtig seine Bedeutung. „Tja, ich habe meine Augen und Ohren eben überall." Er winkte mit einer Hand lässig ab. „Aber das tut jetzt nichts zur Sache. Einverstanden, lass uns einen Deal aushandeln! Ich gebe dir diesen Winter zurück. Es ist ja nicht so, dass er sonderlich unterhaltsam wäre. Ein zäher Bursche, es macht absotut keinen Spaß, ihn zu malträtieren. Weder jammert er, noch bettelt er. Und um Gnade flehen will er auch nicht. Er erträgt jede Folter mit geradezu stoischer Ruhe."

Luzifer lehnte sich versonnen zurück. „Ich weiß nicht, woran es liegt. Aber irgendwie ist mir der Junge sogar sympathisch. Er hat definitiv Eier in der Hose. Was heutzutage kaum noch vorkommt. Obendrein bewundere ich die Kaltblütigkeit, mit der er sich umgebracht hat. Selten so einen abgeklärten Menschen erlebt." Er blickte auf. „Ich überlasse ihn dir unter einer Voraussetzung: Er soll mir den vierten Ring besorgen. Wenn einer dazu in der Lage ist, dann er. Danach kann Gabriel meinetwegen seinen Arsch haben."

„Moment mal!", legte Gabriel augenblicklich Widerspruch ein. „Knackärsche gibt es viele, aber so ein Ring ist schon etwas Außergewöhnliches. Ich will den Ring auch ab und zu tragen."

Luzifer rümpfte die Nase. „Igitt! Ich würde sicherlich nichts anfassen, was du in deinen schmierigen Wichsgriffeln gehabt hast."

Gabriel fächelte sich theatralisch mit einer Hand Luft zu, während er Luzifer mit einem eisigen Blick bedachte. „Das nimmst du jetzt aber zurück!"

„Männer, nun kriegt euch mal wieder ein!", versuchte Thanatos das Gespräch in geordnete Bahnen zu lenken. Hektisch zog er an seiner Zigarette.

„Männer?", spottete Luzifer. „Mehrere? Wo?" Er taxierte Gabriel mit einem süffisanten Grinsen.

Dieser schnaubte nur beleidigt.

Thanatos schüttelte den Kopf. Sein Augenlid zuckte verräterisch. „Okay, einverstanden, bevor ihr mir noch den letzten Nerv raubt. Ich kann jetzt nichts versprechen, aber ich werde diesen Winter auf den Ring ansetzen. Er soll erst einmal herausfinden, ob es in der Tat noch einen gibt. Bisher ist das ja alles nur ein Gerücht. Dann sehen wir weiter."

„Na, ich weiß nicht", murmelte Gabriel, der erneut seine manikürten Fingernägel begutachtete. „Du versuchst doch nur wieder, Zeit zu schinden. Die Masche kenne ich schon." Demonstrativ reckte er den Hals und warf seine blonde Mähne in den Nacken, während er mit erhobenem Zeigefinger vor Thantos' Gesicht hin- und herwedelte. „Aber dieses Mal nicht mit mir."

„Also ich bin dabei!", entschied Luzifer, Gabriels Protest völlig ignorierend. „In spätestens vier Wochen gehört der Ring mir." Er bückte sich, griff unter den Tisch und packte seinen schlafenden Höllenhund, der jaulend hochschoss.

Sogleich heulte Thor in der gegenüberliegenden Ecke auf. Und bevor noch einer der drei Männer reagieren konnte, jagten die beiden Tiere aufeinander zu. Bremsten jedoch ein Stück voneinander entfernt ab und umkreisten sich argwöhnisch, während sie sich unentwegt mit gebleckten Zähnen anknurrten. Thor entfuhr ein leises Grunzen, dann nieste er. Prompt schossen Flammenzungen aus seiner Nase. Angewidert machte Zeus ein paar Schritte zurück.

Thanatos hastete auf die beiden Hunde zu. „Komm her, Thor!"

Doch Thor dachte gar nicht daran und nieste munter weiter. Kleine Flammen hüpften ausgelassen über den Granitboden, bevor sie zischend erloschen. Ein beißender Schwefelgeruch breitete sich in dem Besprechungsraum aus.

Thanatos machte einen weiteren Schritt auf seinen Höllenhund zu und packte ihn. Bei Thors nächstem Nieser fing Thanatos' Kutte Feuer.

„Verdammter Mist!“, fluchte er unbeherrscht los.

Er setzte Thor ab und versuchte, das Feuer mit den Händen auszuschlagen. Doch erfolglos. Gerade wollte er auf den in der Ecke geparkten Feuerlöscher zueilen, als Luzifer aufsprang. Mit zwei geschickten Handgriffen erstickte er die Flammen. Dann griff er nach Zeus und löste sich unter schallendem Gelächter mitsamt Hund in Luft auf.

Entnervt fiel der qualmende Thanatos in seinen Sessel zurück. Jep! Er war definitiv zu alt für diesen Scheiß!

Kapitel 9

Olivia stopfte sich das letzte Stück Salamipizza in den Mund und blickte stolz auf die Zeichnung des Elfenkönigs, die sie in tagelanger Feinarbeit angefertigt hatte. Perfekt! Die langen weißen Haare bildeten einen faszinierenden Kontrast zu den großen dunklen Pupillen. Und der Goldstaub auf Wangen und Stirn war das i-Tüpfelchen. Endlich hatte sie ein Bild von ihrem Protagonisten vor Augen, jetzt sollte es doch mit der Schreiberei gleich umso besser funktionieren.

Rundum zufrieden schob sie den leeren Pizzakarton zur Seite. Sie mochte frisches Obst und Gemüse, vorzugsweise direkt aus dem Garten. Aber stundenlange Kocherei war nicht gerade ihre Lieblingsbeschäftigung und machte in einem Singlehaushalt auch keinen großen Sinn. So ließ sie häufig den Lieferservice antanzen. Ein Glück, dass das selbst in einem Kaff wie Avebury kein Problem darstellte.

Den Blick immer noch auf den Elfenkönig gerichtet, machte sie sich über die Tastatur ihres Laptops her und fing geschäftig an zu tippen.

„Hallo, Olivia!"

Ein heftiger Schrecken fuhr ihr durch die Glieder. Ruckartig blickte sie auf und traute ihren Augen nicht. „Alexander, was …? Wie zur Hölle bist du in mein Haus gekommen?"

Alexander kam näher, blieb jedoch ein Stück von ihrem Schreibtisch entfernt stehen. „Tja, was meinst du wohl?"

Olivia lehnte sich auf ihrem Stuhl zurück, verschränkte in Abwehrhaltung die Arme vor der Brust und musterte ihn. Fast zwei Monate waren vergangen, seit sie ihn zum letzten Mal gesehen hatte, dennoch war er faszinierend wie eh und je.

Seine Haare waren einen Tick länger als zuvor und ließen seine markanten Gesichtszüge weicher wirken. Sein sonnengebräuntes Gesicht wirkte eine Nuance blasser. Ihr Blick glitt über seine große stattliche Figur, von der in dem eng anliegenden T-Shirt und der Jeans nicht viel verborgen blieb. Er schien Gewicht verloren zu haben, was aber nichts daran änderte, dass er immer noch eine beeindruckende Erscheinung darstellte.

Ob er wirklich todkrank war? Sie hatte zwar in letzter Zeit sporadischen Kontakt zu ihrer Cousine Lilly gehabt, es aber vermieden, das Thema Alexander aufs Tapet zu bringen. Er hatte sie gekränkt, verletzt, ihr Vertrauen missbraucht. Und sie hatte Zeit benötigt, um über diesen Verrat hinwegzukommen. Sogar die Geschichte mit seiner Erkrankung hatte sie infrage gestellt. Vor allem aber hatte sie nicht damit gerechnet, ihn jemals wiederzusehen.

„Hör auf, mit mir irgendwelche Spielchen zu spielen!“, giftete sie. „Was willst du dieses Mal von mir? Hast du dir einen neuen Trick einfallen lassen, um an den Ring zu kommen?“

Er kam noch einen Schritt näher und suchte ihren Blick. Doch sie wich ihm aus.

„Als Allererstes möchte ich mich bei dir entschuldigen“, begann er. „Irgendwie ist mir die ganze Sache über den Kopf gewachsen. Es stand so viel auf dem Spiel. Daher habe ich es mit unfairen Methoden versucht. Ich weiß, dass ich dich verletzt habe. Aber ich wollte dir niemals wehtun. Bitte, verzeih mir!“

Olivia stieß zischend die Atemluft aus. „Das ist ja wohl ein schlechter Scherz! Glaubst du ernsthaft, du kannst Wochen später einfach so hier auftauchen, und alles ist vergessen? So naiv kannst du nicht wirklich sein, oder?“

Er hypnotisierte mit Blicken den Pizzakarton. „Nein, ehrlich gesagt bin ich nicht davon ausgegangen, dass du mir vergibst. Ich weiß, dass ich mich wie ein Arschloch verhalten habe.“

„Schön, dann hätten wir das ja geklärt. Und am besten machst du dich jetzt vom Acker. Deine Anwesenheit ist hier nicht mehr erwünscht.“ Demonstrativ wandte sie sich wieder ihrem Laptop zu und begann zu tippen.

„Wenn du Interesse daran hast, ein Buch über die Hölle zu schreiben, kann ich dir jetzt Informationen aus erster Hand liefern.“

Genervt blickte sie abermals auf. „Was ist das jetzt wieder für eine Masche?“

„Keine Masche, sondern ausnahmsweise die Wahrheit.“

Sie schnaubte. „Alexander, verschwinde einfach! Erspar uns beiden weitere Lügen und Peinlichkeiten.“

„Olivia, bitte hör mir zu! Nur zwei Minuten. Wenn du mir dann nicht glaubst, werde ich dich für alle Zeiten in Ruhe lassen.“

Sein eindringlicher Tonfall brachte sie ins Schwimmen. Irgendetwas stimmte hier nicht. „Okay, wenn’s denn sein muss. Zwei Minuten.“ Sie lehnte sich wieder auf ihrem Stuhl zurück und blickte ihn herausfordernd an.

Er atmete sichtlich auf. „Danke. Also, vor etwa vier Wochen ging es mir schlagartig schlechter. Mein Körper baute rasend schnell ab. Doch bevor er mir völlig den Gehorsam verweigerte, habe ich es vorgezogen, dem ein Ende zu setzen.“ Er sog scharf die Luft ein. „Wie ich es die ganze Zeit geplant hatte, habe ich mein Motorrad in den Alpen in einen Abgrund gejagt. Und auch wenn ich die letzten Sekunden wahrscheinlich nie aus meinem Kopf bekommen werde, ging im Großen und Ganzen alles relativ schnell über die Bühne. Danach landete ich jedoch direkt in der Hölle."

Olivia verzog das Gesicht. „Willst du mir etwa schon wieder weismachen, du wärst ein Geist? Verdammt, Alexander, denkst du wirklich, ich bin so blöde und falle ein zweites Mal auf dich herein?"

„Du glaubst mir nicht? Was meinst du wohl, wie ich in dein Haus gekommen bin?"

„Dir werde ich in meinem ganzen Leben kein Wort mehr glauben. Und vermutlich steht irgendwo ein Fenster offen."

Er seufzte. „Gut, zieh den Ring aus!"

„Was bezweckst du damit? Willst du ihn dir jetzt mit Gewalt holen?"

„Zum Teufel nein! Nimm ihn einfach ab!", wiederholte er mit Nachdruck.

„Also gut. Wenn es dich glücklich macht." Mit gleichgültigem Gesichtsausdruck streifte sie den Ring ab. Im Bruchteil einer Sekunde löste Alexander sich in Luft auf.

Ihr blieb der Mund offen stehen. „O mein Gott!"

Nein, das konnte doch nicht wahr sein!

Sie blickte fieberhaft um sich. Nach oben, unter den Tisch. Was totaler Schwachsinn war, sollte Alexander sich nicht in eine Ratte verwandelt haben.

Nichts!

Ihr ungebetener Besucher war und blieb verschwunden. Flugs schob sie sich den Ring wieder über den Finger. Urplötzlich stand Alexander genau vor ihr. Und zwar so nahe, dass sie zurückzuckte. Fassungslos starrte sie ihn an. „Ich glaube, ich brauche jetzt einen Whiskey."

Sie sprang von ihrem Schreibtischstuhl auf, schob sich vorsichtig an Alexander vorbei und tappte zu einem Sideboard. Dort griff sie nach einer bauchigen Flasche und goss sich ein Glas halb voll. Damit sank sie aufs Sofa und nahm einen großen Schluck. Alexander rutschte derweil auf den Sessel ihr gegenüber.

Nachdenklich beäugte sie ihn. „Du bist also tatsächlich tot? Kein weiterer Trick?"

Er nickte. „Möchtest du erst noch, dass ich durch die Wand laufe? Ich könnte mir natürlich auch ein Messer in die Brust rammen." Suchend blickte er um sich. „Lass mich etwas versuchen, aber ich bin noch nicht sehr gut in diesen Dingen." Er schloss die Augen und schien sich zu konzentrieren. Prompt entzündete sich eine Kerze auf dem Wohnzimmertisch.

Olivia entfuhr ein entsetztes Quieken. „Gott, Alexander, hör auf damit! Du warst also wirklich in der Hölle?"

Er nickte erneut.

„War es sehr schlimm?"

„Frag lieber nicht."

„Was hast du verbrochen, dass man dich in die Hölle gesteckt hat? War es wegen des Selbstmordes? Oder lag es eher an deinem Hobby, unschuldigen Frauen faustdicke Lügen aufzubinden?"

„Das ist eine lange Geschichte. Wenn du daran interessiert bist, erzähle ich sie dir. Es sind bestimmt ein paar interessante Fakten für deine Bücher dabei. Und ja, der Selbstmord war nur die Spitze des Eisbergs."

Olivia musterte Alexander aus den Augenwinkeln heraus. Sein Verrat hatte sie tief getroffen, mehr als sie ihm gegenüber je zugeben würde. Im Laufe der letzten Wochen hatte sie sich immer wieder eingeredet, ihn abgrundtief zu hassen. Doch wenn sie ihn nun betrachtete, wusste sie, dass das nicht stimmte. Im Gegenteil: Sollte sein Bericht der Wahrheit entsprechen, tat er ihr fast ein bisschen leid. Obendrein lag er so was von richtig. Er könnte ihr vermutlich hochinteressante Details über die Hölle liefern. Sollte sie sich also noch einmal auf ihn einlassen? Oder ihm doch lieber gleich zeigen, wo sich die Tür befand?

Sekundenlang überlegte sie hin und her, wog alle Eventualitäten ab. Letztendlich siegte die Neugier. Sie räusperte sich und versuchte ihrer Stimme einen beiläufigen Tonfall zu verleihen. „Das könnte in der Tat für mein nächstes Buch von Interesse sein. Wenngleich ich nach deinem Betrug das Manuskript erst einmal zur Seite gelegt und etwas komplett anderes angefangen habe. Ich versuche mich gerade an Elfen. Denn mir stand keineswegs der Sinn danach, deine Geschichte zu Ende zu bringen."

Sie blickte ihn über das Whiskeyglas hinweg an. Bei ihren Worten schien eine gewisse Anspannung von ihm abgefallen zu sein. Warum nur, war es ihm so wichtig, dass sie ihm ihre Aufmerksamkeit schenkte? Wo war der Haken? „Hör zu, Alexander. Es tut mir leid, dass du sterben musstest, und dass ich das nicht verhindern konnte. Aber du hattest von Anfang an nicht den Hauch einer Chance. Denn hätte ich gewusst, dass du ein Mensch aus Fleisch und Blut bist, wärst du noch viel weniger an mich drangekommen. Und ich kann dich ja sogar ein wenig verstehen. In einer solchen Situation schaltet man vermutlich die Freund-Feind-Erkennung aus und ist sich selbst der Nächste.

Aber musstest du obendrein so eine Riesenshow abziehen? Einen auf schüchtern und unerfahren machen? Diese Verarsche war nun wirklich nicht nötig.

Was wäre passiert, wenn der Alte uns nicht im Wald erwischt hätte? Wie weit wärst du gegangen? Hättest du es auf die Spitze getrieben und mir auch im Bett den Idioten vorgespielt? Das ist so würdelos."

Er nickte. „Ganz deiner Meinung. Ich dachte, es würde mir die Angelegenheit erleichtern. Und irgendwann konnte ich nicht mehr zurück, ohne mich völlig unglaubwürdig zu machen. Ich verspreche dir hoch und heilig, dich nie mehr zu belügen. Daher lass mich gleich zur Sache kommen. Es gibt einen weiteren Grund, warum ich hier bin. Nicht nur, dass ich mich bei dir entschuldigen wollte. Ich brauche deine Hilfe. Und es geht dabei ausnahmsweise nicht um mich."

Olivia riss ungläubig die Augen auf. Sie hatte doch gleich gewusst, dass irgendetwas im Busch war. „Das ist jetzt nicht dein Ernst? Hast du denn überhaupt keine Hemmungen? Geht es wieder um den Ring?"

„Nein, nicht einmal annähernd. Bitte, darf ich ausreden? Vor ein paar Monaten bin ich mit einem Jet kollidiert. Ich konnte mich mit dem Schleudersitz retten, der andere Pilot kam jedoch ums Leben. Er hinterließ eine Frau und drei kleine Kinder. Die staatliche Rente reicht nicht aus, daher leben sie nun in ärmlichen Verhältnissen. Aus diesem Grund wollte ich dich um etwas bitten. Würdest du der Familie stellvertretend für mich einen Besuch abstatten? Ich war nicht gerade arm, als ich das Zeitliche gesegnet habe. Ich möchte ihnen ein wenig unter die Arme greifen."

Er beugte sich ein Stück nach vorne. „Sebastian hat in den letzten Tagen für mich über diese Familie recherchiert." Er schüttelte lächelnd den Kopf. „Der Typ kennt wirklich alle Tricks, um an Informationen zu kommen. Was er herausgefunden hat, ist erschütternd. Dummerweise ist die Frau nicht in der Lage, mit Geld umzugehen. Und ihre Kinder sind die Leidtragenden. Daher halte ich es für wenig sinnvoll, ihr einfach eine größere Geldsumme zu überweisen. Ich müsste herausfinden, was die Familie am nötigsten braucht, um dort anzusetzen. Würdest du mir dabei helfen?"

Olivia legte den Kopf schief und musterte ihn. „Tust du das jetzt, um mich zu beeindrucken? Hegst du im Geheimen immer noch die Hoffnung, dass ich mich irgendwann in dich verlieben werde und dir einen Ring schenke?"

„Nein, von dem Gedanken habe ich mich vollkommen verabschiedet. Man hat mir in der Hölle angekreidet, dass ich mich nicht für diese Familie in der Verantwortung gesehen habe. Daher möchte ich es gutmachen.

Momentan bin ich bei Thanatos als Fürst der Dunkelheit tätig. Sebastian und Lilly haben dafür gesorgt, dass ich vorübergehend die Hölle verlassen durfte. Und ehrlich gesagt würde ich gerne in dieser Zwischenwelt bleiben, auch wenn ich dort tagein, tagaus unschuldige Menschen zur Strecke bringen muss."

Er hob eine Hand und blickte darauf. „Schon ein wenig gewöhnungsbedürftig, wenn man plötzlich zum Mordinstrument geworden ist. Sebastian hat sich sehr schwer mit dieser Aufgabe getan, hatte ständig Gewissensbisse. Ich bin da anscheinend etwas härter im Nehmen. Ich wäre nicht zur Luftwaffe gegangen, wenn ich ein Problem damit hätte, im Notfall einen Menschen zu töten."

„Wie hat deine Tochter eigentlich deinen Tod verkraftet? Es gibt doch eine Tochter, oder?"

Er schluckte vernehmlich. „O Fuck! Du glaubst wirklich, ich hätte mir das aus den Fingern gesaugt? Natürlich gibt es eine Tochter. Seit ich in dieser Zwischenwelt bin, verbringe ich jede freie Minute bei ihr. Obwohl sie mich nicht sehen kann, beruhigt es mich ungemein, in ihrer Nähe zu sein. Und zu der Frage, wie sie mit meinem Tod klarkommt …" Er senkte den Blick zu Boden. „Sie weint sich jeden Abend in den Schlaf. Kurz vor meinem Tod habe ich ihr ein Kätzchen geschenkt. Sie hat es Alex genannt und erzählt ihm unablässig, was für einen heldenhaften Vater sie hat, der sicherlich irgendwann zu ihr zurückkehren wird."

Er brach ab und starrte in die flackernde Kerze. Unendlicher Schmerz stand in seinen wundervollen Augen. Er räusperte sich und setzte wieder an: „Und glaube mir, wäre ich nicht schon tot, würde es mich umbringen, sie so leiden zu sehen."

Olivia konnte sich nur mit Müh und Not zurückhalten. Am liebsten wäre sie aufgesprungen und hätte ihn in die Arme geschlossen, um ihn zu trösten. Eine einsame Träne kullerte über ihre Wange. „Gott, Alexander. Das tut mir so leid", flüsterte sie.

„Bitte, weine nicht!" Alexanders Stimme klang belegt. „Die Kleine ist stark. Eine wahre Kämpfernatur. Sie schafft das." Er legte den Kopf schief. „Also, was ist? Waffenstillstand? Würdest du mir helfen, das Leben dieser Familie in geordnete Bahnen zu lenken?", wechselte er geschickt das Thema, das ihm sichtlich an die Nieren ging.

Sie pustete die Backen auf. „Puh! Warum ausgerechnet ich? Ich bin wirklich nicht sehr bewandert im Umgang mit Menschen."

„Das ist schnell beantwortet. Es gibt nur drei Personen auf der Erde, die mit mir kommunizieren können. Du, Lilly und Sebastian. Sebastian ist nicht gerade mein größter Fan. Und er würde mir vermutlich meinen toten Hals umdrehen, wenn ich es wagen würde, Lilly für die Sache einzuspannen. Du musst wissen, zwischen Lilly und mir ist früher einmal etwas gelaufen. Daher lässt er sie keine Minute aus den Augen, wenn ich in der Nähe bin."

Olivia rümpfte verärgert die Nase. „Das gibt es doch gar nicht! Du warst allen Ernstes mit Lilly im Bett? Alexander Winter, du bist echt ein Macho der übelsten Sorte. Ich kann jetzt nicht auf Anhieb entscheiden, ob ich mich wirklich noch einmal auf dich einlasse. Bitte gib mir ein paar Tage Zeit. Und falls ich tatsächlich zu dem Entschluss kommen sollte, dir zu helfen, dann nur unter einer einzigen Bedingung." Sie reckte den Hals und blickte ihn provozierend an. „Ob es dir gefällt oder nicht: Du berichtest mir haarklein von der Hölle."

Kapitel 10

In dem Bestreben, zumindest ein paar Zeilen zu Papier zu bringen, saß Olivia nach einer schlaflosen Nacht erschöpft an ihrem Laptop.

Doch Fehlanzeige!

Alexanders Schicksal ging ihr einfach nicht aus dem Kopf und machte jegliche Konzentration zunichte. Sie war völlig zwiegespalten. Einerseits verabscheute sie es, dass er sie so skrupellos hinters Licht geführt hatte, andererseits vertrat die Schriftstellerin in ihr die Meinung, dass sie sich diese einzigartige Chance unmöglich entgehen lassen durfte.

Sie ließ den Kopf auf die Tastatur sinken. Herrje! Was sollte sie nur tun? Die Stimme der Vernunft flüsterte ihr immer wieder zu, einen Bogen um diesen Mann zu machen. Aber was er von ihr verlangte, war nun wirklich keine große Sache. Oder war es nur ein weiterer Trick, um an den vierten Ring zu kommen?

Sie zuckte zusammen, als es läutete. Alexander? Unwahrscheinlich, gestern hatte er die Tür auch mit Verachtung gestraft. Müde schlurfte sie zur Eingangstür, öffnete sie und fand sich zwei jungen Frauen gegenüber, die nicht unterschiedlicher hätten sein können.

Die eine war klein und dunkelhaarig, in Jeans und Pulli gehüllt. Die andere hingegen groß gewachsen, mit blonden Locken, gekleidet in ein schickes rotes Kleid mit farblich passenden High Heels.

Als sie der Blondine verwundert in die leuchtenden Augen schaute, blieb ihr für einen Moment die Luft weg. Dieses Azurblau kannte sie zur Genüge. Schlagartig wusste sie, wem sie gegenüberstand.

Oje, das hatte sicher nichts Gutes zu bedeuten!

Sie wandte sich ihrer Cousine zu. „Lilly, was für eine Überraschung!“ Ihre Blicke schweiften wieder zu der Blondine zurück. „Und du musst Lena sein, Alexanders Schwester. Die Ähnlichkeit ist verblüffend. Kommt doch rein.“

Als hätte Lilly nur auf die Einladung gewartet, fiel sie Olivia lächelnd um den Hals, und auch Lena schien den Umständen zum Trotz keine Ressentiments gegen Olivia zu hegen, denn sie tat es Lilly gleich.

„Setzt euch doch!“ Olivia wies auf den Holztisch am Kamin. Lilly kam der Aufforderung nach, Lena hingegen jagte durch den Raum und begutachtete neugierig Olivias Zeichnungen mit den Fabelwesen, bevor sie sich zu ihnen an den Tisch gesellte.

Olivias Blicke flitzten zwischen den beiden Frauen hin und her. „Was kann ich für euch tun?“

„Alexander benötigt dringend deine Unterstützung“, platzte es aus Lilly heraus.

„Aha!“ Olivia lehnte sich zurück. Eine Überraschung war das nicht wirklich. Ob Alexander die beiden auf sie angesetzt hatte? „Ihr werdet jetzt aber nicht von mir verlangen, dass ich ihm einen Ring aushändige, oder?“

Lena schüttelte hektisch den Kopf, wobei ihre goldenen Kreolen klirrten. „Gott bewahre, nein!“ Sie beugte sich über den Tisch und griff vertraulich nach Olivias Hand. „Es ist eher so, dass wir dich um etwas bitten möchten. Glaube mir, Alexander ist kein schlechter Mensch, auch wenn er manchmal richtig gut darin ist, diesen Eindruck zu erwecken. Er war der beste Bruder, den man sich vorstellen kann - und als Vater eine absolute Wucht.“

Sie wechselte einen Blick mit ihrer Begleiterin. „Er hat uns beide sein Leben lang beschützt, war immer für uns da. Wenn sich irgendein Typ nur getraut hat, eine von uns dumm anzumachen, hat Alexander ihn grundsätzlich das Fürchten gelehrt."

Lilly nickte. „Wie wahr. Kannst du dich noch an den Spinner erinnern, der dir abends immer vor der Apotheke aufgelauert hat?"

Lena schmunzelte. Prompt stockte Olivia abermals der Atem. Dieses Lächeln war ihr so vertraut.

„O ja. Ich glaube, der arme Tropf konnte wochenlang nicht mehr richtig sitzen, nachdem Alexander ihm in den Arsch getreten hatte. Und weißt du noch, wie er den Typen, der dein Fahrrad stehlen wollte, an dem Ast festgebunden hat?"

Die beiden Frauen kicherten. Olivia verschränkte entnervt die Arme vor der Brust. Besuch vom Alexander-Winter-Fanklub war nicht gerade das, wonach ihr der Sinn stand.

Als Lilly zu einer weiteren Anekdote ansetzen wollte, fiel sie ihr daher auch schroff ins Wort: „Äh Ladys, bevor ihr Alexander weiterhin auf ein Podest stellt, verratet mir doch bitte, was das alles mit mir zu tun hat."

Schlagartig fiel ihren Besucherinnen das Lächeln aus dem Gesicht.

Lena räusperte sich. „Ach ja, richtig. Wir wollten dich bitten, Alexander zu unterstützen. Ich möchte ihn jetzt wirklich nicht in Schutz nehmen, aber er war vollkommen verzweifelt, nur deswegen hat er dich dermaßen belogen. Normalerweise ist Alexander sehr geradlinig. Aber die ganze Situation hat ihn völlig überfordert." Sie bedachte Olivia mit einem flehentlichen Blick aus ihren großen blauen Augen.

Prompt meldete sich Olivias schlechtes Gewissen wieder zu Wort. „Das alles tut mir furchtbar leid. Ich hätte ihm den Tod gerne erspart. Aber diese vielen Lügen … Als alles ans Licht kam, waren Gefühle einfach nicht mehr möglich. Und selbst wenn er mich nicht so vorgeführt hätte, wäre es nicht in meiner Macht gestanden, sein Schicksal abzuwenden. Wahre Liebe, das ist nun mal nichts für mich."

Lena nickte verständnisvoll. „Du brauchst dich nicht zu entschuldigen. Das, was er mit dir angestellt hat, war mies. Er bereut sein Handeln zutiefst und hat seine Lektion gelernt. Nun klammern wir uns an die klitzekleine Hoffnung, dass man ihn in der Zwischenwelt belässt, wenn er ein paar Dinge zurechtrückt, die er in seinem Leben verbockt hat. Wie zum Beispiel der Familie dieses verunglückten Piloten wieder auf die Beine zu helfen."

Sie wischte sich eine einsame Träne vom Gesicht. „Ich vermisse ihn so sehr. So hätte ich zumindest die Chance, ihn hin und wieder zu sehen. Bitte, Olivia, hilf uns!" Der pure Schmerz sprach aus Lenas Worten. „Ansonsten bleibt nur die Möglichkeit, dass Lilly einspringt, was ihr unter Garantie einen Riesenärger mit ihrem Mann bescheren wird."

Olivia seufzte leise. „Aber woher weiß ich, dass es Alexander nicht immer noch um den Ring geht? Obendrein müsste ich dann mit ihm nach Berlin kommen, und ich hasse Flugzeuge und Großstädte." Verunsichert flogen ihre Blicke zwischen den beiden Frauen hin und her. Zwei Paar große tränenfeuchte Augen blickten sie an. Mist! Sie kämpfte auf verlorenem Posten. Die zwei hatten sie eingewickelt. Wie sollte sie aus der Nummer nur wieder herauskommen?

Voller Entsetzten starrte Olivia den kleinen Jungen an, der ihr die Wohnungstür in einem Berliner Mehrfamilienhaus geöffnet hatte. Er war spindeldürr, die viel zu großen Klamotten hingen wie Säcke an ihm. Dunkle Haare klebten in fettigen Strähnen an seinem Kopf.

„Ist deine Mutter da?", fragte sie in fließendem Deutsch. Wie gut, dass sie in Sprachen bewandert war, ansonsten hätte sich die Aufgabe schwierig gestaltet.

Der Junge nickte und spurtete davon. Eine gefühlte Ewigkeit später erschien eine aufgetakelte Frau. Ihre Haare waren stark blondiert, der Lippenstift zu rot, der Rock zu kurz.

Olivia zwang sich, die Frau nicht zu eindringlich zu mustern und blickte ihr in die Augen. „Entschuldigen Sie, Frau Maier. Hätten Sie ein paar Minuten Zeit für mich? Ich komme im Auftrag von Alexander Winter."

Die Frau glotzte sie einige Wimpernschläge lang nachdenklich an. „Von wem?"

„Alexander Winter, das ist der Pilot, der versehentlich mit dem Jet ihres Mannes kollidiert ist."

Frau Maier schnappte überrascht nach Luft. „Und was will der Kerl jetzt von mir?"

„Dürfte ich eventuell eintreten? Zwischen Tür und Angel lässt sich das nur schwer besprechen."

Ein Zögern folgte, bevor die Frau nickte. „Wenn's denn sein muss. Gut, kommen Sie rein."

Olivia trat ein und glaubte ihren Augen nicht zu trauen. Die Wohnung war ein einziges Chaos. Überall hatten sich Klamotten verstreut. In der Küche stapelte sich ein beachtlicher Berg schmutzigen Geschirrs.

Angewidert rutschte sie auf einen Stuhl. Ihre Gastgeberin lehnte sich mit dem Rücken gegen einen Küchenschrank und steckte sich eine Kippe an. Olivia atmete mehrmals tief durch. Wenngleich sie nicht sonderlich bewandert im Umgang mit Menschen war, wurde ihr gerade klar, dass das hier nicht einfach werden würde.

In diesem Moment verfluchte sie Alexander, der sich glattweg geweigert hatte, sie zu begleiten. Auch wenn ihn niemand sehen konnte, hätte er ihr womöglich doch den Rücken stärken können. Aber nein! Er hatte es vorgezogen, sie allein in die Höhle des Löwen zu schicken, während er sich in einem Berliner Luxushotel vor dem Fernseher aalte.

Sie riss sich zusammen. „Also, es ist folgendermaßen: Herr Winter ist vor ein paar Tagen verstorben und hat Sie in seinem Testament bedacht."

„Was bedeutet?"

„Er möchte Ihnen und Ihrer Familie ein wenig Unterstützung anbieten. Mich hat er zum Vermögensverwalter ernannt. Daher müsste ich wissen, wofür Sie das Geld verwenden möchten."

Ein zynisches Lachen entfloh dem Mund der Frau. „Da fragen Sie noch! Schauen Sie sich doch nur um." Sie beschrieb mit dem Arm eine ausholende Geste. „Geben Sie mir einfach einen Scheck. Aber bitte gedeckt. Von wie viel Geld reden wir denn überhaupt?", setzte sie neugierig hinzu.

Olivia schüttelte den Kopf. „Nein, tut mir leid. Herr Winter wollte Ihnen kein Bargeld zukommen lassen. Sondern Möbel, Essen, Kleidung, eine gute Schule und Ausbildung für die Kinder."

Die Maier schnalzte verärgert mit der Zunge. „Na, ganz toll!", maulte sie, während sie tief den Rauch der Zigarette inhalierte. „Will mir dieser Arsch jetzt auch noch vorschreiben, was ich mit der Kohle anfangen soll? Das wird ja immer besser."

Olivia ignorierte sie. „Also, was kann ich für Sie und vor allem für Ihre Kinder tun?"

Ein paar Stunden später betrat Olivia die ausladende Hotelsuite. Alexander hatte sich nicht lumpen lassen. Da sie in überfüllten Großstädten und winzigen Hotelzimmern immer gegen ihre tückische Platzangst ankämpfen musste, hatte er diesen Wohlfühltempel für sie gebucht.

Entnervt warf sie ihre Tasche auf einen Stuhl und kickte die Pumps von den Füßen. Zur Feier des Tages hatte sie sich sogar in ein Kostüm geworfen, was im Nachhinein betrachtet nicht wirklich der Mühe wert gewesen war. Achtlos ließ sie die Jacke auf einen Stuhl gleiten. Sie marschierte auf ein Sideboard zu, öffnete eine Flasche Whiskey und füllte damit großzügig ein Glas, aus dem sie einen kräftigen Schluck nahm.

Die Unterredung mit der Maier hatte mächtig an ihren Nerven gezehrt. Seit dem Unfalltod ihres Mannes hatte die Frau ihre Kinder vernachlässigt. Sie arbeitete nachts in einer Tabledance Bar und verpennte grundsätzlich den Tag. Ihr Gehalt und die geringe Rente, die sie vom Staat bekam, gingen in erster Linie für Zigaretten, Make-up und Kleidung drauf. Die Kids lebten von Fast Food und Dosenfutter, trugen verschlissene Klamotten und waren quasi auf sich gestellt.

Olivia verstand nicht, wie man sich als Mutter so gehen lassen konnte. Es missfiel ihr mächtig, dass Alexander sich für diese Familie so in der Verantwortung sah. Denn die Frau hatte bereits schamlos den Versuch unternommen, dies zu ihrem Vorteil auszunutzen. Ein Abonnement im Solarium sowie eine Botoxbehandlung waren mit Sicherheit nicht zum Überleben notwendig.

Olivia musste auf jeden Fall dafür Sorge tragen, dass Alexanders großzügige Spende vorwiegend bei den Kindern zum Einsatz kam. So hatte sie als Allererstes

Gutscheine besorgt, die in Essen, Kinderbekleidung und Schulbücher umgewandelt werden konnten. Trotzdem war ihr mehr als bewusst, dass sie bei dieser Familie gelegentlich nach dem Rechten sehen musste. Die Kinder benötigten neue Matratzen, einen anständigen Haarschnitt und Nachhilfe, da sie in der Schule völlig überfordert waren.

Alexander sollte recht behalten, einfach einen Geldbetrag zu überweisen, hätte nicht ausgereicht. Oje, auf was hatte sie sich da nur eingelassen? Die Vermutung lag nahe, dass sie Berlin in Zukunft häufiger einen Besuch abstatten müsste, als es ihr recht war.

Sie schnappte die Whiskeyflasche und betrat das Wohnzimmer, in dem Alexander es sich auf dem Sofa bequem gemacht hatte und per Geisteskraft durch die Fernsehkanäle zappte.

Als er sie bemerkte, blickte er auf. „Und?"

Sie winkte ab. „Frag nicht. Die Frau ist ein Albtraum. Kanntest du ihren Mann?"

„Flüchtig."

Sie setzte sich an den Schreibtisch, auf dem ihr Laptop gelangweilt ausharrte, und nahm einen weiteren großen Schluck von dem Whiskey. „Wie war er?"

„Offensichtlich ein Idiot in Bezug auf Frauen."

Sie nickte. „Das kann ich ungesehen unterschreiben. Wie muss ich mir das Leben eines Jetpiloten eigentlich vorstellen? Könnt ihr wirklich jede Frau haben, die ihr wollt?"

Alexander grinste. In diesem Moment schaltete sich der Fernseher aus. „Lass es mich so ausdrücken: Es ist ein Leichtes, Sex zu haben. Eine vernünftige Beziehung zu führen, ist in diesem Beruf hingegen so gut wie unmöglich. Die Arbeitszeiten sind nicht vorhersehbar. Man muss das ganze Jahr über trainieren wie ein Ochse, um fit zu bleiben. Man weiß heute nicht, wo man morgen zum Einsatz kommt. Ich war jedes Jahr monatelang in Texas oder Arizona, 2009 war ich in Afghanistan, dann im Kosovo, im Sudan. Ständig gibt es Überlebenstrainings, Manöver, Bootcamps. Ehrlich gesagt weiß ich nicht, wie man unter diesen Umständen überhaupt eine Familie gründen kann. Das Leben als Jetpilot ist einfach unberechenbar."

„Verstehe. Was sind die Voraussetzungen?"

„Das Wichtigste ist körperliche Fitness. Du brauchst gute Augen und einen stabilen Magen. Eine gewisse Aggressivität ist unabdingbar. Angst oder Skrupel sind nicht angesagt. Wer zögert, verliert. Und ist schneller draußen, als er einen Jet zum Abheben bringt. Und das dauert gerade mal acht Sekunden. Des Weiteren müssen deine Ausbilder und der Staat Vertrauen in dich haben. Du musst dich diesem Job voll und ganz verschreiben, vor allem in der Ausbildungsphase, in der bereits Millionen in dich investiert werden."

„Da gibt es doch sicherlich jede Menge Mitbewerber. Wie hast du dich gegen sie durchgesetzt?"

„Im Prinzip hatte ich Glück. Mein Vater war ein hohes Tier in der Politik und hat mir den Weg geebnet. Doch bei der Luftwaffe zu sein, heißt nicht, dass man automatisch den Eurofighter fliegen darf. Meines Wissens nach gibt es nicht einmal hundert Piloten in Deutschland, denen man diese Jets anvertraut. Sportlich war ich schon immer, das war das kleinste Problem. Aber ich war faul. Und von morgens bis abends hundert Prozent Leistung abzuliefern, war am Anfang kein Kinderspiel für mich. Obendrein musst du Ellbogen zeigen. Du schaffst es nicht an die Spitze, wenn du andere an deinem Können teilhaben lässt. Also im

Klartext: Du musst eine Sau sein."

„Das dachte ich mir schon." Sie nahm einen weiteren großen Schluck Whiskey. Dann öffnete sie ihren Laptop. „Erzähl mir, wie es ist zu sterben." Sie hatte ihren Part der Abmachung fürs Erste erfüllt, jetzt war er an der Reihe.

Er stieß zischend die Atemluft aus. Nicht gerade sein Lieblingsthema. Egal! Da musste er jetzt durch.

Er zögerte noch einen Moment, schien sich in unschönen Erinnerungen zu verlieren, doch dann rückte er mit der Sprache heraus: „Es ging relativ schnell. Die Kurve raste im Eiltempo auf mich zu. Die schwierigste Übung war, nicht in letzter Sekunde auszuweichen. Ich brauchte drei Anläufe, bis ich es geschafft habe."

Er schluckte vernehmlich. Das Timbre seiner Stimme hatte sich verändert, als er weitersprach. Klang rau, irgendwie belegt. „Weißt du, sich so etwas in Gedanken auszumalen und es dann wirklich durchzuziehen, sind zwei grundverschiedene Dinge. Den Schlag, der meinen Körper erschüttert hat, kann ich nicht beschreiben. Ich spürte, wie meine Knochen zerbarsten. Wahnsinnige Schmerzen jagten wie Torpedos durch meine Nervenbahnen. Dann wurde es schwarz um mich herum. Ein Strudel schien mich in die Tiefe zu ziehen, erlöste mich von den Qualen."

Ein kurzes Schweigen folgte. „Als ich die Augen wieder öffnete, wirkte die Welt verändert. Mein Körper schien wieder vollständig intakt zu sein. Die Schmerzen waren verflogen. Ich sah alles nur noch wie durch einen Schleier. Das ist übrigens immer noch so. Die Sonne scheint nicht mehr so hell, die Farben der Umwelt sind verblasst. Aber ich habe mich inzwischen daran gewöhnt."

Olivia lauschte gebannt. „Kein helles Licht?"

„O nein, definitiv kein helles Licht. Ich weiß nicht, wo dieses Ammenmärchen herkommt. Ein Typ legte mir eine Hand auf den Kopf und offenbarte mir, dass er meine Seele aufgrund meines erbärmlichen Lebensstils in der Hölle abliefern würde. Dann hatte ich das Gefühl, ich bekäme das Gehirn herausgesaugt.

Nach einer kurzen Ohnmacht kam ich in einer Halle mit drei Schaltern wieder zu mir. An der Registrierung zum Himmel und zur Hölle war mächtig was los, der Schalter zur Zwischenwelt war verwaist. So reihte ich mich in die lange Schlange der Höllenbesucher ein. Faszinierend war, dass immer wieder Personen den Versuch unternahmen, sich in den Himmel hinüberzumogeln. Doch wie aus dem Nichts schossen jedes Mal kleine Teufel hervor und jagten die Abtrünnigen zurück."

„Kleine Teufel?", grätschte Olivia sofort dazwischen. „Wie genau sahen die aus?"

Alexander schüttelte den Kopf. „Herrje, Olivia, mir stand der Sinn in diesem Moment wirklich nicht danach, diese abartigen Monster zu begutachten. Sie erinnerten mich an Hobbits, hatten lange Umhänge um und winzige Hörner auf dem Kopf. Mehr kann ich dir dazu nicht sagen. Als ich an der Reihe war, wurden meine Daten erfasst, dann schob man mich in einen dunklen Gang. Mit einem Aufzug ging es in die Tiefe. Die Fahrt dauerte ewig. Währenddessen stieg die Temperatur um mich herum an. Als sich die Fahrstuhltüren endlich öffneten, blickte ich auf eine unscheinbare rote Tür – den Eingang zur Hölle."

Sie musterte ihn gedankenverloren. „Erstaunlich, dass keine Verletzungen zurückgeblieben sind."

„Ja, das kommt eigentlich einem Wunder gleich. Zumindest in der Unterwelt ist mein Körper völlig unversehrt. Hier auf der Erde bin ich seitdem ein Geist, eine körperlose Hülle, aber das weißt du ja."

Sie hackte geschäftig auf ihren Laptop ein. „Okay, erzähl mir von der Hölle."

Er seufzte. „Ungern, aber ich stehe in deiner Schuld. Was willst du wissen?"

„Bist du Luzifer jemals persönlich begegnet."

Er nickte. „Einmal kurz!"

Begeisterung blitzte in ihren Augen auf. „Und?"

Alexander schmunzelte, vermutlich ob ihrer Neugier. „Na ja, was soll ich sagen? Er ist durch und durch ein Sadist."

„Inwiefern?"

„Er lebt davon, andere zu quälen. Das scheint ihn zu befriedigen."

„Wie sieht er aus?"

Er lehnte sich zurück und begutachtete sie einen Moment lang. „Ich denke, er würde dir gefallen. Groß, sportlich, dunkelhaarig. Grundsätzlich von Kopf bis Fuß in schwarzes Leder gekleidet. Im ersten Augenblick hat er mich an einen Rockerboss erinnert. Ich würde gerne sagen, ich hasse ihn für das, was er mir angetan hat. Aber das kann ich nicht. Er macht schließlich nur seinen Job. Und glaube mir, bei der Bundeswehr sind mir schon üblere Psychopathen über den Weg gelaufen.

Und in einer Sache kann ich dich beruhigen, dein Vergewaltiger wird seine Strafe bekommen. Da kannst du Gift draufnehmen. Luzifer wird ihn mächtig demontieren. Für Vergewaltiger, Pädophilie und Tierquäler gibt es eine ganz spezielle Behandlung. Luzifer verabscheut Personen, die sich an Schwächeren vergreifen. Ja, alles in allem ist der Typ höllisch interessant."

„Treffende Wortwahl", murmelte sie, während sie

wieder geschäftig tippte. „Also keinen Klumpfuß, Hörner oder einen behaarten Schwanz?"

Alexander grinste. „Nein, weder Klumpfuß noch Hörner. Und das mit dem Schwanz … Sorry, aber so nahe sind wir uns dann doch nicht gekommen."

Olivia verzog das Gesicht. „Haha! Sehr witzig! Wie sieht die Hölle aus?"

„Kleine dunkle Appartements. Aber das ist nicht das Schlimmste, daran kann man sich gewöhnen. Die Kasernen, in denen ich früher untergebracht war, sind auch nicht viel ansprechender. Das Furchtbare ist …", seine Stimme brach. Die Erinnerung schien ihn abermals zu überwältigen. „Entschuldige, die Vorstellung, dass ich in absehbarer Zeit wieder dorthin zurück muss, macht mich völlig fertig. Glaube mir, der Ausdruck durch die Hölle gehen, hat für mich während der letzten Wochen eine ganz neue Bedeutung bekommen."

Interessiert nahm Olivia den Mann in Augenschein, den sie als begnadeten Schauspieler kennengelernt hatte. Die Herren der Unterwelt schienen ihm ganz schön eingeheizt zu haben. Aber woher wusste sie, dass er nicht erneut mit ihr spielte? Um ihr Vertrauen zu gewinnen und ihr doch noch den Ring abspenstig zu machen? „Okay, wenn du eine Pause benötigst, dann reden wir ein anderes Mal darüber. Nur noch eine Frage: Haben sie dich verletzt? Gefoltert?"

„Nein, nein, ich habe versprochen, dir Rede und Antwort zu stehen, das ziehe ich jetzt auch durch. Es gibt keine körperlichen Qualen in der Hölle. Die Folter ist geistiger Natur. In jedem der Appartements befindet sich ein gigantischer Bildschirm, der dir Tag und Nacht vorgaukelt, was du zu Lebzeiten für ein mieses Schwein gewesen bist. Und ich kann dir versichern, nach ein paar Tagen wirst du entweder wahnsinnig oder du glaubst es selbst."

Er fuhr sich mit beiden Händen übers Gesicht. „Unablässig haben sie mir die Bilder dieses Flugzeugabsturzes gezeigt, bis ich nahezu davon überzeugt war, dass es meine Schuld war. Ich sah die Kiddies der Maier, die im Begriff waren, völlig auf die schiefe Bahn zu geraten und die Mutter, die von einem Bett ins andere wandert." Er brach abermals ab. „Deswegen wollte ich dich auch nicht zu ihnen begleiten. Ich glaube, das Ganze in natura zu erleben, hätte mir den Rest gegeben."

Olivia schluckte. Du liebe Güte, der Mann schien tatsächlich Höllenqualen zu leiden.

Sein Blick fiel auf das leere Whiskeyglas, das neben ihrem Laptop stand. „Zu dumm, dass ich mich nicht betrinken kann, ansonsten würde ich mir jetzt zur Abwechslung auch mal einen Schluck genehmigen. Du kannst dir das alles gar nicht vorstellen. Und ich kann es kaum in Worte fassen. Diese Seelenqualen, die auf einen einstürzen, sind schwer zu beschreiben.

Ständig haben sie mir Kampfeinsätze vorgegaukelt, die ich geflogen bin. Maschinen, die ich dabei abgeschossen habe. Bilder der toten Piloten, ihrer Familien. Mir war schon immer klar, dass hier viele Einzelschicksale betroffen sind, doch solche Gefühle darf man als Kampfpilot nicht an sich heranlassen. Und welche Alternative hatte ich denn schon? Ich wollte schließlich nicht selbst draufgehen."

Er lehnte sich zurück und fixierte die Decke. „Aber das ist noch nicht alles: die vielen kleinen Verfehlungen im Leben, die jeder tagtäglich begeht, ohne sich dabei etwas zu denken. Im Einzelnen sind sie harmlos. Geballt jedoch lassen sie dich verzweifeln."

Olivia schenkte sich einen weiteren Whiskey ein. Herrje, seine Berichterstattung ging ihr mächtig ans Potenzial. „Von was genau sprichst du?"

„Wo soll ich anfangen? Das dicke Kind, das ich in der Schule gehänselt habe. Die Mädchen, die ich als Teenager flachgelegt habe und denen ich die große Liebe vorgetäuscht habe, obwohl ich sie nur ins Bett kriegen wollte. Die Fahrerflucht, die ich begangen habe, als ich als Fahranfänger einem anderen Wagen den Spiegel abrasierte. Die Kassiererin, die ich bestohlen habe, als ich das viel zu hohe Wechselgeld einsteckte. Die Bewerbung, die ich geschönt habe. Den Kollegen, den ich durch üble Nachrede angeschwärzt habe, um das Misstrauen unseres Ausbilders zu schüren, und so weiter und so fort.

Die Sache mit dir nicht zu vergessen … Alles nur Kleinigkeiten, quasi Kavaliersdelikte, die jeder Mensch mit seinem Gewissen vereinbaren kann. Aber wenn sie gebündelt auf dich einstürzen, machen sie dich fertig."

Olivia war so gebannt von dieser Schilderung, dass sie das Tippen inzwischen eingestellt hatte. Alexanders Worte berührten ihre Seele. Trafen Stellen, die sie besser vor ihm abschotten sollte. „Gott, Alexander, das tut mir so leid. Wenn ich das gewusst hätte …"

„Nein, lass es gut sein! Ich habe es nicht anders verdient", fiel er ihr barsch ins Wort.

Mit zittrigen Fingern griff sie abermals nach dem Whiskeyglas. Verdammt, er hatte sie nach Strich und Faden belogen und trotzdem fühlte sie sich schuldig. So bescheuert konnte nur eine Frau sein. Nachdenklich schwenkte sie den Whiskey im Glas herum. Die braune Flüssigkeit torkelte genauso hin und her wie die Gedanken in ihrem Kopf.

Olivia wusste, sie sollte das Trinken jetzt einstellen.

Sie hatte bereits genug. Aber ihre Nerven befanden sich in Aufruhr. Irgendwie musste sie sie ruhigstellen. „Warum könnt ihr eigentlich nichts trinken?“

„In der Hölle gibt es keinen Alkohol, das wäre zu einfach. Man könnte sich die Lichter ausschießen und damit der seelischen Grausamkeit entgehen. Erst seit ich in der Zwischenwelt bin, kann ich mir hin und wieder ein Glas genehmigen. Obwohl ich es noch nie so mit Alkohol hatte - höchstens ab und zu mal ein Bier. Aber um zu deiner Frage zurückzukommen, ehrlich gesagt weiß ich nicht, warum wir auf der Erde nichts trinken können. Hunger und Durst sind einfach nicht existent. Vielleicht liegt es ja daran, dass wir die Gläser nicht greifen können.“

Sie lachte leise. „Und wenn ich es für dich halten würde …?“

„Dann käme ich mir vor wie ein Idiot.“

„Könnten wir mal einen Versuch starten. Sozusagen als Recherche für meine Bücher. Damit ich weiß, ob ihr theoretisch essen und trinken könnt.“

Er rollte mit den Augen. „Ach, Olivia!“

„Nun komm schon! Der Whiskey ist total lecker, koste doch mal.“

„Ich habe nicht die geringste Ahnung, wie sich das auswirkt. Was, wenn ich nachher betrunken durchs Hotel torkele und jeden kaltmache, der mir in die Quere kommt?“

„Ach was. Ich lasse dich einfach nicht aus dem Zimmer.“

„Nur vergisst du dabei eine Kleinigkeit. Ich kann durch Wände laufen.“

„Ach komm schon! Nur einen Schluck! Es ist nicht zu befürchten, dass er dich ins Grab bringen wird.“ Sie gluckste leise ob des Witzes.

„Amüsiere dich ruhig auf meine Kosten."

„Ich möchte dich nur ein wenig ablenken. Außerdem macht alleine trinken nicht wirklich Spaß. Das mache ich oft genug."

„Okay, meinetwegen. Aber falls es nicht funktioniert, hörst du augenblicklich auf. Ich habe keine Lust mich zu versabbern wie ein Kleinkind."

Sie blickte ihn gedankenverloren an. „Bemerkenswert. Eins hat die Hölle noch nicht geschafft: deinen Stolz zu brechen."

Er lachte zynisch. „Gib Luzifer einfach noch ein paar Wochen."

Sie rappelte sich auf und ging auf ihn zu. „Vielleicht nippst du erst einmal daran, damit wir sehen, ob es klappt, und was für eine Wirkung der Alkohol auf dich hat."

Er seufzte. „Du raubst mir noch den letzten Nerv!"

Sie rutschte neben ihn auf das Sofa, legte ihm eine Hand auf die Schulter und hielt ihm mit der anderen das Glas an die Lippen. Dann neigte sie es vorsichtig. Behutsam nahm er einen Schluck. Als die braune Flüssigkeit seine Zunge benetzte, stieß er einen schrillen Schrei aus.

Olivia zuckte zurück. „O mein Gott! Was ist passiert?"

Alexander prustete los.

Sie bedachte ihn mit Mörderblick. „Selten so gelacht! Verarschen kann ich mich selbst!"

„Was du nicht sagst."

„Du kannst also trinken?"

„Sieht so aus."

„Gut, dann lass mich dir noch einen Schluck geben, immerhin lachst du jetzt wieder. Weißt du, dass ich dich noch nicht oft habe lachen sehen? Du solltest das öfter machen. Steht dir nicht schlecht. Du wirkst dabei zum Anbeißen."

Ihre Blicke hefteten sich auf seine Lippen. Von einer Sekunde auf die nächste hatte sich die unbekümmerte Atmosphäre zwischen ihnen verändert. Und plötzlich hatte sie die heißen Küsse wieder vor Augen, die sie vor ein paar Wochen getauscht hatten. Ein Knistern lag in der Luft. Die sexuelle Spannung war nahezu greifbar.

Alexander sog zischend die Atemluft ein. Seine Blicke wanderten zwischen ihren Augen und Lippen hin und her. „Du scheinst das mit dem Anbeißen wörtlich zu nehmen. Du solltest nicht so viel trinken. Das bringt dich nur auf dumme Ideen."

„Zugegeben, wenn du nicht so ein Idiot wärst, wärst du definitiv eine Sünde wert." Und bevor er noch einen Einwand erheben konnte, hielt sie ihm das Glas erneut an den Mund, schaffte es jedoch nicht, es in die richtige Position zu bringen, sodass er problemlos trinken konnte. „Warte!" Sie schob ihm einen Arm um den Hals und kletterte auf seinen Schoß. „Ah, so geht es besser."

Er keuchte überrascht auf. „Gute Güte, Olivia! Dir ist schon bewusst, dass ich seit einiger Zeit keine Frau mehr hatte. Also sitz zumindest still!"

Sie grinste und kippte ihm wortlos eine Ladung Whiskey in den Mund. Mit einem gurgelnden Geräusch schluckte er ihn hinunter.

„Na, prima. Geht doch. Gleich noch einen."

„Meine Güte, was hast du vor?", japste er, schluckte jedoch abermals todesmutig.

„Ich möchte einfach, dass du dich ein wenig besser fühlst." Sie führte das Glas an ihren eigenen Mund und schüttete sich ebenfalls einen großen Schluck hinter die

Binde. „So, nun bist du wieder dran."

Er griff nach ihrer Hand und hielt sie fest. „Hör auf damit. Wir machen das jetzt anders. Das Glas kann ich nicht halten, aber deine Hand. So kann ich den Drink selbst dosieren."

Sie gluckste leise. „Klingt gut, aber dann gib zuerst mir noch etwas."

„Sag mal, kann es sein, dass du bereits mächtig einen sitzen hast?"

„Och, vielleicht einen Klitzekleinen."

„Gut, dann solltest du jetzt mit dem Whiskey aufhören. Ich habe eh den Eindruck, dass du zu viel trinkst. Es wird höchste Zeit, das in den Griff zu kriegen."

Sie pustete verärgert die Backen auf. „Wer bist du? Mein Vater? Ich kann nicht sterben, schon vergessen? Ich kann saufen, soviel ich will. Jawoll! Aber wenn du lieber alleine trinkst, dann mach du das Glas leer."

Mit einer schnellen Bewegung führte sie das Glas wieder an seinen Mund. Er nahm einen kräftigen Schluck, doch dann zog sie die Hand so ruckartig zurück, dass ihm ein Tropfen über die Lippen rann. Bevor er ihn wegwischen konnte, reagierte Olivia. „Huch, der gute Whiskey!", murmelte sie und küsste ihn Alexander vom Mund.

Als ihre Zunge federleicht über seine Lippen strich, war es endgültig um seine Beherrschung geschehen. „Herrje, Livi", keuchte er gegen ihren Mund. „Weißt du überhaupt, was du mit mir anstellst? Du fühlst dich unglaublich an. Viel zu gut!" Sie richtete sich ein wenig auf, was ihm ein Knurren entlockte. „Verdammt, sitz endlich still!"

„Gibt es in der Hölle eigentlich keine Frauen?"

„Doch, aber glaube mir, auf diese Schlampen hatte

ich nicht wirklich Lust. Und dass es in der Zwischenwelt fast nur Männer gibt, ist dir ja hinlänglich bekannt."

Sie leckte sich mit der Zunge über die vom Whiskey befeuchteten Lippen. Und in diesem Moment konnte Alexander den Ansturm der Gefühle, der über ihn hinwegraste, nicht mehr kontrollieren. Das unbändige Verlangen, sie zu nehmen, wurde unerträglich. Er wollte sie, daran hatte auch die neue Situation nichts geändert. Er nahm ihren Kopf in die Hände und fiel mit seinen Lippen über ihren Mund her. Sie schmeckte nach Alkohol und Frau und nach so viel mehr.

Er küsste sie grob, gierig und voller unterdrückter Verzweiflung. Im ersten Moment versteifte sie sich, doch als er nicht von ihr abließ, löste sich ihr Widerstand auf und sie gab sich seinen Küssen hin. Begehrlich stöhnte sie in seinen Mund, als ihre Zungen sich trafen. Sie stellte den Whiskey zur Seite, schlang ihm die Arme um den Nacken und ließ es geschehen. Eng schmiegte sie sich an ihn. Und als sie auf seinem Schoss erneut die Sitzposition wechselte, hatte er das Gefühl, seine Erektion würde die Hose sprengen. Das brachte ihn in die Wirklichkeit zurück.

Was tat er hier? Das durfte nicht passieren.

Er löste sich schwer atmend von Olivias Lippen und schob sie ein Stück von sich. „Gott, Olivia. Wir müssen dringend einen Gang runterschalten."

„Wer hat denn angefangen?", hauchte sie gegen seine Wange.

„Tut mir leid. Ich konnte nicht anders. Aber wenn wir so weitermachen, wird es garantiert nicht beim Küssen bleiben."

„Was du nicht sagst."

„Livi, du hasst mich. Schon vergessen?"

„Ich liebe es, wenn du mich Livi nennst."

Er verdrehte die Augen. „Lenk nicht ab."

„Ach, Alex, was soll das? Wir wissen doch inzwischen beide, dass du normalerweise nichts anbrennen lässt. Es ist absolut nicht mehr angebracht, hier den Schüchternen zu spielen." Sie legte den Kopf schief und blickte ihn provozierend an. Lasziv rekelte sie sich auf seinem Schoß. „Glaubst du etwa, ich spüre nicht, wie scharf du auf mich bist?" Sie griff wieder nach dem Glas und hob es ihm erneut an den Mund. „Komm, trink noch einen Schluck, damit du ein wenig lockerer wirst."

Rigoros schob er ihre Hand weg. „Du würdest dich nicht wirklich von mir vögeln lassen, oder? Sag mir, dass du lediglich mit mir spielst!"

„Pfui, was für ein schmutziges Wort, für jemanden, der kaum Erfahrung mit Frauen hat", neckte sie ihn. „Aber keine Panik, ich werde ganz behutsam mit dir umgehen." Lasziv kratzte sie ihm mit einem Fingernagel über die Brust.

„Olivia, du bist betrunken!"

Ihr Kopf fiel gegen seine Brust. „Hmm, was spricht eigentlich dagegen, mit dir zu schlafen?", sinnierte sie. „Ich bin eine emanzipierte Frau. Erotik ist in meinen Büchern an der Tagesordnung. Obendrein könnte ich wetten, dass du eine Granate im Bett bist. Und nun passt auch deine Konschi … Konsi … Konsistenz. Puh! Schwieriges Wort. Du bist jetzt ein Geist. Somit brauche ich keine Angst mehr vor dir zu haben. Denn wenn ich den Ring abnehme, bist du schwupps verschwunden." Theatralisch warf sie die Hände in die Luft.

Erneut versuchte sie ihm das Whiskeyglas an die Lippen zu halten, doch er schüttelte den Kopf. „Hör auf damit! Es reicht, wenn einer von uns beiden voll ist wie eine Haubitze."

Sie runzelte verärgert die Stirn. „Bin ich nicht. Nur ein wenig angeheitert. Das ist aber auch alles. Es kann ja nicht jeder so eine Spaßbremse sein wie du." Sie richtete sich auf und blickte ihn eindringlich an. „Du willst also nichts mehr trinken? Mal sehen, ob ich dich nicht doch vom Gegenteil überzeugen kann. Ich habe da so eine Idee …"

Sie nahm einen Schluck Whiskey in den Mund und küsste Alexander, solange, bis er seufzend die Lippen öffnete. Augenblicklich eroberte die scharfe Flüssigkeit seinen Mund. Es war ein unglaubliches Gefühl, das ihm durch Mark und Bein ging. Der würzige Whiskey in Verbindung mit Olivias süßem Geschmack und ihrer heißen Zunge. Wie eine einzige Versuchung mischte sich alles in seinem Mund. Du liebes bisschen! Er konnte sich nicht erinnern, jemals etwas Erotischeres gespürt zu haben.

Schwer atmend schob er sie abermals von sich. „Gott, Süße, du bist so heiß! Du glaubst gar nicht, wie oft ich mir in den letzten Wochen gewünscht habe, dich noch einmal küssen zu dürfen", raunte er.

Olivia fixierte derweil mit einem zusammengekniffenen Auge das Whiskeyglas. „Oh, schon leer", murmelte sie, bevor sie sich ihm wieder zuwandte. „Hör zu, Alex, du bist ein Riesenarsch, aber küssen kannst du wie kein Zweiter. Also hör auf dich zu entschuldigen und mach einfach weiter!"

Er stöhnte auf. Er war inzwischen so hart, dass er kaum mehr ruhig sitzen konnte. Und dass Olivia ständig mit ihrem prallen Hintern auf seiner Erektion herumrutschte, machte die Situation nicht besser. Er wusste nur eins, er musste dringend die Bremse ziehen, ansonsten würde er eine Dummheit begehen.

Er hatte Olivia mit purer Absicht nicht gesagt, dass seine eigentliche Mission darin bestand, Luzifer den Ring zu beschaffen. Denn auch wenn er sich auf den Deal eingelassen hatte, hatte er definitiv nicht vor, dem Herrscher der Hölle das wertvolle Stück abzutreten. Vielleicht gab es ja doch noch eine minimale Chance, dass Olivia irgendwann Gefühle für ihn entwickelte. Aber sollte er sie nun im angetrunkenen Zustand flachlegen, machte er diese Möglichkeit vermutlich ein für alle Mal zunichte. Zweifelsohne würde sie ihn am nächsten Morgen erst recht hassen.

So packte er sie unter Armen und Beinen und hob sie von sich herunter. Sie zog einen Schmollmund und jaulte protestierend auf. Ungeachtet ihres Protestes setzte er sie neben sich auf dem Sofa ab. Prompt fiel ihr Kopf wieder gegen seine Schulter. Himmel! Betrunken war das Mädchen anhänglich wie ein Kleinkind. Und heiß wie eine offene Flamme.

Wie lange wäre er noch in der Lage, ihr zu widerstehen?

Er wollte es nicht darauf ankommen lassen. Flugs schob er sie von sich und sprang auf. Mit großen Schritten marschierte er durch den Raum. Abstand! Er musste erst einmal Distanz zwischen sich und diese warme weiche Frau bringen.

Plötzlich zuckten Blitze vor seinen Augen. Ihm schwindelte. Er hatte seit Ewigkeiten nichts Hochprozentiges getrunken, jetzt bekam er die Quittung. Er stützte sich mit einer Hand an der Wand ab, schloss die Augen und wünschte sich in sein Appartement in der Zwischenwelt zurück. Ein besoffener Tod, der unschuldige Menschen mit sich riss, hätte der Welt noch gefehlt.

„Du flackerst", bekundete Olivia hinter ihm.

Er schlug die Augen auf. Scheiße! Er war immer noch in Berlin.

„Es funktioniert nicht!", murmelte er fassungslos.

„Oh! Aber eben war er doch noch so hart. Komm lass mich dir helfen. Ich kenn da ein paar Tricks", nuschelte sie, während sie auf ihn zuwankte, mit dem erklärten Ziel, sich an seiner Hose zu schaffen zu machen.

Rasch fing er ihre Hände ein. „Glaube mir, wenn hier irgendetwas funktioniert, dann das. Nein, das ist nicht mein Problem. Ich kann mich nicht zurückversetzen."

Sie blickte ihn verständnislos an. „Dann bleib doch einfach hier!" Sie gluckste vergnügt. „Das sieht lustig aus, wenn du durchsichtig wirst."

„Dieser verdammte Alkohol! Meine Konzentration reicht nicht aus."

„Hmm … Dann wollen wir doch mal sehen, ob deine Konzentration hierfür ausreicht." Sie nestelte am oberen Knopf ihrer Bluse herum. Doch da dieser nicht gleich aufsprang, zerrte sie sich die Bluse mit einem Ruck über den Kopf und ließ sie mit einer verführerischen Handbewegung neben sich zu Boden fallen.

Alexander schluckte. Heilige Mutter Gottes! Olivias Busen war perfekt. Groß und prall steckte er in einem raffinierten schwarzen Spitzen-BH, der nicht wirklich etwas verbarg. Ihre Brustwarzen lockten ihn an wie zwei verbotene Früchte. Und dass er wusste, wie gut sich ihre Brüste in seiner Hand anfühlten, war alles andere als eine Hilfe. Er zwang sich, die Augen abzuwenden.

„Olivia! Hör auf mit dem Blödsinn."

„Welchen Blödsinn meinst du?" Mit diesen Worten

öffnete sie ihren Rock und ließ ihn von der Hüfte rutschen.

Fatalerweise wirkte sie auf ihn wie ein Autounfall. Er wusste, dass er nicht hinsehen sollte, aber sie zog seine Blicke magisch an. Seine Augen wanderten über ihren kurvenreichen Körper in der knappen schwarzen Unterwäsche. Das Feuer des offenen Kamins ließ flackernde Lichtflecke über ihre Haut tanzen. Grundgütiger! Dieser Anblick verlieh dem Begriff heiß eine nie da gewesene Bedeutung! Es konnte sich nur noch um Sekunden handeln, bis ihm die Jeans platzte.

Olivia zog einmal mehr einen Schmollmund. „Was denn? Vor ein paar Wochen konntest du es gar nicht erwarten, mich zu berühren. Los, Alex, du hast doch mehr drauf! Schaff mich endlich ins Bett!"

Ein verzweifeltes Stöhnen entfuhr ihm. „Ich kann nicht, Olivia. Mein Gewissen dir gegenüber ist schon schlecht genug. Morgen früh würdest du mich erst recht hassen. Und noch etwas: Sex unter Alkoholeinfluss hat mir bisher immer noch Ärger bereitet. Daher habe ich dem schon lange abgeschworen!"

Sie versuchte aus dem Rock zu steigen, der sich um ihre Füße geschlungen hatte, kam dabei aber heftig ins Wanken. Geistesgegenwärtig packte Alexander sie an der Hüfte und bewahrte sie vor einem Sturz. Glücklich seufzend sank sie gegen seine Brust. Ihre zarte, nackte Haut zu spüren, ließ ein weiteres Stück seiner Selbstbeherrschung dahinschmelzen. Nichts stand mehr zwischen ihnen, außer glühendem Verlangen.

Okay, er kapitulierte! Diese verfluchten Hormone hatten gewonnen. Mit einem Ruck hob er Olivia hoch und trug sie ins Schlafzimmer. Doch er hatte sie noch nicht richtig auf dem Bett abgelegt, als ihr Kopf zur Seite fiel. Sie grunzte noch einmal leise, dann war sie eingeschlafen.

Na prima! So viel zum Thema Sex!

Nachdenklich betrachtete er den wohlgeformten Frauenkörper in der knappen Unterwäsche. Meine Herren! Hatte er jemals zuvor etwas Geileres gesehen? Bei diesem Prachtweib saß jedes Gramm an der richtigen Stelle. An ihr würde man sich zumindest keine blauen Flecken holen, sollte man sie mal ein wenig fester anfassen.

Sein Puls raste, seine Erektion schmerzte und in seinem Kopf drehte irgendjemand Pirouetten. Erschöpft setzte er sich neben die schlummernde Olivia aufs Bett. Er versuchte, mit Gedankenkraft eine Decke über sie gleiten zu lassen.

Doch erfolglos! Seine Konzentration reichte nicht einmal dafür aus.

Gierig musterte er die Frau neben sich erneut. Ihre Haut schimmerte hell, erinnerte ihn an Seide. Genau genommen hatte sie so gar nichts mit den rassigen Südländerinnen gemein, die zeit seines Lebens das Bett mit ihm geteilt hatten. Sie wirkte zerbrechlich, doch er wusste inzwischen, dass das nicht der Realität entsprach. Denn auch wenn Olivia das eine oder andere Problem mit sich herumtrug, war sie weit davon entfernt, sich unterkriegen zu lassen. Und genau diese Mischung aus Stärke und Verletzlichkeit sprach ihn mächtig an. Machte das Bedürfnis, diese Frau irgendwann zu besitzen, noch stärker.

Mit Gewalt riss er seinen Blick von ihren prallen Brüsten los. Er stöhnte unterdrückt auf. Es machte ihn tierisch an, eine Frau im Bett auch mal etwas härter anzupacken. Sie so lange herzunehmen, bis sie um Erlösung bettelte. Er gab selten die Kontrolle ab. Weder im Beruf noch im Privatleben. Was vielleicht bei einem Jetpiloten eine unabdingbare Voraussetzung zum Überleben war. Und instinktiv wusste er, dass Olivia eine Frau ganz nach seinem Geschmack sein könnte.

Er knöpfte sein Hemd auf, ließ es von den Schultern rutschen und breitete es über Olivia aus. Dann kickte er die Schuhe von sich, fiel neben sie aufs Bett und starrte nachdenklich die Zimmerdecke an.

Als Olivia am Morgen die Augen aufschlug, brummte ihr mächtig der Schädel. Irgendein Bagger schien darin sein Unwesen zu treiben, grub gnadenlos ihre Gehirnwindungen um. Sie rappelte sich auf, und ihr Blick landete auf Alexander, der neben ihr leise vor sich hinschnarchte. Ihre Augen hefteten sich auf seinen nackten Oberkörper und sie schnappte nach Luft.

Du liebe Güte! Welche Frau wünschte sich nicht, neben so einem Kerl aufzuwachen?

Ihr Blick wanderte über sein Sixpack. Eine dunkle Haarlinie zog sich von seinem Nabel abwärts, bis hinunter in seine Jeans. Lenkte ihre Aufmerksamkeit genau dorthin, wo sie rein gar nichts zu suchen hatte. Sie musste die Augen abwenden. So viel Männlichkeit raubte ihr den Verstand.

Aber was war eigentlich zwischen ihnen passiert?

Sie blickte an sich hinab und entdeckte Alexanders Hemd, das über ihr ausgebreitet war. Darunter trug sie nichts als Unterwäsche. Und zwar von der durchsichtigsten Art. Jetzt war der Mann neben ihr zumindest darüber im Bilde, dass sie einen Hang zu ausgefallenen Dessous hatte.

So ein Mist! Sie konnte sich an nichts erinnern.

Dieser verdammte Whiskey!

Alexander lag vollkommen richtig. Irgendwann

musste sie der Sauferei ein Ende setzen. Sie fröstelte. Kein Wunder. Das Hemd war nicht wirklich als Ersatz für eine kuschelige Decke geeignet.

Mühsam schleppte sie sich ins Bad und beäugte voller Schrecken das Wesen, das ihr aus dem Spiegel entgegenstarrte. Ihre Haare waren zerzaust und erinnerten sie im ersten Moment an Pumuckl. Die Lippen wirkten farblos und spröde und die verlaufene Wimperntusche ließ sie aussehen wie einen Waschbären.

Seufzend kletterte sie in die Dusche. Prickelnd warm prasselte das Wasser auf ihren Körper und erweckte nach und nach ihre Lebensgeister. Lange genoss sie die hypermoderne Regendusche. Das war doch etwas anderes als die dürftige Warmwasserversorgung in Avebury.

Als sie in einen flauschigen Bademantel gehüllt zurückkehrte, schlief Alexander noch immer. Sie sank neben ihn aufs Bett und betrachtete ihn erneut. Seine Gesichtszüge wirkten tiefenentspannt und gaben ihm etwas Friedliches. Gedankenverloren fuhr sie ihm mit einem Finger über die Wange. Er zuckte kurz, kam aber nicht zu sich. Ihr war gar nicht bewusst gewesen, dass Fürsten der Dunkelheit Schlaf benötigten.

Einem Instinkt folgend beugte sie sich über ihn und küsste ihn sanft auf die weichen Lippen. Es fühlte sich gut an, und richtig. Am liebsten hätte sie sich gar nicht mehr von ihm gelöst. Er röchelte leise, was ihr ein Lächeln entlockte. So, im schlafenden Zustand war er unglaublich süß. Sie stellte ihn sich als Jungen vor. Mit Sicherheit hatte er schon im Kindergarten die kleinen Mädchen in den Wahnsinn getrieben. Wie ungerecht, dass er so früh hatte sterben müssen. Andererseits hätten sich ihre Wege vermutlich nie gekreuzt, wenn ihm dieses Schicksal nicht zuteilgeworden wäre.

Und so beschissen die Situation auch war, sie wollte Alexanders Bekanntschaft nicht mehr missen. Er war eine Bereicherung für ihre Bücher und ihr ganzes langweiliges Leben. Aber ihr war auch klar, dass sie ihm in Zukunft mit dem gebührenden Abstand begegnen musste. Sie durfte ihn nicht zu nahe an sich heranlassen, ihm keinerlei Gefühle entgegenbringen. Auf keinen Fall wollte sie erneut von ihm verletzt werden. Niemals mehr sollte ein Mann ihr wehtun. Weder mental noch körperlich.

Das mit Scott war eine gute Beziehung gewesen. Sie war langsam gewachsen, hatte ein solides Fundament gehabt. Sie hatten sich Nähe und Geborgenheit gegeben, hatten sich vertraut. Scott war zärtlich gewesen, hatte ihr alle Zeit der Welt gelassen, um sich an seine Berührungen zu gewöhnen. Und ihr letztendlich sogar Freude am Sex geschenkt. Womit sie in ihrem ganzen Leben nicht mehr gerechnet hätte. Aber heute wusste sie, dass sie ihn trotzdem niemals geliebt hatte. Zu schnell hatte sie die Trennung verkraftet. Etwas, was der Ring glücklicherweise lange vor ihr erkannt hatte.

Es war zu befürchten, dass sie gar nicht in der Lage war, einen Mann von ganzem Herzen zu lieben. Denn um mit dem klarzukommen, was ihr in ihrer Jugend zugestoßen war, hatte sie mit Gewalt alle Gefühlsregungen in die hintersten Regionen ihres Gehirns verbannt. Hatte ihr Herz verschlossen und niemandem mehr Einlass in ihr Innerstes gewährt. So war ihr weiteres Leid erspart geblieben.

Sie seufzte leise. Hach! Wenn sie nur einen Schimmer hätte, was sich in der vergangenen Nacht abgespielt hatte! Bei genauerem Sinnieren tauchten vereinzelte Bruchstücke in ihrem Kopf auf. Sie hatten Whiskey getrunken, hatten sich geküsst. Klar, dass ihr das nicht entfallen war, denn Alexander zu küssen, war das Heißeste, was sie sich vorstellen konnte. Aber was war danach passiert? Wie weit waren sie gegangen?

Geistesabwesend erhob sie sich, schlurfte ins Nebenzimmer und entlockte der Kaffeemaschine einen dampfenden Kaffee. Sie nahm damit am Schreibtisch Platz und hackte auf ihren Laptop ein. Das war immer noch die beste Art, den Kopf freizubekommen.

Etwa zwei Stunden später trottete Alexander verhalten stöhnend ins Zimmer. Er machte einen ziemlich mitgenommenen Eindruck, wirkte als hätte er sich gegen ein Rudel Dämonen zur Wehr gesetzt. Nichtsdestotrotz sah er niedlich aus, mit den zerzausten Haaren und dem Hemd, das er völlig schief zugeknöpft hatte.

„Verdammt, ich bin Alkohol einfach nicht mehr gewohnt", brummte er, während er sich mit einer Hand durchs Haar wuschelte. „Für gewöhnlich benötigen wir keinen Schlaf. Aber dieses Teufelszeug hat mich umgehauen."

„Ich würde dir jetzt gerne einen Kaffee anbieten, aber ich vermute, du hast kein Interesse daran." Sie stockte einen Moment. „Alexander, hilfst du meinem Gedächtnis bitte ein wenig auf die Sprünge? Was genau hat sich heute Nacht zugetragen?"

Er tappte zum Fenster und schielte hinaus, bevor er sich umdrehte und mit dem Rücken dagegen lehnte. Provozierend blickte er sie an. „Du meinst, außer dass ich dich bis zur Bewusstlosigkeit gevögelt habe?"

Sie riss die Augen auf. „Echt jetzt?"

Er grinste. „Nicht wirklich. Eher eine Wunschvorstellung. Du hast uns beide mit Whiskey abgefüllt, dir die Klamotten vom Leib gerissen, und dann bist du mitsamt deinem Freund Jack Daniels ins Koma gefallen. Das ist alles. Ich konnte dich dummerweise nicht vernünftig zudecken, da meine Konzentration noch nicht einmal ausgereicht hat, um eine Decke zu bewegen. Tut mir leid. Ich hoffe, du hast dich nicht verkühlt."

Er blickte auf seine Armbanduhr und zuckte merklich zusammen. „Herrje, mein Auftrag! Thanatos wird mich einen Kopf kürzer machen. Eigentlich hätte ich heute Morgen um acht schon antreten müssen. Entschuldige bitte, Olivia." Mit diesen Worten löste er sich in Luft auf.

Als er gegen Nachmittag wieder auftauchte, saß Olivia immer noch an ihrem Laptop und tippte. Ihr Rückflug war erst für den nächsten Tag gebucht, da sie nicht gewusst hatten, wie lange sich die Aktion mit der Maier hinziehen würde. Und da die Suite extrem behaglich war, sah sie keine Notwendigkeit, früher die Zelte abzubrechen.

„Immer noch fleißig?"

Sie zuckte zusammen. „Mensch, Alexander! Musst du mir jedes Mal einen solchen Schrecken einjagen? Könntest du dich nicht durch husten, singen oder irgendetwas in der Art bemerkbar machen? Ansonsten könnten wir dir natürlich auch ein Glöckchen um den Hals binden."

„Entschuldige, es lag nicht in meiner Absicht, dich zu erschrecken." Er musterte sie. „Wie geht es dir?"

„Ganz gut!"

„Du bist das gewohnt, mit dem Alkohol. Deswegen steckst du ihn so locker weg. Ich hätte meine Opfer heute nur anhauchen brauchen. Das hätte gereicht, um sie zu eliminieren."

Sie verdrehte die Augen. „Danke, dass du mich als

Quartalssäuferin bezeichnest."

Er lehnte sich gegen die Lehne des Sofas und blickte sie eindringlich an. „Ich würde es sehr begrüßen, wenn du mit der Trinkerei aufhören würdest."

Sie warf ihm einen Mörderblick zu. „Aber sonst hast du keine Probleme? Soll ich dir mal sagen, was ich alles möchte und nicht bekomme?"

Sein Blick fiel auf den leeren Pizza-Karton, der neben ihrem Laptop lag. „Du hast dir eine Pizza kommen lassen?"

„Ich hatte Hunger."

„Olivia, das hier ist ein 5-Sterne-Hotel."

Sie zuckte mit den Schultern. „Na und?"

Er seufzte. „Ich weiß, du kannst nicht sterben, aber der Alkohol und dieses Fast Food machen dich trotzdem irgendwann zu einem Wrack. Du musst dein Leben endlich in den Griff kriegen, sonst gehst du daran kaputt. Du flüchtest seit Jahren in eine Traumwelt, vergräbst dich in deinen Büchern. Und wenn du nicht abschalten kannst, betäubst du dich mit Whiskey. Du musst schleunigst der Realität ins Auge sehen."

„Äh hallo? Geht's noch? Ich unterhalte mich gerade mit einem Geist. Das macht es nicht unbedingt einfacher." Hastig schob sie sich ein paar Haarsträhnen hinters Ohr. „Was soll ich denn deiner Meinung nach tun? Ich werde nie so sein wie andere Frauen. Und das liegt nicht nur an dem, was mir in meiner Jugend passiert ist, sondern auch daran." Sie hob die Hand mit dem Ring in die Luft.

„Du brauchst einen Mann. Und zwar keinen Fürsten der Dunkelheit. Du benötigst Normalität. Eine Konstante in deinem Leben. Du kannst dir nicht deine komplette Zukunft von der Vergangenheit versauen lassen."

Sie schnaubte verächtlich. „Jetzt zeigst du also dein wahres Gesicht. Irgendwie warst du mir sympathischer als du noch einen auf zurückhaltend gemacht hast. Da hast du dich zumindest nicht in mein Leben eingemischt. Und lass dir eins gesagt sein: Ich bin bisher ganz gut alleine zurechtgekommen. Obendrein hast du mir wohl nicht zugehört. Ich kann keinen normalen Mann an mich heranlassen."

„Hast du es mal mit einer Frau versucht?"

Sie verzog das Gesicht. „Was Besseres fällt dir nicht ein?"

„Du musst lernen, zu vertrauen."

„Sagt der Mann, der mich von Anfang an belogen hat."

Ein fast schon trauriger Zug bildete sich um seinen Mund. „Ach Livi! Wie oft soll ich dir denn noch sagen, dass es mir leidtut. Aber zurück zum Thema: Was können wir machen, damit du einem normalen Mann eine Chance einräumst?"

„Wer sagt denn, dass ich das will?"

„Du benötigst dringend jemanden, der ein wenig auf dich aufpasst. Außerdem bist du vor ein paar Stunden quasi über mich hergefallen. Du warst scharf wie eine Rasierklinge. Du brauchst einen Kerl, der dich ab und zu mal kräftig hernimmt."

Sie grinste spöttisch. „Was du nicht sagst. Zu dumm, dass heute Nacht keiner in der Nähe war."

Sein perfekter Mund verzog sich zu einem Schmunzeln. Allerdings ging er keinen Meter auf die Provokation ein. Verdammt, der Typ strotzte geradezu vor Selbstbewusstsein!

„Ja, was ein Pech", verkündete er stattdessen, wobei der Schalk in seinen Augen lauerte. „Aber lenk nicht vom Thema ab. Dein einziger Umgang sind diese durchgeknallten Fürsten des Todes. Auf Dauer ist das keine Lösung."

„Na, du musst es ja wissen! Aber wie stellst du dir das vor? Männer aus Fleisch und Blut verursachen mir nun mal ein schlechtes Gefühl."

„Olivia, ganz ehrlich, das ist doch ausgemachter Blödsinn. Ja, du kannst mich durch Abziehen des Ringes aus deinem Leben verbannen. Aber erinnere dich: Als ich dich an den Handgelenken gepackt habe, warst du auch nicht mehr in der Lage, den Ring vom Finger zu schieben. Das ist nur dein Unterbewusstsein, das sich gegen eine vernünftige Beziehung wehrt."

Sie lehnte sich zurück und verschränkte provozierend die Arme vor der Brust. „Also gut. Welche Therapie schlägst du vor, Herr Doktor?"

„Als Erstes sollten wir deinen Whiskeykonsum einschränken. Zweitens: Bist du mal auf die Idee gekommen, einen Kampfsport auszuüben, damit du dich gegen einen etwaigen Angreifer zur Wehr setzen kannst?"

„Ich habe mir stattdessen lieber eine Knarre zugelegt."

„Oder so. Kannst du damit umgehen?"

„Na ja, draufhalten, abdrücken, nachladen."

Er schüttelte ungläubig den Kopf. „Wenn du möchtest, zeige ich dir, wie man eine Waffe sinnvoll einsetzt."

„Du kannst schießen?"

„Ich bin nicht nur Pilot, sondern auch Soldat. Soll ich dir auch beibringen, wie du dich effektiv verteidigen kannst? Und zwar ohne Waffe?"

„Du kennst dich auch noch mit Kampfsport aus?"

„Eines meiner Hobbys. Es hat mich immer fit gehalten. Was tust du, um körperlich in Form zu bleiben?“

„Du meinst, außer dem freihändigen Zehnfingerschreiben und dem Fast Food?“

Er fuhr sich nachdenklich mit einer Hand übers Gesicht. „Hör zu. Wie wäre es, wenn wir uns gegenseitig ein wenig unter die Arme greifen? Du hast bitte weiterhin ein Auge auf Familie Maier, im Gegenzug gebe ich dir jede Menge Stoff für dein neues Buch und bringe deine Konstitution auf Vordermann. Zeige dir, wie du deine Haut retten kannst, sollte dich tatsächlich mal jemand angreifen. Einverstanden?“

Sie zögerte noch einen Moment, dann nickte sie. „Deal!“

Kapitel 11

Von dem Tag an sahen sich Olivia und Alexander regelmäßig. Noch zweimal war sie gezwungen nach Berlin zu jetten, um den Kindern der Maier zur Hand zu gehen. Und nachdem Olivia der kleinen Tochter ein paar süße Kleidchen gekauft hatte und mit ihr beim Friseur gewesen war, sah das Kind richtig niedlich aus. Für die beiden Jungs organisierte sie einen Nachhilfelehrer sowie neue Möbel, denn aus ihren Betten waren sie längst herausgewachsen. Zwar waren die Kinder völlig eingeschüchtert und es fiel ihnen schwer, vernünftig mit jemandem zu kommunizieren, aber an dem warmen Glanz in ihren Augen erkannte Olivia, dass sie sie glücklich machte.

Ihre Mutter hingegen hielt es nicht einmal für nötig, sich zu bedanken. Im Gegenteil, sie vermittelte den Eindruck, dass ihr diese Hilfe schon lange zugestanden hätte. Und war obendrein verschnupft, als Olivia sich weigerte, ihr ein neues Auto und einen hypermodernen Flachbildfernseher zu finanzieren. Wären da nicht die Kids gewesen, hätte Olivia den Versuch unternommen, Alexander von weiteren Zahlungen abzuhalten.

Im Gegenzug für ihre Bemühungen verriet ihr Alexander jedes noch so winzige Detail über die Unterwelt. Nach ein paar Tagen hätte sie damit eine ganze Buchreihe füllen können. Hartnäckig bestand er jedoch darauf, dass sie den Whiskey außen vor ließ. Und auch wenn er ihr damit am Anfang mächtig auf den Geist ging, war sie selbst darüber verwundert, dass sie schon nach kurzer Zeit die alkoholische Unterstützung nicht mehr benötigte. Ihren heiß geliebten Pizzas blieb sie allerdings treu. So schaltete sie grundsätzlich auf Durchzug, wenn Alexander ihr einmal mehr einen

Vortrag über gesunde Ernährung hielt.

Tagtäglich trainierte er mit ihr auf einer abgelegenen Wiese Kampftechniken. Er brachte ihr Tritte und Schläge bei. Veranschaulichte ihr, wie sie die Kraft des Gegners ausnutzen und gegen ihn verwenden konnte. Unterrichtete sie in Abrolltechniken und verdonnerte sie zu Kniebeugen und Liegestützen. Arbeitete unablässig daran, ihre nicht vorhandene Ausdauer zu steigern. Obendrein vermittelte er ihr, wie man in Stresssituationen einen kühlen Kopf behielt.

Und nach anfänglichen Startschwierigkeiten und so heftigem Muskelkater, dass sie manchmal kaum aus dem Bett kam, bereiteten ihr diese Trainingseinheiten einen immensen Spaß. Was zum Großteil an ihrem geduldigen Lehrmeister lag. Er ging die Sache mit einer unglaublichen Ernsthaftigkeit an und gab ihr nie das Gefühl, eine schwache Frau zu sein. Im Gegenteil, er behandelte sie, als ob sie sich auf Augenhöhe begegneten. Und nach und nach wurde ihr klar, dass er nicht in jeglicher Hinsicht der Macho war, für den sie ihn bisher gehalten hatte.

Häufig kam sie nicht umhin, seine fein definierten Muskeln und seine eiserne Körperbeherrschung zu bewundern. So dachte sie beim Training mehrfach an heißen Sex, vor allem wenn sie mal wieder unter ihrem Sparringspartner zum Liegen kam. Was jedes Mal einen mittelgroßen Flächenbrand in ihr entfachte. Wohingegen Alexanders Interesse an ihr erloschen zu sein schien. Denn er verzog im Normalfall keine Miene, wenn er sie mit seinem ganzen Körpergewicht ins Gras presste und sie vor Lust erschauerte.

Des Weiteren unternahm er den Versuch, ihr das Schießen beizubringen. Eine widerliche Angelegenheit. Sie fühlte sich schon schlecht, wenn sie auf einen bedauernswerten Baum zielte. Wie sollte sie jemals einen Menschen ins Visier nehmen?

Aber Alexander sollte recht behalten. Schon nach zwei Wochen steigerte sich ihr Selbstbewusstsein. Das Training tat ihr nicht nur körperlich, sondern auch geistig gut. Die trüben Gedanken schienen ihren Kopf im Eiltempo zu verlassen, machten sich auf und davon wie die Lemminge.

Nach einer weiteren Woche animierte Alexander sie dazu, das Pub im Ort aufzusuchen. Sie musste endlich lernen, sich im Kreise anderer Menschen zu bewegen. Um ihr Unterstützung zu bieten, begleitete er sie. Und wenngleich ihn niemand wahrnehmen konnte, gab ihr seine Anwesenheit ein sicheres Gefühl.

Die Pub-Besucher beäugten sie zuerst neugierig, doch bald schon kam sie mit ihnen ins Gespräch. Zu ihrer Überraschung kannten viele der Anwohner ihre Bücher und waren mächtig stolz, in ihrem kleinen Ort mit einer Bestsellerautorin aufwarten zu können. Olivia konnte es kaum glauben. Sie hatte immer gemutmaßt, ihre Existenz würde überhaupt nicht wahrgenommen.

Viele der jüngeren Männer bekundeten offen ihr Interesse. Und nach anfänglichem Zögern ließ sie sich zum allerersten Mal in ihrem Leben auf ein Date mit einem sterblichen Mann ein. Er hieß Mitch, war Restaurantbesitzer und ausgesprochen sympathisch. Groß gewachsen, mit einem leichten Rotstich in den blonden Haaren, verfügte er über ein entzückendes Lächeln und ließ sie unumwunden spüren, dass er mächtig von ihr beeindruckt war. Obendrein vermittelte er keineswegs den Eindruck, ein irrer Axtmörder zu sein. Doch erst nachdem Alexander ihr versprochen hatte, bei ihrem ersten Date in der Nähe zu bleiben, war sie beruhigt.

So stand sie aufgeregt wie ein Teenager vorm Spiegel, nur um dann doch wieder in Jeans und T-Shirt das Haus zu verlassen. Sie besaß Unmengen von Kostümen und Kleidern, die sie trug, wenn sie zu ihrem Verleger nach London musste. Doch am sichersten fühlte sie sich nun mal in Jeans.

Das Date verlief um Längen besser als vermutet. Sie besuchten gemeinsam ein Pub in einem nahegelegenen Ort, das dermaßen stilfrei war, dass sie sich über ihr Outfit nicht wirklich hätte Gedanken machen müssen. Und auch wenn sie Alexander nicht ausmachen konnte, wusste sie, dass er sich in ihrer Nähe befand, und das lenkte sie in ruhigeres Fahrwasser.

Mitch war unterhaltsam und lustig, ein netter Zeitvertreib. Der Abend mit ihm verging wie im Fluge. So stand einer weiteren Verabredung nichts im Wege. Doch dann machte Alexander ihr einen Strich durch die Rechnung: Er weigerte sich vehement, sie abermals zu begleiten. Angeblich stand ihm nicht der Sinn danach, die Position eines Spanners einzunehmen, sollten Olivia und Mitch sich näherkommen.

Zuerst wolle sie kneifen, aber zu guter Letzt siegte ihr Stolz. Sie musste Alexander beweisen, dass sie in keiner Weise auf ihn angewiesen war.

Jawohl! Sie würde das alleine durchziehen!

Was war es schon? Ein Date!

Keine große Sache. Menschen hatten ständig Dates. So machte sie sich ohne Alexander auf die Socken, konnte aber nicht leugnen, dass sie sich nicht wohl in ihrer Haut fühlte. Warum nur gab ihr seine Nähe eine solche Sicherheit? Sie verstand sich selbst nicht.

Aller Bedenken zum Trotz gestaltete sich der Abend völlig entspannt. Mitch war äußerst zurückhaltend. Erst beim Abschiednehmen zog er sie sanft an sich und küsste sie. Im ersten Moment zuckte sie zurück. Doch dann riss sie sich zusammen und ließ es geschehen. Er roch gut und war ungemein zärtlich. Dennoch fühlte es sich nicht richtig an. Sie war nicht bei der Sache, und ihr stand der Sinn definitiv nicht nach mehr. Unter dem Vorwand einer aufziehenden Migräne verabschiedete sie sich hastig von ihm und entschied, einen Schlussstrich unter die Beziehung mit Mitch zu ziehen, bevor sie überhaupt richtig begonnen hatte.

Soviel zum Thema sterblicher Mann.

Vorerst einmal abgehakt!

Als sie nach diesem Fiasko frustriert das Haus betrat, kam Alexander ihr entgegen, als hätte er sie bereits erwartet.

„Es geht einfach nicht!“, maulte sie.

„Verrätst du mir, wovon du sprichst?“

„Ich kann das nicht. Mit einem normalen Mann ins Bett steigen.“

Alexander zog eine Augenbraue hoch. „Dann geh die Sache doch langsam an. Keiner hat gesagt, dass du sofort mit ihm in die Kiste hüpfen sollst.“

Sie rutschte auf einen Sessel und verschränkte störrisch die Arme vor der Brust. „Nein, daran liegt es nicht.“

„Was ist es dann? Hast du Angst? Glaube mir, dieser Mitch wird dir nichts tun. So weit geht meine Menschenkenntnis.“

„Er hat mich geküsst. Aber ich habe nichts dabei empfunden. Rein gar nichts.“

„Vielleicht ist er einfach nicht der Richtige.“

Sie zog nachdenklich die Nase kraus. „Gott, ich will ihn ja nicht heiraten. Es geht doch nur um Sex. Mitch ist sympathisch, gut aussehend und hat einen geilen Body. Was braucht frau mehr? Aber er macht mich nun mal nicht an. Das Problem kann nur sein, dass er kein Geist ist.“

Alexander schüttelte missbilligend den Kopf. „Was für ein ausgemachter Blödsinn. Als wir uns damals auf den Feldern geküsst haben, war ich auch noch ein ganz normaler Mensch. Und verdammt noch mal, der Kuss war mehr als heiß. Wenn ich es darauf angelegt hätte, hätte ich dich auf der Stelle nehmen können. Und das weißt du. Es ist lediglich dein Unterbewusstsein, das dir diesen Müll mit den Geistern suggeriert.“

„O mein Gott! Du hast recht. Du warst ja damals noch sterblich! Gut, überredet. Ich starte einen zweiten Anlauf. Ich werde es mit einem anderen Kerl versuchen.“

Gesagt, getan. Eine Woche später stand das nächste Rendezvous an. Was für ein Kinderspiel es doch war, einen Mann zu finden, wenn man es darauf anlegte.

Dieses Mal war Brandon an der Reihe, ein stattlicher Investmentbanker, definitiv ein anderes Kaliber als Mitch. Und obwohl ihr Alexander abermals zugesagt hatte, ein Auge auf sie zu haben, zumindest, bis es ans Eingemachte ging, war sie erneut aufgeregt wie ein Schulmädchen vor dem ersten Kuss.

Doch dieses Mal würde sie es nicht wieder vermasseln!

Sie hatte seit fast drei Wochen keinen Tropfen Alkohol angerührt, heute jedoch würde sie sich Mut antrinken. Sie benötigte den entspannenden Effekt, die beruhigende Wirkung des Whiskeys. Dann stand dem Date und vielleicht einem nachfolgenden Schäferstündchen nichts mehr im Wege.

Denn Alexander hatte den Nagel auf den Kopf getroffen. Ungeachtet der Tatsache, dass es ihr im Grunde genommen davor graute, mit einem Sterblichen ins

Bett zu steigen, brauchte sie dringend mal wieder einen Mann.

Nervös kramte sie in den Tiefen ihres Wohnzimmerschrankes herum, in dem sie noch eine Flasche Whiskey gebunkert hatte, von der Alexander nichts wusste. Denn dieser Tyrann hatte sie gezwungen, alle Vorräte zu entsorgen.

„Verrätst du mir, was das werden soll?", ließ eine Stimme sie herumfahren, als sie sich gerade voller Heißhunger über das Gesöff hermachen wollte.

Klirrend zerbarst das Glas auf dem Boden. „Meine Güte, Alexander, willst du mich umbringen? Ich wollte mir nur ein wenig Mut antrinken."

„Denk noch nicht mal daran!"

Sie schnaubte. „Du führst dich schon wieder auf, als wärst du mein Vater." Sie schob die Scherben mit dem Fuß beiseite, dann hastete sie in die Küche und kam mit einem frischen Glas zurück. „Hör endlich auf, mich wie ein kleines Kind zu behandeln!"

Er ging einen Schritt auf sie zu. „Dann benimm dich nicht so! Olivia, stell sofort das Glas weg!" Der bedrohliche Unterton in seiner Stimme nahm ihr für einen kurzen Moment die Luft zum Atmen.

Herrje, so herrschsüchtig hatte sie ihn noch nie erlebt. Befehle zu erteilen schien ihm im Blut zu liegen. Doch sie waren hier nicht bei der Bundeswehr und sie war erst recht nicht dazu geboren, Anweisungen auszuführen.

Sie machte ebenfalls einen Schritt auf ihn zu, baute sich vor ihm auf und reckte trotzig das Kinn in die Luft. „Dann wird das heute wieder nichts mit dem Sex!", setzte sie ihm entgegen.

Er inspizierte sie ein paar Herzschläge lang stillschweigend. „Als ob das am Whiskey liegen würde."

„Nein? Dann sag du mir, woran es liegt!"

In seinen Augen blitzte etwas Undefinierbares auf. „Nichts leichter als das. Komm her, ich werde dir beweisen, dass es nichts mit dem verfluchten Alkohol zu tun hat." Er griff nach ihr und riss sie an sich. Dann senkte er seine Lippen auf ihre.

Sie keuchte überrascht auf. „Alexander, was …?"

Doch weiter kam sie nicht. Er küsste sie völlig erbarmungslos. Und schon nach wenigen Sekunden erlosch ihre Gegenwehr.

Alexander spürte, wie sie Feuer fing. Willig kam sie ihm entgegen und schob ihm stöhnend die Arme um den Hals. Er ließ seine Hände ihre Wirbelsäule hinunterwandern, umfasste ihren Po und zog sie an sich. Anstandslos ließ sie es geschehen, schmiegte sich an ihn und rieb ihre Hüfte an seiner. Prompt wurde er hart.

Da war er wohl ein wenig übers Ziel hinausgeschossen. Heftig pochte seine Erektion in der Hose. Himmel hilf! Ihm war völlig entfallen gewesen, wie geil es war, Olivia zu küssen.

„Großer Gott, Alex!", hauchte sie, wobei ihre gekeuchten Worte direkt in seinen Unterleib vordrangen.

Sie war so warm und weich und presste sich dermaßen begehrlich an ihn, dass es ihm alles andere als leicht fiel, sich von ihren Lippen zu lösen.

„Und? Brauchst du nun Alkohol, um in Fahrt zu kommen?", flüsterte er gegen ihre Wange.

Sie schüttelte den Kopf. „Nein, ich brauche einzig und alleine dich! Du küsst so gut. Das ist nicht annähernd vergleichbar mit Mitch. Bitte, hör nie wieder auf damit."

Er schob sie schwer atmend eine Handbreit von sich. „So sollte das aber eigentlich nicht laufen."

„Nun komm schon, Alex. Du willst es doch auch." Sie warf ihm einen flehentlichen Blick aus ihren vor Lust geweiteten Pupillen zu.

Für den Bruchteil einer Sekunde zögerte er noch. Sie war so heiß. So scharf. Sie machte ihn so hart. Er wollte sie. Er brauchte endlich mal wieder eine Frau. Und ihm war sehr wohl bewusst, dass die Auswahl an willigen Frauen in seiner momentanen Situation nicht gerade groß war.

Verdammt, er wusste, dass er das jetzt nicht tun sollte! Aber er war schließlich auch nur ein Mann. Bereits vor Tagen war ihm klar geworden, dass die Enthaltsamkeit, zu der die Fürsten der Dunkelheit verdonnert waren, nichts für ihn war. So war er schon mehrfach drauf und dran gewesen, Olivia beim Kämpfen die Klamotten vom Leib zu reißen, wenn sie unter ihm zum Liegen gekommen war. War häufig versucht gewesen, sie mitten auf der Wiese zu nehmen. Vor allem, wenn ihr schneller Atem und ihre aufgestellten Brustwarzen ihm signalisiert hatten, dass sie seine Nähe mehr als genoss. Doch bisher war er imstande gewesen, sich zurückzuhalten.

Aber nun war das Maß seiner Beherrschung überschritten. Seine Nervenenden vibrierten, während ihn eine Welle der Erregung mitzureißen schien. Es war ihm gerade vollkommen gleich, ob er damit die Chancen verschlechterte, doch noch irgendwann in den Besitz eines Ringes zu kommen.

Scheiß auf den Ring!

Er wollte Olivia. Jetzt sofort!

Er würde sie zum Stöhnen bringen. Musste endlich wissen, wie es war, in ihr zu sein. Wollte, dass sie sich unter ihm wand. Mit einem Ruck hob er sie hoch. Sie quiekte überrascht auf, bevor sie ihm die Beine um die

Taille schlang. Er trug sie durch den kleinen Raum und setzte sie auf dem Wohnzimmertisch ab. Denn ihm stand der Sinn nicht nach einer gemeinsamen Nacht in einem weichen Bett. Eher nach einer schnellen, heftigen Nummer.

Er blickte Olivia tief in die Augen. „Willst du mich wirklich, Olivia? Wenn du jetzt Ja sagst, gibt es kein Zurück mehr."

Anstatt zu antworten, griff sie nach dem Kragen seines Hemdes und zog Alexander an sich, bevor sie ihn abermals küsste. Sie keuchten beide auf, als ihre Lippen sich berührten. Olivia ließ eine Hand über seinen Oberkörper gleiten und öffnete ungeduldig die Knöpfe seines Hemdes. Sanft fuhr sie mit den Fingerspitzen über seine entblößte Brust und setzte seinen Körper damit endgültig in Flammen.

Er sog scharf die Luft ein. „Olivia, es tut mir leid. Ich kann das jetzt nicht zärtlich. Ich werde dich hart und schnell nehmen. Ich hoffe, das ist für dich in Ordnung."

In ihren Augen blitzte der Schalk auf. „Meine bevorzugte Art und Weise. Außerdem ist mir schon lange klar, dass du weit davon entfernt bist, ein Gentleman zu sein."

„Gut, dann hätten wir das ja auch geklärt." Mit beiden Händen griff er nach ihrem T-Shirt und zog es ihr mit einem Ruck über den Kopf. Ihre vollen Brüste sprangen ihm entgegen. Der BH, den sie trug, kam wieder mal einem Hauch von nichts gleich.

Heiliges Kanonenrohr! Mit diesem Fummel hatte sie zu einem Date mit einem anderen Kerl gehen wollen? Die Frau hatte sie doch nicht mehr alle. Wie gut, dass er sie davon abgehalten hatte.

Er stieß einen anerkennenden Pfiff aus. „Wenn ich

alles in dieser englischen Einöde vermutet hätte, aber solche Reizwäsche sicherlich nicht. Lass mich raten. Agent Provocateur?“

Ihr fiel die Kinnlade herunter. „Woher weißt du …? Nein, ich glaube, das will ich lieber nicht wissen.“ Sie stöhnte laut auf, als er mit der Hand über ihre aufgestellten Brustwarzen fuhr. Er schob ihr die Träger des BHs über die Schultern, verzichtete aber darauf ihr das Kleidungsstück auszuziehen. Stattdessen hob er ihre prallen Brüste aus den Körbchen und knetete sie hingebungsvoll. Sie warf den Kopf in den Nacken und keuchte vor Erregung. Ihre Nippel waren knallhart, reckten sich gierig Alexanders Fingern entgegen.

„Gott, Alex“, hauchte sie, als er sich über sie beugte und eine ihrer Brustwarzen in den Mund sog. Währenddessen knöpfte er ihr bereits die Jeans auf und zerrte sie ihr von den Hüften. Bereitwillig strampelte sie sie von den Beinen.

Doch so langsam übernahm sein Körper ein Eigenleben. Seine Erektion schien seine Hose zu sprengen, er musste sie unbedingt in die Freiheit entlassen. Er richtete sich auf, griff mit beiden Händen unter Olivias Pobacken und zog sie nach vorne, positionierte sie an der Tischkante. Dann öffnete er die Knöpfe seiner Jeans und schob sie ein Stück nach unten. Erleichtert atmete er aus, als der Druck auf seine harte Männlichkeit abnahm.

„Dein Hemd“, wisperte Olivia. „Zieh zumindest das Hemd aus. Dein Körper ist so geil. Ich möchte mehr davon sehen.“ Ohne eine Reaktion abzuwarten, schob sie ihm das Hemd über die Schultern. Anstandslos ließ er es zu Boden gleiten.

Ihre Fingerspitzen tasteten erneut über seinen nackten Oberkörper. „Wow!“, hauchte sie.

Er erschauerte. Mit den Fingernägeln einer Hand kratzte sie über seine Brust, dann über seinen Bauch. Ließ ihre Finger weiter nach unten wandern. Als sie seine Erektion umfasste, schnappte er heftig nach Luft.

Lieber Gott! Wenn sie jetzt ihre Hand bewegte, konnte er für nichts mehr garantieren.

Olivias Pupillen waren völlig verschleiert, als sie ihm wieder in die Augen blickte. „Nimm mich, Alex, bitte! Lass mich nicht länger warten!“

Er atmete auf. Was ein Glück! Ein ausgedehntes Vorspiel hätten er und sein Ständer nicht überlebt. Er grinste anzüglich. „Welcher Mann könnte einer solchen Aufforderung schon widerstehen. Ich habe das hier eh kaum mehr unter Kontrolle. Hast du ein Kondom?“

„Nicht nötig. Es kann nichts passieren. Du bist tot, vergiss das nicht.“

Er keuchte auf. „Meine Güte, Olivia. Ich kann mich nicht daran erinnern, wann ich das letzte Mal ohne Gummi mit einer Frau geschlafen habe. Ich hoffe, ich stehe das durch.“

Seine Stimme klang völlig atemlos, was vielleicht daran lag, dass sie unentwegt seine Erektion massierte. Kaum zu glauben, hatte sie jemals so etwas Hartes in der Hand gehabt? Blieb nur die Hoffnung, dass nicht alles vorbei war, bevor es begann. Denn Alexanders Selbstbeherrschung schien am seidenen Faden zu hängen. Dennoch entzog er sich ihr nicht, ließ sie gewähren und genoss ihre Berührungen.

Interessiert musterte Olivia ihn. Ein dunkles Feuer loderte in seinen geweiteten Pupillen, während er die Luft anhielt. Bisher hatte Alexander immer alles im Griff gehabt, doch gerade schien er an seine Grenzen zu stoßen. Olivia jubilierte innerlich. Sie hatte ihn buchstäblich in der Hand.

„Gott, Livi", keuchte er in diesem Moment. „Am liebsten würde ich dich noch stundenlang weitermachen lassen. Aber momentan wäre das keine gute Idee." Mit diesen Worten griff er nach ihrem Höschen und riss es ihr mit einem Ruck vom Körper.

Sie stöhnte überrascht auf.

Wie geil war das denn?

Bisher hatte sie immer gemutmaßt, solche Männer gäbe es nur in ihren Büchern. Doch Alexander gab ihr nicht die Zeit, einen weiteren Gedanken daran zu verschwenden. Er schob sich zwischen ihre Schenkel, packte sie so fest an der Hüfte, dass sie sich keinen Millimeter mehr bewegen konnte, und drang mit einem gezielten Stoß in sie ein.

Das alles ging so schnell, dass sie vor Überraschung laut aufstöhnte. „Alex! O mein Gott!", wimmerte sie. Und dann hatte sie das Gefühl zu vergehen, abzuheben und dem Himmel entgegenzuschweben.

Allmächtiger, das tat so gut!

Wie sehr hatte sie das vermisst!

Als Alexander anfing, sich in ihr zu bewegen, befürchtete sie, jeden Moment zu explodieren. Laut stöhnte sie ihre Lust heraus, vergaß dabei völlig, dass sie sich aufgrund ihrer Zügellosigkeit eigentlich in Grund und Boden schämen müsste. Vollkommen gleich! Alexander stand mindestens genauso unter Strom wie sie. Sein angespannter Gesichtsausdruck machte deutlich, dass er ebenfalls um Beherrschung rang, während er immer wieder fest in sie hineinstieß.

Ihre Fingernägel gruben sich in seine athletischen Oberarme. Das Spiel seiner Muskeln faszinierte sie. Der Holztisch knarzte bei jedem Stoß unter ihrem Hintern. Bequem war anders. Alexander hätte sie ja auch ins Bett schaffen können. Doch irgendwie schien es ihm nicht schnell genug gegangen zu sein. Was ein Kompliment für eine Frau! Sie schien diesem abgeklärten Kerl den Verstand zu rauben.

Sie nahm die Arme nach hinten, stütze sich auf den Händen ab und kippte ihr Becken nach oben. Dann schlang sie Alexander die Beine um die Hüfte und drückte den Rücken durch, was ein wenig den Druck von ihrem Allerwertesten nahm. Nicht, dass sie sich noch einen Splitter zuzog. Doch durch die veränderte Sitzposition reichte Alexander noch tiefer in sie hinein. Ein lautes Stöhnen entrang sich bei seinem nächsten Stoß ihren Lippen.

„Alex“, keuchte sie, „warum hast du das nicht längst getan? Ich dachte schon, du willst mich nicht.“

Er erstarrte für einen Moment. „Du hast ja so was von keine Ahnung!“, war alles, was er von sich gab. Dann trieb er seine Härte wieder tief zwischen ihre Schenkel.

Erneut schrie sie vor Verlangen auf. Er hatte ihren Körper in Brand gesetzt. Sie bebte, vibrierte, loderte. Wollte sich unter ihm winden, doch das war unmöglich, da er sie so fixierte, dass sie keinen Millimeter Spielraum hatte.

Er schien ihr Gezappel zu bemerken, denn er hielt abermals inne. „Entschuldige, Livi. Ich weiß, das ist nicht sonderlich bequem. Und ich wäre gerne zärtlicher. Aber ich schaffe das im Moment nicht.“ Er biss die Zähne zusammen, seine Kieferknochen mahlten. Es war offensichtlich, dass er kurz davor stand, die Kontrolle endgültig zu verlieren. „Ich kann nicht zulassen, dass du dich bewegst. Überlass einfach mir die Führung, sonst komme ich auf der Stelle!“, wies er sie zähneknirschend an.

Nein, darauf war sie nun wirklich nicht erpicht.

Eigentlich sollte das hier nie aufhören. So versuchte sie gezwungenermaßen stillzuhalten, was keine leichte Übung war.

Gott, noch nie hatte sie ein Mann so hergenommen! Ihr dermaßen heftig demonstriert, wer die Führung hatte. Nun ja, so furchtbar viele Männer hatte es in ihrem bescheidenen Leben bisher ja auch nicht gegeben.

Und dann kapitulierte ihr Verstand. Ihr Gehirn schaltete auf Sparflamme. Sie gab sich Alexander voll und ganz hin. Lieferte sich seinen geschickten Stößen aus. Der harte Tisch war plötzlich nicht mehr existent, denn sie schien auf Wolken zu schweben.

Alexander wusste haargenau, was eine Frau brauchte. Seine Stöße penetrierten gekonnt eine Stelle ganz tief in ihrem Inneren, von deren Existenz sie bisher nicht einmal etwas geahnt hatte. Ihr blieb die Luft weg. Ihre Muskeln zogen sich zusammen, und ihr war bewusst, dass sie gleich einen Orgasmus erleben würde, der vermutlich seinesgleichen suchte.

„Alex!", jammerte sie. „Mehr! Ich brauche mehr davon!" Du liebe Güte, sie war vollkommen verrückt nach diesem Mann!

„Ich gebe mein Bestes", presste er zwischen zusammengebissenen Zähnen hervor. „Herrje, Livi. Du fühlst dich so verdammt gut an. Ich halte das nicht mehr lange aus. Los, Süße. Ladys first! Bitte, komm! Ich will es spüren."

Sein heißer Körper war völlig angespannt. Sie spürte sein Zucken. Seine verzweifelten Versuche, sich zurückzuhalten, gaben ihr den Rest. Noch nie hatte ein Mann ihr dermaßen die Kontrolle genommen und ihr dennoch das Gefühl gegeben, die alleinige Macht über ihn zu besitzen.

Ihre Muskeln verkrampften sich, eine gigantische Welle der Erlösung durchflutete sie und ließ sie kurzzeitig Sternchen sehen. Sie konnte nicht mehr an sich halten. Hemmungslos schrie sie ihre Lust heraus. Wie aus weiter Ferne nahm sie ihr eigenes Stöhnen wahr. „Alex“, wimmerte sie. „Alles gut. Lass los!“

Diese gehauchten Worte waren sein Untergang. Mit einem lauten Knurren ergoss er sich in ihr.

Kapitel 12

Alexander war noch nicht richtig in der Zwischenwelt eingetroffen, da wurde er auch schon zu Thanatos gerufen. Was sicherlich nichts Gutes zu bedeuten hatte. Als ob er nach den Geschehnissen mit Olivia nicht schon genug durch den Wind war. Sie in einer solchen Heftigkeit auf dem Wohnzimmertisch zu nehmen, war wirklich nicht in seiner Absicht gestanden. Doch als er sie geküsst hatte, waren die Pferde mit ihm durchgegangen.

Warum passierte ihm das immer wieder? Jedes Mal, wenn er mit Olivias Lippen in Kontakt kam, schienen in seinem Gehirn alle Sicherungen durchzubrennen. Was war an dieser Frau so Besonderes, dass er sich in ihrer Gegenwart nicht unter Kontrolle hatte? Er hatte unzählige heiße Frauen im Bett gehabt, aber selten hatte ihn eine so erregt.

Oder war es einfach nur die Hilflosigkeit, die ihn so empfänglich für Olivias Berührungen machte? Diese ganz spezielle Situation, in der sie sich befanden?

Er hatte keine Antwort auf diese Frage.

So hatte er nach dieser kurzen aber dennoch extrem befriedigenden Nummer erst einmal das Weite gesucht, um wieder einen klaren Kopf zu bekommen. Kaum vorstellbar, aber er hatte tatsächlich Skrupel gehabt, Olivia in die Augen zu sehen. Eine ungewohnte Gefühlsregung. Er konnte sich beim besten Willen nicht daran erinnern, wann er zum letzten Mal einer Frau gegenüber ein schlechtes Gewissen an den Tag gelegt hatte, wenn es um Sex ging.

Olivia hatte es schließlich genauso gewollt wie er. Nicht nur das: Sie hatte ihn herausgefordert, ihn so lange provoziert, bis er nicht mehr hatte widerstehen können. Und zum jetzigen Zeitpunkt war ihm absolut nicht klar, wie er mit diesen fremdartigen Emotionen umgehen sollte.

Der lange marmorne Tisch schimmerte gespenstisch im Licht der Deckenstrahler, als Alexander das Besprechungszimmer seines Herrn und Meisters betrat. Der Gott der Unterwelt verharrte wie so üblich in seinem Ohrensessel am Kopfende des Tisches und musterte seinen Besucher prüfend.

Thanatos' eisgraue Augen schienen ihm genau in die Seele zu blicken. Vermittelten den Eindruck, darüber im Bilde zu sein, was Alexander noch Minuten zuvor getrieben hatte. Prompt regte sich sein schlechtes Gewissen erneut.

Verdammt, was sollte das? Er hatte nichts anderes getan, als eine Frau gevögelt. Wie schon hunderte Male zuvor. Warum fühlte er sich nur so mies?

Thor, der gehörnte Höllenhund, hüpfte ihm aufgeregt entgegen. Alexander bückte sich und kraulte das Tier hinter den Hörnern. Sogleich kuschelte der Hund sein Köpfchen in Alexanders Hand und winselte glücklich. Er mochte den gutmütigen kleinen Kerl, auch wenn in seiner Nähe Vorsicht geboten war, da Thor die Angewohnheit hatte, hin und wieder versehentlich alles um sich herum in Brand zu setzen.

Thanatos wies auf einen der umstehenden Stühle, während er sich eine Zigarette anzündete. „Setz dich doch, Alexander. Leider habe ich keine guten Nachrichten für dich. Luzifer war noch nie der geduldigste Zeitgenosse. Die Frist, die er uns gesetzt hat, ist abgelaufen. Er will entweder den Ring oder dich. Ich kann nicht abschätzen, wie lange ich ihn noch hinhalten kann. Hast du inzwischen herausgefunden, ob es überhaupt einen vierten Ring gibt?"

Alexander seufzte unterdrückt. „Ich gehe davon aus. Olivia hat es zumindest nicht abgestritten, als ich sie darauf angesprochen habe."

„Meinst du, du schaffst es noch, bei ihr zu landen?"

Alexander lehnte sich zurück.

Nachdem ich sie gerade auf einem Holztisch rangenommen habe wie ein Flittchen!, hätte er am liebsten gebrüllt. *Wohl kaum!*

Er schüttelte den Kopf. „Bisher stehen die Zeichen eher auf Sturm. Seitdem ich sie so vorgeführt habe, vertraut sie mir nicht mehr. Daher halte ich das für unwahrscheinlich."

„Verflixt und zugenäht! Ich will mit allen Mitteln verhindern, dass Luzifer in den Besitz dieses Ringes kommt. Obendrein würde ich dich gerne behalten. Du bist ein hervorragender Fürst. Dir kann ich jeden Auftrag bedenkenlos anvertrauen." Thanatos trommelte versonnen mit den Fingerspitzen auf die Armlehne seines Sessels ein. „Was soll ich Luzifer sagen?"

„Sag du es mir. Anscheinend gibt es für mich keine andere Option, als früher oder später in die Hölle zurückzukehren. Danke, dass du überhaupt diese paar Wochen für mich herausschinden konntest. So war ich zumindest in der Lage, noch ein paar Dinge gerade zu ziehen, und meine Tochter wiederzusehen."

Thanatos pustete gedankenverloren ein paar Ringe in die Luft. „Ich werde versuchen, noch ein wenig mehr Zeit zu schinden. Aber das ist nicht der einzige Grund, warum ich dich herzitiert habe. Wir haben ein weiteres Problem. Sagt dir der Name Dorothea Schneider etwas?"

Alexander nickte. „Große schlanke Blondine, die ich vor ein paar Tagen umgebracht habe. Wahnsinnsrundungen. Eine Schande, eine solche Frau so jung sterben zu lassen."

„Korrekt. Dummerweise war das Ganze ein Irrtum. Die Maschine hatte eine Fehlfunktion und hat Dorotheas Namen versehentlich ausgespuckt. Also habe ich die junge Frau postwendend zurückgeschickt. Das sind die Fälle, die auf der Erde als scheintot deklariert werden. Im Normalfall ist die Sache dann erledigt und keiner bekommt jemals Wind davon. Doch im Fall von Dorothea ist die Sachlage ein wenig anders."

Thanatos seufzte. „Der Todesengel, der sie zurückgebracht hat, wurde uns kurz zuvor von einer Zeitarbeitsfirma aus dem Jenseits geschickt. Der Engel, der den Job eigentlich hätte übernehmen sollen, hat nämlich ein Burn-out. Natürlich wurde es verpasst, dem Leih-Engel mitzuteilen, dass er Dorotheas Erinnerung löschen und manipulieren muss. Normalerweise pflanzen wir allen Scheintoten das Bild eines langen Ganges, der in ein helles, gleißendes Licht führt, ins Gedächtnis. Das ist das Einzige, an was sie sich nach ihrem Aufwachen erinnern können. Daher die ganzen paranoiden Storys mit dem hellen Licht.

Dorothea jedoch ist nun über alles im Bilde. Und als wäre das nicht schon abwegig genug, hat gestern einer der Todesengel ihre Seele erneut angeschleppt. Sie hat sich die Pulsadern aufgeschnitten. Als ich sie nach den Gründen befragte, hat sie mir eine haarsträubende Erklärung geliefert. Anscheinend hat sie einen Narren an dir gefressen und um dich wiederzusehen, hat sie sich eigenhändig den Garaus gemacht." Er blickte Alexander herausfordernd an. „Was zur Hölle hast du mit dieser Frau angestellt?"

„Das ist jetzt ein Scherz, oder?"

„Siehst du mich lachen?"

Alexander fuhr sich versonnen mit der Hand übers

Gesicht. „Mir bleibt aber auch nichts erspart. Zugegeben, ich habe mich ein wenig länger mit der Lady unterhalten als üblich. So einer Schönheit begegnet man nicht alle Tage, da habe ich mich zu einem kleinen Small Talk hinreißen lassen. Aber das ist auch schon alles."

Thanatos verzog verdrossen das Gesicht. „Alexander, es gehört sich nicht, mit den Aufträgen zu flirten."

Alexander hob abwehrend beide Hände. „Sorry, ein altes Verhaltensmuster. Wird nicht wieder vorkommen. Was habt ihr mit ihrer Seele gemacht?"

„Natürlich habe ich sie wieder zurückgeschickt. Doch seltsamerweise hat das mit dem Gedächtnis löschen nicht funktioniert. Offenbar klappt das nur beim ersten Mal." Thanatos zog erneut an seiner Zigarette. „Daher würde ich meine Hand nicht dafür ins Feuer legen, dass die Sache erledigt ist. Wäre denkbar, dass sie sich abermals das Leben nimmt. Ich glaube, in Zukunft stelle ich nur noch Fürsten ein, die aussehen wie Quasimodo", fügte er grummelnd hinzu.

„Ja ja, schon klar. Ich hab's kapiert." Alexander schüttelte ungläubig den Kopf. „O Mann, was für eine Ironie des Schicksals. Anscheinend habe ich bei jeder Frau einen Stein im Brett. Die Einzige jedoch, die mir den Arsch retten könnte, interessiert sich nicht die Bohne für mich." Er blickte auf. „Vielleicht macht es ja Sinn, wenn ich mit Dorothea rede, falls sie noch einmal hier auftauchen sollte. In letzter Zeit bin ich ziemlich gut darin, Frauen zu vergraulen. Das sollte mir doch auch bei ihr gelingen."

Noch konsternierter als zuvor schlurfte Alexander in sein düsteres Appartement in der Zwischenwelt. Er fiel auf das mickrige Bett, verschränkte die Arme unter dem Kopf und starrte die trostlose Decke an.

Wenn er nicht bereits tot wäre, hätte er in diesem Moment sein Leben dafür gegeben, um sich endlich einmal wieder mit einem Jet in die Lüfte zu erheben. Ihm fehlte die Fliegerei mehr, als er es in Worte fassen konnte. So musste sich ein Vogel fühlen, dem man die Flügel gestutzt hatte, sodass er sich nie mehr in den grenzenlosen Weiten des Firmaments verlieren konnte.

Langsam wuchs ihm die ganze beschissene Situation über den Kopf. Wie viel konnte ein Mensch denn noch ertragen?

War der Tod nun das Ende oder erst der Anfang? Was stand ihm noch alles bevor? Anscheinend blieb ihm nichts anderes übrig, als sich seelisch und moralisch auf einen erneuten Aufenthalt in der Hölle vorzubereiten.

Er blickte auf seine Armbanduhr. Es war, als säße er in seiner ganz persönlichen Zeitschleife fest. Auf der Erde war es zwei Uhr morgens. Sobald dort die Sonne aufging, würde er einmal mehr seine Tochter aufsuchen. So wie an jedem einzelnen Tag, seit er in dieser Zwischenwelt gelandet war. Er würde Jessy dabei beobachten, wie sie sich aus ihrem verwaschenen Kaninchenschlafanzug schälte, von dem sie sich um nichts in der Welt trennen wollte. Er würde ihr beim Zähneputzen über die Schulter schauen, beim Frühstück, später beim Spielen.

Jessy war in den letzten Wochen einige Zentimeter gewachsen und er konnte es manchmal gar nicht fassen, wie schnell sie sich entwickelte. Sie und ihr Kätzchen waren unzertrennlich, ständig hatte sie das Tier im Schlepptau. Redete unablässig auf das kleine Wesen ein, das sie dann meistens mit großen Augen anschaute und aufmerksam zu lauschen schien.

Und es schmerzte unsagbar, wenn sie der Katze einmal mehr berichtete, was für ein Held ihr Vater doch war. Der nun mit seinem Jet im Himmel für Recht und Ordnung sorgte, so wie er das zuvor auf der Erde getan hatte. Immer wieder trieben ihm diese Erzählungen die Tränen in die Augen.

Seine Tochter hielt ihn tatsächlich für einen Helden.

Pah! Einen Feigling wie ihn, der sich klammheimlich aus dem Leben geschlichen und sein Töchterchen sich selbst überlassen hatte! Allein die Vorstellung, dass er sich schon bald endgültig von ihr verabschieden musste, verwandelte sein Herz in einen bleischweren Klumpen. Denn er konnte beim besten Willen nicht darauf bauen, dass Luzifer ein Einsehen mit ihm haben würde.

In ein paar Jahren würde Jessy eine wunderschöne junge Frau sein. Wohingegen er für alle Ewigkeit in der Hölle schmorte. Er sollte bei ihrer Einschulung dabei sein, beim Schulabschluss. Ihr das Autofahren beibringen, irgendwann vielleicht sogar das Fliegen. Und sollte sie einmal heiraten, wollte er sie selbstverständlich zum Altar führen. Alles nur noch Visionen, die niemals real werden würden. Obendrein wusste er ja nun, was in Luzifers Reich auf ihn wartete, was die Aussicht darauf noch grausamer machte.

Herrje! Wie sollte er diese unheilvolle Zukunft nur überstehen? Ob Luzifer zu gegebener Zeit Gnade vor Recht ergehen lassen würde? Oder wurden die Insassen der Hölle so lange malträtiert, bis sie nur noch ein sabberndes Bündel brachliegender Nerven waren? Er wollte sich nicht den Kopf darüber zerbrechen.

Er würde so einiges vermissen. Nicht nur Jessy, die Fliegerei und seine Kawa. Vor seinem geistigen Auge stiegen Bilder von Olivia auf. Olivia, wie sie sich beim

Kickboxen gegen ihn zur Wehr setzte, bis sie letztendlich unter ihm zum Liegen kann. Wie sie sich lachend die roten Haare hinters Ohr steckte oder nachdenklich die süße Stupsnase krauszog. Olivia in nichts als einem schwarzen BH auf dem Wohnzimmertisch. Wie sie sich stöhnend an ihn klammerte, seinen Namen keuchte, sich unter ihm wand, bis sie mit einem lauten Schrei kam. Dieses Erlebnis würde er ganz tief in seinem Gedächtnis verankern, damit er für alle Zeiten davon zehren konnte.

Der Sex mit Olivia war mit nichts zu vergleichen. Selten hatte ihn eine Frau dermaßen aus der Fassung gebracht, ihm das Gefühl gegeben trotz der ganzen beschissenen Situation dem Himmel nahe zu sein.

Ob er die wenigen Tage, die ihm verblieben, nutzen sollte, um Olivia erneut zum Schreien zu bringen? Sollte er sich abermals voll und ganz in ihr verlieren? Oder würde das die ganzen Umstände noch erschweren? Denn er konnte nicht leugnen, dass das überdrehte rothaarige Geschöpf ihm unter die Haut ging. Ihre Nähe übte eine beruhigende Wirkung auf ihn aus, gab ihm Kraft und half ihm die verheerenden Begebenheiten vorübergehend zu vergessen.

Im Grunde genommen war er nicht gewillt, Olivia so schnell sich selbst zu überlassen. Sie brauchte ihn genauso wie er sie, auch wenn sie sich dessen vermutlich nicht bewusst war. Es war dringend nötig, die junge Frau auf die richtige Bahn zu lenken. Sie endlich aus ihrer Einsamkeit herauszulocken.

Verdammt aber auch! Bisher hatte er es immer geschafft, sich aus unangenehmen Situationen herauszumanövrieren, manchmal auch auf unfaire Art und Weise. Es musste doch Mittel und Wege geben, sich dieser verflixten Hölle zu entziehen.

Da kam ihm ein schräger Gedanke.

Ob es vielleicht Sinn machte, mit Luzifer höchstpersönlich einen Deal auszuhandeln?

Was hatte er schon zu verlieren? Einen Versuch war es allemal wert.

Kapitel 13

Olivia starrte den großen dunkelhaarigen Mann, der in ihrem Wohnzimmer aus dem Nichts aufgetaucht war, mit weit aufgerissenen Augen an. Ein leichter Schwefelgeruch waberte durch den Raum und kitzelte ihre Nase. Augenblicklich wanderte ihre Hand zu dem Ring an ihrem Finger, darauf vorbereitet ihn abzunehmen, sollte der Fremde ihr gefährlich werden.

Es war nicht nötig, dass er sich vorstellte.

Sie wusste, wen sie vor sich hatte.

Neugierig ließ sie ihren Blick über ihn gleiten. Über die kinnlangen pechschwarzen Haare, die dunklen Augen und die breite Brust. Ganz in Leder gehüllt war der Kerl rattenscharf. Alexander lag richtig. Er war voll ihr Typ.

Der ungebetene Eindringling schaute sich derweil interessiert in ihrer Bude um. Er beäugte die Zeichnungen ihrer Fantasywesen, bevor sein Blick über ihre Bücherwand glitt. Ausgiebig nahm er ihre Romane in Augenschein.

Nach einer Weile machte er einen Schritt zur Seite und lehnte sich lässig gegen die Wand. Somit lag es wohl nicht in seiner Absicht, sie anzugreifen. Aber was um alles in der Welt hatte ihn auf die Erde verschlagen?

Langsam erhob sie sich von ihrem Stuhl, marschierte um den Schreibtisch herum und lehnte sich mit dem Hintern dagegen. Sie wollte Luzifer auf Augenhöhe begegnen.

Ihr Besucher musterte sie von oben bis unten, dann grinste er, und seine Bedrohlichkeit schmolz dahin. Ein Schleier freudiger Erregung legte sich über Olivia und schob die Fünkchen der Angst, die sie im ersten Moment befallen hatten, in die hinterste Ecke ihres Gehirns.

Was konnte einer Fantasy-Autorin Besseres passieren, als einem der mächtigsten Wesen der Unterwelt höchstpersönlich gegenüberzustehen? Rein gar nichts!

„Was verschafft mir die Ehre Ihres Besuches?“, äußerte sie schließlich.

„Was meinst du wohl, Schätzchen?“ Luzifers Stimme hatte eine tiefe Klangfarbe. Doch sie war alles andere als unangenehm.

Dennoch schlossen sich ihre Finger automatisch fester um den Ring.

Er bemerkte es, und sein Blick wanderte zu ihrer Hand. Missbilligend schnalzte er mit der Zunge. „Lass den Blödsinn! Glaubst du im Ernst, das würde dich vor mir schützen? Beantworte mir lieber eine einfache Frage. Dann bin ich in null Komma nichts wieder verschwunden. Wo hast du den zweiten Ring versteckt?“

Ach darum ging es? Verdammt, woher wusste er davon? „Welchen zweiten Ring?“, stieß sie trotzig hervor.

Luzifer seufzte theatralisch. „Ach Mädchen, lass den Scheiß und rück das gute Stück raus!“

„Vergessen Sie’s.“

„Okay, mach mir ein Angebot. Was muss ich tun, damit du mir den Ring gibst?“

„Was wollen Sie denn damit? Sie sind doch bereits unsterblich.“

„Schon, aber ich möchte auch mal wieder ein bisschen Spaß haben, ein wenig über die Stränge schlagen.“ Er blickte zur Decke. „Seit Tausenden von Jahren der gleiche Dreck. Tagein, tagaus. Mich dürstet nach ein wenig Abwechslung auf der Erde. Mein Freund Thanatos liebt Sportwagen, deswegen kommt er immer wieder hierher. Ich wäre eher mal auf den Ritt auf einem heißen Motorrad scharf."

Er zuckte mit den Schultern. „Klar, ich kann Fahrzeuge mit Gedankenkraft lenken, aber das ist nicht dasselbe wie die PS direkt mit dem Körper in den Asphalt zu brennen." Er stieß sich von der Wand ab und kam einen Schritt näher. Schamlos ließ er seine Augen über ihren Busen schweifen, schien sie mit Blicken geradezu zu verschlingen. „Obendrein gibt es auf der Erde noch ein paar andere Köstlichkeiten, die ich gerne mal austesten würde."

Olivia verzog das Gesicht. Typisch Mann! Sie passten alle in eine Schublade. Egal ob tot oder lebendig.

Nichts im Kopf als Sex!

Sie lehnte sich zurück, um ein wenig Abstand zwischen sich und den Herrscher der Hölle zu bringen. Sie wusste, dass ihr Gefahr drohte, dass sie gerade der bedrohlichsten Kreatur überhaupt gegenüberstand, doch sie war so fasziniert von diesem Wesen, dass ihr Gehirn einen Blackout vermeldete. „Keine Chance!", brummte sie.

Luzifer brach in schallendes Gelächter aus. Ein tiefes dröhnendes Geräusch, das ihren Körper vibrieren ließ. Er betrachtete sie nun noch eingehender. „Entweder bist du sehr mutig oder nicht ganz bei Trost."

„Wahrscheinlich beides. Wie kommen Sie eigentlich darauf, dass es noch einen Ring gibt?"

„Einer meiner treuen Berater kannte den Erschaffer. Doch ans Licht kam die Sache erst, als Thanatos vor ein paar Jahren Himmel und Hölle in Bewegung gesetzt hat, um seine geliebte Katharina zu behalten. Seitdem bin ich auf der Suche nach dem fehlenden Ring. Und deine herzallerliebste Cousine Lilly hat mich direkt zu dir geführt."

„Verstehe. Aber selbst wenn es einen weiteren geben sollte, würde Ihnen das nichts nützen. Ich kann den Ring nur an jemanden verschenken, den ich von ganzem Herzen liebe. Daher tut es mir leid."

Er winkte lässig ab. „Weiß ich doch. Er würde immer noch dir gehören, aber dennoch könnte ich die Erde in menschlicher Gestalt betreten. Das ist mir so leider nicht vergönnt." Erneut blickte er auf den Ring an ihrer Hand.

Instinktiv schob sie sie hinter den Rücken. „Denken Sie nicht mal daran! Sie können ihn mir nicht mit Gewalt entreißen. Ein eingebauter Schutzmechanismus. Der Erschaffer war ziemlich gewieft."

„Ja, schon klar, aber mir geht es ja auch um deinen zweiten Ring. Was hältst du davon, ihn mir ab und an auszuleihen?"

„Ich traue Ihnen nicht."

Luzifer lachte abermals. „Ja, welches normal denkende Wesen würde das schon. Aber nun Spaß beiseite." Sein Schmunzeln versiegte, und seine Stimme nahm schlagartig einen drohenden Tonfall an. „Hör zu, Schätzchen. Ich habe es jetzt im Guten versucht, aber so langsam ist meine Geduld am Ende. Ich weiß, dass du viel Zeit mit diesem Winter verbringst. Allerdings entzieht es sich meiner Kenntnis, in was für einem Verhältnis ihr zueinander steht. Anscheinend liebst du ihn nicht wirklich, sonst hättest du ihm den zweiten Ring ja längst schenken können.

Aber wie würde es dir gefallen, wenn ich ihn fertigmache? Und wenn ich fertigmachen sage, dann meine ich das auch so. Und ich rede ganz sicher nicht vom Töten, denn wir beide wissen ja: Er ist bereits tot."

Olivia schluckte vernehmlich. Dieser Mistkerl aus der Hölle wusste haargenau, wo er ansetzen musste.

Was sollte sie nur tun? Sie wollte den zweiten Ring keinesfalls aus der Hand geben. Aber konnte sie es mit ihrem Gewissen vereinbaren, Alexander abermals dieser Tortur auszusetzen?

Sie würde jetzt erst einmal auf Zeit spielen. „Ich muss darüber nachdenken“, äußerte sie zu Luzifer gewandt.

Dieser zog eine Augenbraue hoch und grinste. Olivia stockte der Atem. Du liebe Güte! Der Mann war zum Sterben schön. Wer würde für diesen Typen nicht freiwillig in die Hölle gehen?

Er kam einen Schritt näher, bis er ganz dicht vor ihr stand und sie eindringlich musterte. Seine dunklen Augen funkelten amüsiert. „Eins muss man dir lassen, Mut hast du.“

Mit Gewalt zwang sie sich, seinem Blick standzuhalten. Jetzt nur keine Schwäche zeigen. Dennoch zuckte sie zurück, als er einen Arm hob. Doch er griff lediglich in ihr Haar und spielte mit einer Haarsträhne. Dann beugte er sich zu ihr herab und schnupperte daran. Fest umklammerte sie den Ring. Wider besseres Wissen war sie jedoch nicht in der Lage, ihn abzustreifen, um dem Spuk ein Ende zu setzen. Sie war wie gelähmt. Luzifer hatte eine Ausstrahlung, der sie sich nicht entziehen konnte.

Die Schriftstellerin in ihr schlug vor Freude Saltos. Wie oft hatte sie ihn in ihren Büchern erwähnt, sich den Teufel im Kopfe ausgemalt? Und nun stand er leibhaftig vor ihr. Doch auch die Frau in ihr schien nicht ganz unempfänglich für diesen Kerl zu sein. Ein Schauer der Erregung durchfuhr sie. Etwas Heißes überflutete all ihre Sinne.

Heilige Scheiße! Wie krank war das denn? Diese Kreatur war ein Monster! Wenn auch ein verdammt sexy Monster!

„Du riechst so gut“, hauchte er in ihr Haar. „Ganz anders als die Geschöpfe der Hölle. So frisch. Das törnt mich an. Dein Herz rast. Warum? Mache ich dich an oder hast du Angst vor mir?“ Er blickte ihr mit seinen fast schwarzen Augen direkt in ihre.

„Ich weiß nicht so genau“, wisperte sie. „Vermutlich beides.“

Seine Mundwinkel verzogen sich einmal mehr zu einem teuflischen Grinsen, und die Mischung aus Verwegenheit und Sex-Appeal, die er ausstrahlte, brachte sie beinahe um den Verstand. Ihre Knie zitterten. Voller Verzweiflung klammerte sie sich an der Schreibtischkante fest. Reißaus nehmen stand nicht zur Debatte, dafür verharrte Luzifer viel zu dicht vor ihr.

„In welchem Verhältnis stehst du zu diesem Winter?“

„Wir sind nur gute Freunde.“

Erneut sackte sein Blick zu ihrem Busen ab. „Das heißt also, es würde ihn völlig kalt lassen, wenn ich dich jetzt ficken würde?“

In diesem Moment explodierte etwas in ihrem Kopf. Nein, so weit ging ihre Liebe zu den Kreaturen der Hölle dann doch nicht. Mit einem Ruck zog sie den Ring vom Finger. Schlagartig war Luzifer verschwunden. Hektisch blickte sie um sich. Das Wohnzimmer war verwaist, nur noch ein leichter Schwefelgeruch ließ darauf schließen, dass sie nicht gerade einer Halluzination erlegen war.

Sie torkelte ein paar Schritte nach vorne. Dann gaben ihre Knie nach. Schwer atmend sank sie auf einen Stuhl.

Großer Gott, in was für eine Situation war sie da nur wieder geraten? Bot sich ihr gerade allen Ernstes die Möglichkeit, eine Affäre mit Luzifer persönlich einzugehen? War es das, was sie wollte? Die Schriftstellerin in ihr nickte zustimmend mit dem Kopf. Ein solches Buch würde einschlagen wie eine Bombe. Wann hatte sich jemals ein Autor an dieses Thema getraut? Ihres Wissens nach noch nie.

Dann aber wanderten ihre Gedanken zu Alexander und dem unglaublichen Sex mit ihm. Luzifers Frage kam ihr wieder in den Sinn. Was empfand sie eigentlich für Alexander?

Sie hatte ihn gerne um sich, genoss seine Nähe, aber war da noch mehr? Ganz am Anfang war sie vermutlich mal nahe dran gewesen, ihm zu verfallen. Aber nachdem er sie so schändlich belogen hatte, war das Vertrauen dahin. Und Zuneigung ohne Vertrauen ging nun mal nicht.

Aber war sie überhaupt in der Lage, aus tiefstem Herzen zu lieben? Doch dieses Thema stand auf einem anderen Blatt. Was zum Geier sollte sie jetzt tun? Sich Luzifer hingeben, in der Hoffnung, ihn damit zu besänftigen? Ihm den Ring aushändigen? Oder Alexander erneut in der Hölle schmoren lassen? Es erschien ihr, als ob sie die Wahl zwischen Pest und Cholera hatte.

Warum nur war Alexander nie zugegen, wenn man ihn brauchte? Sie wollte seine Meinung hören. Aber sollte er jetzt auftauchen, würde sie ihn noch nicht einmal bemerken, da sie den Ring nicht anstecken konnte. Wer sagte ihr denn, dass Luzifer nicht noch irgendwo lauerte? Erbärmlich seufzend ließ sie den Kopf auf die Tischplatte sinken. Dann fiel ihr die Whiskeyflasche ein. Sie sauste zum Schrank, doch das edle Getränk war verschwunden.

Gottverdammt! Alexander konnte ein solcher Quälgeist sein. Eigentlich hätte er es verdient, in der Hölle zu braten.

Sie fischte ihr Handy aus der Handtasche. „Lilly“, flüsterte sie Sekunden später. „Ich bräuchte mal eure Hilfe! Bitte! Ihr seid meine letzte Rettung. Es ist dringend.“

Keine zehn Minuten später materialisierten sich aus heiterem Himmel Lilly und Sebastian in ihrem Wohnzimmer. Olivia sprang auf und fiel Lilly um den Hals. Es war so tröstlich, dass es jemanden gab, dem sie alles erzählen konnte, ohne postwendend in die Klapse eingewiesen zu werden. „Ein Glück, dass ihr so schnell kommen konntet. Eine Frage: Ist hier noch jemand?“

Ihre Besucher blickten verwundert um sich. „Wer sollte denn sonst noch hier sein?“, wollte Lilly neugierig wissen.

„Luzifer!“

„Luzifer?“, fragten die beiden unisono.

„Mhm.“ Vorsichtig steckte Olivia sich den Ring wieder an und seufzte erleichtert auf, als sie keinen hochgewachsenen Mann in schwarzem Leder entdeckte. „Setzt euch doch. Ich kann euch nur leider keinen Whiskey anbieten. Alexander macht hier einen auf Moralapostel und hat ihn entsorgt. Möchtet ihr vielleicht einen Tee?“

Lilly nickte glücklich, wohingegen Sebastian das Gesicht verzog.

Also“, legte Olivia los, nachdem sie den Tee organisiert hatte. „Ich stecke bis zum Hals in Schwierigkeiten und möchte auf keinen Fall eine falsche Entscheidung treffen. Wie ihr euch vermutlich schon gedacht habt, gibt es einen vierten Ring. Er befindet sich an einem sicheren Ort. Dummerweise hat die Unterwelt das irgendwie spitzgekriegt. Und nun ist Luzifer hinter dem

Ring her. Wenn er ihn nicht bekommt, will er Alexander bis aufs Blut quälen.“

„Ach du Schande!“, bekundete Lilly.

„Du sagst es. Was soll ich nur tun?“

Sebastian schob sich den Hut ein Stück aus den Augen. „Er war hier? Luzifer höchstpersönlich?“

Sie nickte.

„Und wie sieht er aus?“, wollte Lilly prompt wissen.

„Heiß!“, flüsterte Olivia.

Sebastian verdrehte die Augen. „Aber sonst habt ihr keine Probleme?“

„Wie läuft es überhaupt zwischen dir und Alexander?“, brachte sich Lilly wieder ein. „Hast du ihm mittlerweile verziehen?“

„So ein Verrat ist schwer zu vergessen. Aber inzwischen kommen wir ganz gut miteinander klar.“

Lilly beugte sich nach vorne und musterte sie lauernd. „Das heißt, du magst ihn?“

Olivia grübelte einen Moment. „Ja, schon, aber richtiges Vertrauen werde ich wohl nie mehr zu ihm aufbauen können.“

„Mhm, verstehe. Du bist also eine der wenigen Frauen, die gegen seinen Charme immun ist. Ihm den Ring zu schenken und ihn dadurch aus Luzifers Einflussbereich zu retten, würde also nicht funktionieren?“

„Nein, vermutlich nicht.“

Die Enttäuschung stand Lilly ins Gesicht geschrieben. „Wo ist Alexander eigentlich?“

„Keine Ahnung, ich habe ihn seit geschlagenen zwei Tagen nicht gesehen. Hoffentlich hat Luzifer ihn nicht schon in seinen Klauen.“

Sebastian sprang auf. „Wenn das für euch in Ordnung geht, sehe ich mal kurz in der Unterwelt nach dem Rechten.“ Ehe die beiden Frauen antworten konnten, hatte er sich in Luft aufgelöst.

Nur um Minuten später wieder aufzutauchen. „Mit Alexander ist alles im Lot. Die Maschine hat irgendeinen hinterhältigen Massenvernichtungsauftrag ausgespuckt. Da ist bei den Fürsten immer Hektik angesagt. Daher hatte auch Thanatos nicht viel Zeit. Aber er glaubt nicht, dass er Luzifer noch lange hinhalten kann. Tja, das sieht nicht gut aus für Alexander."

„Sollte ich vielleicht in Betracht ziehen, Luzifer den Ring wirklich auszuhändigen?", sinnierte Olivia.

Sebastian schüttelte den Kopf. „Denk noch nicht mal daran! Die Vorstellung, Luzifer auf die Menschheit loszulassen, gefällt mir gar nicht. Es hat schon seine Gründe, dass er die Erde nur als gestaltloses Wesen betreten kann. Eine Sicherheitsmaßnahme sozusagen. Genau wie die Gewaltenteilung zwischen ihm, Gott und Thanatos. Ihm den Ring zu geben, würde das ganze Machtgefüge ins Wanken bringen."

„Was genau will er eigentlich mit dem Ring?", erkundigte sich Lilly. „Er ist doch bereits unsterblich."

Olivia schob sich eine Haarsträhne hinters Ohr. „Motorrad fahren und vögeln!"

Lilly riss die Augen auf. „Bitte was?"

Olivia lächelte gezwungen. „Ja, genau die Frage habe ich ihm auch gestellt. Das war seine Antwort."

„Oh!"

Sebastian trommelte gedankenverloren mit den Fingerspitzen auf den Tisch. „Ich könnte wetten, dass er noch andere Dinge im Hinterkopf hat. Wir müssen mit allen Mitteln verhindern, dass er den Ring in die Finger bekommt." Er blickte auf seine Hände. „Tut mir leid, ihr werdet das jetzt nicht hören wollen. Aber ich sehe nur eine Möglichkeit, die Welt vor diesem Irren zu schützen. Alexander muss wohl oder übel in die Hölle zurück."

Die beiden Frauen seufzten.

„Mist", flüsterte Lilly schließlich. „Wir dürfen das nicht zulassen. Alexander würde es das Herz brechen, Jessy nicht mehr sehen zu können. Olivia, was müsste Alexander tun, damit du dich in ihn verliebst?"

Olivia pustete die Backen auf. „Ach du grüne Neune! Schwierige Frage! Wie soll ich das wissen? Ich mag ihn, ja, aber Liebe?" Ihre Blicke flitzten Hilfe suchend zwischen Lilly und Sebastian hin und her. „Das Problem ist, ich war noch nie richtig in einen Mann verliebt. Ich träume tagein, tagaus von meinen Romanfiguren, flüchte in meine Fantasywelt. Die Männer dort strotzen vor Leidenschaft, sehen blendend aus und würden einer Frau niemals auch nur ein Haar krümmen."

Sie stockte einen Moment. „Zugegeben, attraktiv ist Alexander schon, obendrein ist er die Leidenschaft in Person. Aber sagen wir es mal so: Jeder normale Mann hat es schwer, gegen meine Fantasywesen zu bestehen."

Lilly riss verwundert die Augen auf. „Sekunde mal! Woher weißt du …?" Sie lehnte sich zurück. „Das hätte ich mir ja eigentlich denken können. Das ist wieder so typisch für Alexander. Trotz allem habt ihr beiden was am Laufen?"

„Naja, es ist einfach so passiert." Olivia rümpfte verärgert die Nase. „Gottverdammt, Lilly. Jetzt sieh mich nicht an, als wäre ich eine Schlampe. Mein Leben … es ist kompliziert. Ich weiß, dass ich in mancherlei Hinsicht einen Spleen habe. Aber das hat seine Gründe. Eines Tages werde ich dir alles erzählen. Aber jetzt lass uns zum Thema zurückkommen. Was soll ich eurer Meinung nach tun?"

Lilly kaute nachdenklich auf ihrer Unterlippe. „Hmm, wenn ihr euch schon so nahegekommen seid und es trotzdem nicht gefunkt hat, bin ich mit meinem Latein am Ende.“ Sie schaute in Sebastians Richtung. „Als ich zum ersten Mal mit Sebastian geschlafen habe, hat das unsere Beziehung auf eine völlig neue Ebene katapultiert. Von dem Moment an war ich ihm hoffnungslos verfallen … Was ich damit eigentlich sagen will: Alexander ist nicht schlecht im Bett. Aber wenn selbst das nichts bewirkt hat …“ Sie zuckte hilflos mit den Schultern.

Sebastian stöhnte auf.

Olivia schmunzelte. „Alexander hat mir erzählt, dass da mal was zwischen euch gelaufen ist. Ehrlich gesagt hätte ich das nie für möglich gehalten. Ihr beide seid so grundverschieden.“

Lilly nickte. „Wohl wahr. Es war ein Ausrutscher. Wir waren ziemlich beschwipst.“

„Na herrlich!“, giftete Olivia. „Und mir nimmt er den Whiskey weg.“

Sebastian hüstelte. „Ich würde es sehr begrüßen, wenn ihr das Thema jetzt auf sich beruhen lassen könntet. Olivia, gesetzt den Fall, du könntest irgendwann doch etwas für Alexander empfinden, würdest du ihm den Ring dann überhaupt schenken?“

„Definitiv. Bevor Luzifer sich das kostbare Stück unter den Nagel reißt oder ich mein Leben lang Schuldgefühle hätte, weil Alexander in der Hölle schmort.“

Lilly griff über den Tisch hinweg nach ihrer Hand. „Liebes, kämst du auch damit klar, wenn er nichts für dich empfindet?“

„Ja, doch! Mach dir mal keine Sorgen um mich! Zur Not stocke ich eben den Alkoholvorrat wieder auf.

Aber wie schon gesagt, ich und wahre Gefühle … Zwei Welten treffen aufeinander.

„Egal", bekundete Lilly. „Ich kann nicht zulassen, dass Alexander in die Hölle verbannt wird, bevor wir nicht alle Register gezogen haben." Sie schaute ihren Mann an. „Sebastian, ich kenne keinen Mann, der so viele Frauenherzen gebrochen hat wie du. Bitte, hilf Alexander!"

Sebastian glotzte sie verdattert an. „Na, danke schön fürs Gespräch. Kannst du mir verraten, was ausgerechnet ich …"

In diesem Moment materialisierte sich Alexander neben dem Wohnzimmertisch. Verwundert blickte er von einem zum anderen. „Habe ich etwas verpasst?"

Da sprang Sebastian auf. „Alexander kommst du bitte mal kurz mit nach draußen? Ich muss unter vier Augen mit dir reden."

Alexander runzelte die Stirn. „Oje, was habe ich denn jetzt schon wieder verbrochen?"

Sebastian grinste. „Schlechtes Gewissen?"

Alexanders Kopf flog in Olivias Richtung. „Olivia, was ist los? Was hast du ihnen erzählt? Du weißt genau, dass ich dich niemals gegen deinen Willen …"

„Alexander!", fiel Olivia ihm schroff ins Wort. „Hör auf dich um Kopf und Kragen zu reden. Geh einfach mit!"

Alexander blickte perplex drein, trottete dann aber gehorsam wie ein Hündchen hinter Sebastian her.

Ein paar Meter vom Haus entfernt lehnte Sebastian sich mit dem Rücken gegen den Gartenzaun und nahm Alexander sekundenlang nachdenklich ins Visier. „Hör zu, Alexander. Du weißt, dass deine erkaufte Zeit abläuft. Es gibt nur noch eine einzige Möglichkeit, dich aus Luzifers Krallen zu befreien. Du musst Olivia dazu bringen, sich in dich zu verlieben. Ansonsten ist es für alle Zeiten vorbei.

Weißt du, mir könnte es ja egal sein, was mit dir passiert. Aber Lilly wäre am Boden zerstört. Und das Wichtigste für mich ist, dass meine Frau glücklich ist. Sie musste wegen mir schon genug durchmachen." Er verschränkte die Arme vor der Brust. „Mal ehrlich, für einen Mann wie dich sollte es doch ein Kinderspiel sein, eine Frau um den Finger zu wickeln, oder?"

Alexander raufte sich die Haare. „Nur, dass Olivia definitiv nicht wie andere Frauen ist."

„Das ist Lilly auch nicht. Und ich habe es trotzdem geschafft."

„Ihr hattet auch mehr Zeit."

„Das glaubst aber auch nur du. Ich hatte gerade mal eine Woche. Nur war die Sache bei uns ein wenig anders. Denn das Letzte, was ich wollte, war, dass sie sich in mich verliebt."

Alexander fuhr sich nachdenklich mit einer Hand übers Gesicht. „Okay, ich stehe mit dem Rücken zur Wand. Was soll ich deiner Meinung nach tun?"

„Normalerweise würde ich jetzt sagen, mach sie eifersüchtig. Das wirkt Wunder. Aber das ist natürlich ein Ding der Unmöglichkeit, da du ja mit keiner anderen Frau etwas anfangen kannst."

„Außer mit Lilly!"

Sebastian zog grimmig eine Augenbraue hoch. „Denk noch nicht mal daran. So weit geht meine Freundschaft zu dir dann doch nicht."

Alexander grinste. „War nur ein Scherz. Ich weiß mittlerweile, dass Lilly bei dir gut aufgehoben ist."

Sebastian nickte. „Ja, ich schlage sie inzwischen nur noch sehr selten. Und ab und an darf sie auch die Küche oder das Schlafzimmer verlassen."

„Touché. Aber Spaß beiseite. Olivia ist nicht auf den Kopf gefallen. Sie würde den Braten sofort riechen, sollte ich jetzt plötzlich Lilly schöne Augen machen."

„Vermutlich. Danke übrigens, dass du Olivia nicht gesteckt hast, dass Lilly und ich von Anfang an in die ganze Sache involviert waren. Ich vermute, das hätte sie uns übel genommen."

Alexander winkte ab. „Kein Thema. Ihr wolltet mir schließlich nur helfen. Wir Jetpiloten sind zwar im Normalfall Einzelkämpfer, doch wenn du da oben in einen Kampf verwickelt wirst, lernst du ganz schnell, was das Wort Kameradschaft bedeutet." Gedankenverloren blickte er gen Himmel. „Ich könnte wirklich wieder fliegen, falls Olivia mir den Ring schenken würde?"

„Wenn du jemanden findest, der dir ein Flugzeug anvertraut, schon."

Alexander nickte wissend. „Was ich euch schon längst fragen wollte: Wie habt ihr das eigentlich hinbekommen, euren Tod zu vertuschen? Was habt ihr euren Freunden und Bekannten erzählt? Und den ganzen Ämtern?"

„Bei Lilly hat es gar keiner mitbekommen, sie befand sich ja nur ein paar Stunden im Jenseits. Noch nicht einmal ihre Familie weiß, dass sie im Grunde genommen tot ist. Diesen Schock haben wir ihnen erspart. In meinem Fall habe ich alle Bekannten glauben lassen, dass mir die Polizei auf die Schliche gekommen sei, ich untertauchen musste und daher meinen Tod fingiert hätte. Meinen Kunden und Geschäftspartnern habe ich erzählt, es sei eine Falschmeldung gewesen. Und wegen den Behörden?"

Er winkte lässig ab. „Mach dir darüber mal keinen Kopf. In puncto Urkundenfälschung bin ich recht versiert. Und die nötigen Computerfreaks habe ich auch an der Hand.“ Er lehnte sich ein Stück zurück. „Zuerst müssen wir dein anderes Problem lösen. Warum versuchst du nicht, Olivia mit Sex gefügig zu machen?“

„Du meinst, das Angenehme mit dem Nützlichen verbinden? Tja, das ist nicht so einfach. Olivia trägt ein ganzes Bündel Altlasten mit sich herum. Aber du hast recht, einen Versuch wäre es wert.“ Er überlegte kurz. „Ich hatte zwar schon Frauen fast jeder Nationalität in meinem Bett, habe es aber noch nie darauf angelegt, das Herz von einer zu gewinnen. Im Gegenteil, das habe ich immer tunlichst vermieden. Darum eine Frage von Mann zu Mann: Wo siehst du die größeren Erfolgschancen? Soll ich Olivia hernehmen, bis sie nicht mehr laufen kann? Oder sie so weit bringen, dass sie um Sex bettelt?“

Verwunderung stand Sebastian ins Gesicht geschrieben. „Ich dachte, ihr wärt längst über dieses Stadium hinaus.“

Alexander schüttelte den Kopf. „Nein nein, das war nur eine schnelle Nummer zwischendurch. Zum Druck abbauen.“

Ein anzügliches Grinsen machte sich auf Sebastians Gesicht breit. „Verstehe. Nun, so ganz aus der Welt scheinst du doch nicht zu sein. Aber um auf deine Frage zurückzukommen: Ich kenne Olivia zwar in dieser Hinsicht nicht, aber ich habe mal interessehalber in einen ihrer Romane reingelesen. Daher denke ich, sie ist alles andere als ein Mauerblümchen. Ich habe eher den Eindruck, dass sie ganz genau weiß, was sie will und das auch einfordert.

Vielleicht solltest du sie wirklich eine Zeit lang hinhalten. Damit treibst du sie vermutlich in den Wahnsinn. Frauen wollen immer genau das, was sie nicht bekommen. Lass sie zappeln, mach sie heiß, bis sie dich geradezu anbettelt, es ihr zu besorgen. Und dann nimm sie so lange her, bis sie dir nicht nur ihren Körper, sondern auch ihr Herz öffnet."

Alexander seufzte. „So wie du das sagst, hört es sich verdammt einfach an."

„Vertrau mir. Mit Frauen zu spielen, war jahrelang mein Hobby. Aber mal etwas anderes: Was hast du früher gemacht, wenn du einer Frau so richtig imponieren wolltest? Ich meine jetzt, außer sie flachzulegen."

„Ich bin mit ihr fliegen gegangen."

„Gute Idee, tu das!"

„Ha! Guter Witz! Ich kann ja noch nicht mal den Steuerknüppel greifen. Und wie du vorhin richtig erkannt hast: Wer in Dreiteufelsnamen würde einem Geist ein Flugzeug anvertrauen?"

Sebastian grinste. „Dazu müsste dir Olivia lediglich den vierten Ring ausleihen. Wenn du ihn ansteckst, wirst du sichtbar. Und wie es der Zufall so will, kenne ich jemanden, der jemanden kennt, der einen Learjet besitzt."

Kapitel 14

Olivia goss gerade im Garten die Blumen, als Alexander auftauchte. Da er am Vortag völlig überraschend in die Zwischenwelt zurückbeordert worden war, hatte sie keine Gelegenheit mehr gehabt, sich in aller Ruhe mit ihm auszutauschen.

Unauffällig nahm sie seine hochgewachsene, sportliche Figur in Augenschein und sofort prickelte ihre Haut. Gott, sie konnte es nicht länger leugnen! Dieser Mann stellte irgendetwas mit ihr an. Er fehlte ihr, wenn er nicht in ihrer Nähe war. Jede Minute, die sie ohne ihn verbrachte, kam ihr inzwischen sinnlos vor. Vor allem, da immer die Frage im Raum stand, ob sie ihn jemals wiedersehen würde. Was jedem einzelnen Tag etwas Schicksalhaftes, Endgültiges verlieh.

Er legte den Kopf schief und musterte sie ebenfalls. „Lust auf einen Spaziergang?", fragte er rundheraus.

Sie nickte. „Gerne!"

Nachdem sie eine Weile schweigend über die Felder gewandert waren, griff er zaghaft nach ihrer Hand.

Bereitwillig ließ sie es geschehen.

Da Alexander sich weiterhin in Schweigen hüllte, ergriff Olivia das Wort: „Willst du mir erzählen, was du mit Sebastian besprochen hast?"

„Nicht wirklich."

Na herrlich! „Okay, dann verrate mir zumindest, warum du dich, nachdem du mich auf dem Esstisch vernascht hast, ohne ein weiteres Wort aus dem Staub gemacht hast. Habe ich es irgendwie vermasselt?"

„Du meinst, nachdem ich über dich hergefallen bin, wie ein notgeiler Teenager?"

„Das hast du jetzt gesagt."

Er grinste ein wenig gezwungen. „Du hast sicherlich

nichts falsch gemacht. Außer, dass du mich regelmäßig in den Wahnsinn treibst." Er inspizierte sie von oben bis unten. „Trägst du immer solche Unterwäsche?"

Olivia schluckte. Schlagartig war ihr Mund knochentrocken. Du lieber Gott! Alexanders Blicke kamen einem Vorspiel gleich. Züngelten wie Flammen über ihren Körper. „Jetzt sag aber nicht, sie hat dir nicht gefallen?"

Er schmunzelte. „Hattest du wirklich das Gefühl, dass mir irgendetwas an dir nicht gefallen hat? Anscheinend hast du nicht die geringste Ahnung, was du mit mir anstellst."

Nun musste auch sie lächeln. „Ich werde jetzt nicht sagen, es tut mir leid."

„Nun komm schon! Raus mit der Sprache! Was hat es mit diesen Dessous auf sich?"

„Na ja, ich weiß schon, dass ich in dieser Beziehung einen kleinen Tick habe. Die Heldinnen in meinen Büchern tragen grundsätzlich heiße Wäsche. Und irgendwann wollte ich das am eigenen Leib austesten, damit alles realistischer in den Büchern rüberkommt. Ja, was soll ich sagen? Es fühlte sich einfach zu gut an. Es ist der Wahnsinn, wenn feinste Seide die Haut streichelt wie sanfte Küsse. Mir das Gefühl gibt, etwas Besonderes zu sein."

Alexander stöhnte unterdrückt auf. „Meine Güte, Olivia, lass uns das Thema wechseln. Ansonsten muss ich herausfinden, welche Farbe du heute trägst. Aber zurück zu dem, was mir eigentlich auf der Seele brennt: Ich hätte dich so nicht nehmen dürfen. Ich weiß nicht, was da in mich gefahren ist, aber in deiner Nähe drehen meine Hormone regelmäßig am Rad. Es tut mir leid. Nach allem, was du durchgemacht hast, hätte ich es langsamer angehen müssen."

Abrupt bremste sie ab und schaute ihn vorwurfsvoll an. „Habe ich dir auf irgendeine Art und Weise signalisiert, dass ich es nicht genossen habe? Alexander, du musst mich nicht in Watte packen. Ich stehe durchaus darauf, wenn mich ein Mann ein wenig härter anpackt. Solange das nicht gegen meinen Willen geschieht."

Er atmete erleichtert aus. „Gut zu wissen. Dennoch hätte das erste und vielleicht einzige Mal zwischen uns anders ablaufen sollen. Es war mir wichtig, mich bei dir zu entschuldigen, bevor sich unsere Wege endgültig trennen. Und ich bin nur so überstürzt verschwunden, da ich erst einmal wieder zur Besinnung kommen musste. Die gesamte Situation macht mich echt fertig. Es scheint einfach keinen Ausweg zu geben, und das bringt mich beinahe um den Verstand. Allein die Vorstellung, Jessy niemals wiederzusehen, bricht mir das Herz."

Er schaute ihr tief in die Augen. „Bitte versprich mir, nicht wieder mit dem Trinken anzufangen, wenn ich weg bin. Und geh ab und zu unter Menschen!"

Olivia holte tief Luft. Sein flehentlicher Blick brachte sie völlig aus dem Gleichgewicht. Sie versank in seinen blauen Augen. Der wehmütige Ausdruck darin raubte ihr den Atem. Er schien zu leiden wie ein Tier. Herrje, sie musste alles Menschenmögliche tun, um ihn vor diesem Schicksal zu bewahren. Nur was? Einen Moment lang zog sie in Erwägung, ihm von Luzifers Besuch zu berichten. Doch dann verwarf sie den Gedanken. Alexander war schon niedergeschlagen genug. Sie wollte es ihm nicht noch schwerer machen.

„Alexander, wir haben bisher immer nur über die Unterwelt geredet oder über deinen Beruf. Ansonsten weiß ich sehr wenig von dir", lenkte sie das Gespräch in eine andere Richtung, um nicht loszuheulen wie ein

Schlosshund. „Ich würde gerne mehr über dich erfahren."

Er blinzelte. Der abrupte Themenwechsel schien ihn zu irritieren. Doch dann nickte er. „Gerne, aber da gibt es nicht viel zu erzählen. Ich bin in der Nähe von Stuttgart geboren. Mein Vater war ein hohes Tier im Landtag. Er war ein strenger aber gerechter Mann. Allerdings war er viel auf Reisen, sodass Lena und ich unsere Jugend und Kindheit in erster Linie mit unserer Mutter verbrachten. Es war eine schöne Zeit. Mom hat uns verhätschelt und vertätschelt. Uns jeden Wunsch von den Augen abgelesen. So hatte ich nach der Schule auch keine große Lust zum Arbeiten oder Studieren. Um es auf den Punkt zu bringen: Ich war faul und verwöhnt. Das Hotel Mama hatte schon so seine Vorzüge."

Er schmunzelte. „Das Einzige, was mich von klein auf fasziniert hat, war die Luftfahrt. Ein Bekannter hatte mich als Kind zum Segelfliegen mitgenommen, und von dem Moment an wollte ich Pilot werden. Mit sechzehn erwarb ich den Segelflugschein, mit achtzehn den für Motorflugzeuge. Weitere Lizenzen folgten, Helikopter, Nachtflug usw. Doch Linienflugzeuge erschienen mir auf Dauer zu brav. So habe ich mich bei der Bundeswehr verpflichtet und alles drangesetzt, bei der Luftwaffe zu landen. Und es letztendlich geschafft. Seitdem bestimmt die Fliegerei mein Leben."

„Erzähl mir von Jessys Mutter!"

Er seufzte. „Nicht gerade mein Lieblingsthema. Aber, einverstanden. Ich habe Gina in einem Klub kennengelernt. Wir sind recht schnell miteinander im Bett gelandet. Ich weiß nicht, ob es in ihrer Absicht lag, sich einen Piloten zu angeln oder ob irgendetwas mit einem der Kondome nicht gestimmt hat. Ein paar Wochen später passte sie mich vor der Kaserne ab und offenbarte mir, schwanger zu sein.

Zuerst war ich stinksauer, kam mir verarscht vor. Doch dann fand ich mich mit dem Gedanken ab, ein Kind zu haben. Wir kamen überein, dass Gina sich um das Mädchen kümmert und ich sie dafür großzügig entlohne. Im Gegenzug räumte sie mir jegliches Besuchsrecht ein. Gina hätte gerne einen auf heile Familie gemacht, aber dazu war ich nicht bereit. Ich habe nicht wirklich etwas für sie empfunden und bin mir bis zum heutigen Tag nicht sicher, ob es nicht doch ihr erklärtes Ziel war, mir ein Kind unterzujubeln.

Doch dann lernte sie einen anderen Kerl kennen. Er war Drummer in einer Rockband. Von da an war sie ständig mit ihm auf Tour. Jessy blieb immer häufiger bei meiner Mutter, da Gina mit ihrer neuen Flamme durch die Klubs tingelte.

Ich weiß nicht, wann sie anfing, Drogen zu nehmen. Ich habe es erst so richtig begriffen, als sie sich den goldenen Schuss gesetzt hat. Ich habe den Typen windelweich geprügelt. Doch das hat meiner Tochter die Mutter auch nicht zurückgebracht. Seitdem wächst Jessy bei ihrer Großmutter auf. Da kurz zuvor mein Vater gestorben war, war sie froh, wieder eine Aufgabe zu haben.

Tja, das war es im Großen und Ganzen. Vorgestern ist Jessy übrigens eingeschult worden", setzte er mit bitterem Unterton hinzu. „Nun bist du an der Reihe. Erzähl mir von dir!"

Überrascht schaute Olivia auf. „Wollen wir jetzt wirklich über mich reden?"

„Ja, bitte." Seine Stimme zitterte leicht.

Okay, sie hatte verstanden. „Gut, aber ich denke, das meiste weißt du bereits. Meine Mutter wuchs in der

Nähe von London auf und hatte kein leichtes Leben, ohne Vater und bar jeglicher Ausbildung. Allerdings war sie bildhübsch und eine talentierte Tänzerin. So hat sie es irgendwann in eins der angesagtesten Cabarets geschafft.

Meine Oma hat sich derweil rührend um mich gekümmert. Es gab viele Legenden um den Ring, doch lange waren wir nicht von seiner Wirkungsweise überzeugt. Erst als Großmutter versuchte, sich das Leben zu nehmen und es nicht klappte, haben wir begriffen, dass der Ring tatsächlich magische Kräfte besaß. Als sie ihn mir schenkte, begann mein Interesse fürs Paranormale.

Eigentlich bin ich gelernte Fremdsprachensekretärin. Sprachen haben mich schon immer fasziniert. Nach meiner Ausbildung arbeitete ich in einer kleinen Marketingfirma in der Nähe von London. Aber zufrieden war ich dort nicht. Von morgens bis abends in einem winzigen Büro eingeschlossen zu sein, war einfach nicht das Richtige für mich. Und da ich mich nach Feierabend aus bekannten Gründen auch nicht wie andere junge Frauen in Pubs herumtrieb, hatte ich viel Freizeit. So entstand mein erstes Buch. Ich fand schnell einen Verlag, und es wurde über Nacht zum Bestseller. Ich gab meinen Beruf auf und zog nach Avebury, in das Haus meiner Oma. Ja, und den Rest kennst du."

„Was ist mit deiner Oma passiert?"

„Sie stürzte sich von den Klippen, nachdem sie mir den Ring geschenkt hatte. Sie war sehr einsam und litt unter schweren Depressionen."

„Und deine Mutter?"

„Sie lebt in London. Sie hat mittlerweile geheiratet und ist endlich glücklich. Mein Stiefvater ist Koch in einem Londoner Restaurant und sehr um sie bemüht.

Wie schon erwähnt, kenne ich meinen leiblichen Vater nicht. Er muss irgendein hohes Tier in der Wirtschaft sein, den sie auf einer Veranstaltung kennengelernt hat. Er war verheiratet und hat sie großzügig entlohnt, damit niemand von meiner Existenz erfährt – sozusagen Schweigegeld. Selbst mir hat sie nie verraten, wer er wirklich ist. Vermutlich aus Angst, dass ich irgendetwas unternehmen könnte, was ihm schaden würde. Das hat das Verhältnis zwischen meiner Mutter und mir immer ein wenig getrübt."

„Das tut mir leid. Hast du jemals auf eigene Faust versucht, etwas über seine Identität herauszufinden?"

„Ja, doch erfolglos. Aber inzwischen habe ich mich damit abgefunden, dass er definitiv kein Interesse an mir hat."

Alexander blieb stehen und sah sie eindringlich an. „Olivia, möchtest du über das reden, was dir dein Leben so schwer gemacht hat? Vielleicht hilft es dir ja, dich jemandem anzuvertrauen."

„Du meinst über …?" Sie schüttelte hastig den Kopf. „Im Lebtag nicht."

„Warst du in ärztlicher Behandlung?"

„Ja, doch das hat nicht wirklich etwas gebracht." Sie wandte sich von ihm ab.

Er packte sie am Arm und drehte sie wieder zu sich herum. „Olivia, bitte sieh mich an!"

Widerstrebend blickte sie auf.

„Ich bin weit davon entfernt Psychologe zu sein, aber als Pilot, der hier und da mit Schicksalsschlägen und auch Gewalt konfrontiert wird, weiß ich, dass Verdrängen keine Lösung ist. Wenn du dich nicht endlich öffnest, wirst du ewig auf der Stelle treten.

Du warst traumatisiert und hattest mit Sicherheit einen Schock. Als ich dich damals gegen deinen Willen festgehalten habe, hattest du einen Flashback, warst geradezu gefangen in einem Schleier der Erinnerung. Was mir zeigt, dass du nie richtig darüber hinweggekommen bist."

Er fuhr ihr sanft mit einem Zeigefinger über die Wange. Sie schluckte, denn die zärtliche Geste brachte sie beinahe um den Verstand.

„In ein paar Tagen bin ich vermutlich für alle Zeiten aus deinem Leben verschwunden", setzte er wieder an. „Ich würde mich wesentlich wohler fühlen, wenn ich wüsste, dass du nicht mehr mit den Geistern der Vergangenheit haderst."

Er suchte ihren Blick. Einmal mehr versank sie in dem tiefen Blau seiner Augen. Sie strahlten Wärme aus, Verständnis. Forderten sie auf, ihm zu vertrauen. Sie war innerlich zerrissen. Wollte diese schrecklichen Erlebnisse nie mehr Revue passieren lassen. Doch fatalerweise hatte Alexander recht. Dieses Ereignis schwebte seit Jahren über ihr wie eine dunkle Wolke.

Sie riss sich von seinem Blick los. „Einverstanden, ich denke darüber nach. Aber im Moment bin ich noch nicht so weit."

„Warte nicht zu lange, meine Zeit ist begrenzt", sagte er mit tonloser Stimme. „Olivia, es gibt da noch etwas, was mir am Herzen liegt. Darf ich dich einmal mehr um einen Gefallen bitten?"

Erwartungsvoll schaute sie zu ihm auf.

O ja! Bitte! Liebe mich die ganze Nacht!, schoss es ihr durch den Kopf.

Er grinste wölfisch. „Nein, nicht, was du jetzt denkst. Obwohl das natürlich auch nicht zu verachten wäre. Vielleicht bleibt uns ja später noch Zeit dafür. Fakt ist: Ich würde für mein Leben gerne noch einmal fliegen. Und ich möchte, dass du mich begleitest. Ich will dir meine Welt zeigen." Er schaute gen Himmel. „Ein Leben ohne Grenzen und Barrieren. Freiheit, unendliche Weite. Würdest du dieses Erlebnis mit mir teilen?"

Ihre Laune befand sich im Sturzflug. Na prima!

Anstatt es ihr so richtig zu besorgen, wollte er sie in ein beengtes Flugzeug verfrachten. „Und wie soll das gehen?", brummelte sie.

„Sebastian hat einen Bekannten, der einen Learjet besitzt."

„Du willst ihn mit Gedankenkraft fliegen?"

„Nein, das ist mir zu gefährlich." Er blickte ihr abermals tief in die Augen. „Der zweite Ring … Würdest du ihn mir für ein paar Stunden ausleihen?"

Kapitel 15

In letzter Zeit glich Olivias Leben einer Achterbahnfahrt, geprägt von einem ständigen Auf und Ab. Sie kam einfach nicht zu Ruhe. Unablässig prasselte ein Strom von unbekannten Eindrücken und Empfindungen auf sie ein und verwirrte sie jeden Tag aufs Neue.

Geistesabwesend beobachtete sie die Schäfchenwölkchen, die an dem Learjet vorbeihuschten und dabei wirkten wie gigantische Wattebällchen. Alexander war ein fantastischer Pilot. Mit routinierten Handgriffen manövrierte er die Maschine butterweich durch den strahlend blauen Himmel. Und selbst wenn Olivia nicht unsterblich gewesen wäre, hätte sie sich an der Seite dieses Mannes dennoch so sicher gefühlt wie in Abrahams Schoß.

Gekonnt jagte er das Flugzeug über den Ärmelkanal, an den Kreidefelsen entlang, in Richtung Devon. Es war faszinierend, wie der Jet ihm gehorchte. Als wäre er mit Alexander verschmolzen. Mensch und Maschine schienen in vollständigem Einvernehmen miteinander zu stehen. Immer wieder schoss das Flugzeug nach oben in den grenzenlosen Himmel, um sich dann in weitläufigen Kurven nach unten zu schrauben, wenn es auf dem Boden etwas Interessantes zu begutachten gab.

Nach und nach konnte sie Alexanders Leidenschaft für das Fliegen verstehen. Hier gab es keine Grenzen, keine Verkehrsstaus und kein Gedränge. Ein Gefühl unglaublicher Freiheit hatte sich in ihr breitgemacht. Und es war etwas ganz anderes, aus dem Cockpit zu schauen, als bei einem Passagierflugzeug aus dem mickrigen Seitenfenster, eingezwängt zwischen Hunderten von Reisenden.

Sie musterte ihren Piloten verstohlen. Er war wirklich ein Hochgenuss. Seine Augen strahlten wie aquamarinblaue Schmucksteine. Um seine in jeder Hinsicht perfekt geschwungenen Lippen tanzte ein zufriedenes Lächeln, wie sie es selten zuvor an ihm gesehen hatte. Eine Aura des Glücks schien ihn zu umgeben, und ließ ihn zum Heulen schön wirken. Gottlob tat es Alexanders Körper auch keinen Abbruch, dass er vor seinem Tod einige Kilos abgenommen hatte. Er war immer noch gut in Schuss. Und nur die Vorstellung, seine harten Muskeln zu berühren, machte sie nervös.

Ihr Blick fiel auf den Siegelring an seiner Hand, den sie am Morgen aus einem Bankschließfach befreit hatte. Mit einem flauen Gefühl im Magen hatte sie ihm das wertvolle Stück überreicht. Denn leider war ihr Vertrauen in Alexander immer noch bis ins Mark erschüttert. Was, wenn er sie erneut vorführte und den Ring postwendend Luzifer vermachte?

Nun, dann konnte sie es jetzt auch nicht mehr ändern. Obendrein wüsste sie dann endlich, ob alles ein abgekartetes Spiel war. Denn das Timing ließ alle Warnglocken in ihrem Kopf schellen. Ausgerechnet nachdem sie und Alexander sich zum ersten Mal nähergekommen waren, tauchte Luzifer auf, der nichts unversucht ließ, sie unter Druck zu setzen.

Und letztendlich bat Alexander sie, ihm den Ring auszuhändigen. Ob die beiden einen Pakt geschlossen hatten? Der Alexander ermöglicht hatte, sie zuerst noch flachzulegen, bevor er sang- und klanglos mit dem Ring abziehen würde? Sie wusste es nicht, aber schon der Gedanke daran ließ ihre Stimmung in den Keller rutschen. Fieberhaft zupfte sie an ihrem Headset herum.

„Was ist los? Angst?“, riss sie da seine Stimme aus

ihrer Trance.

„Ich bin unsterblich. Also warum sollte ich Angst haben? Aber sag mal, wie bist du eigentlich auf die Idee gekommen, mich zum Fliegen mitzunehmen?"

„Ich wollte dir meine Welt zeigen, dir begreiflich machen, was für mich die Faszination des Fliegens ausmacht. Du glaubst gar nicht, wie sehr mir das alles hier gefehlt hat." Er beschrieb eine weitläufige Geste mit dem Arm. „Es ist einfach mein Leben. Gut, das hier ist kein Überschallflugzeug. Aber fürs Erste reicht es aus, um mich glücklich zu machen. Danke, dass du mir den Ring zur Verfügung gestellt hast."

Womit sie beim Thema wären. „Was wirst du damit anstellen?"

„Mit dem Ring? Sobald wir am Boden sind, gebe ich ihn dir selbstverständlich zurück. Und am besten versteckst du ihn auf der Stelle wieder. Bitte ohne mir zu verraten, wo. Nicht, dass Luzifer mich noch mit irgendwelchen perversen Foltermethoden dazu bringt, das Versteck auszuplaudern."

In ihrem Kopf stiegen Bilder auf, die Übelkeit verursachten. Hastig schluckte sie den Kloß in ihrem Hals hinunter. „Du könntest ihm den Ring aushändigen, und wärst damit für alle Zeiten aus dem Schneider."

Er warf ihr einen erstaunten Seitenblick zu. „Ist es das, was du willst?"

„Nein, aber vielleicht das, was dir vorschwebt."

Er schüttelte den Kopf. „Olivia, es ist dein Ring. Du alleine entscheidest, was mit ihm geschieht."

„Warum hast du mir nicht gesagt, dass du deine Seele mit dem Ring aus der Hölle freikaufen könntest?"

Sein Kopf schnellte in ihre Richtung. „Woher weißt du davon?"

„Sebastian und Lilly haben gute Kontakte in die Unterwelt.“ Das war zumindest keine Lüge, auch wenn es der Wahrheit nicht im Entferntesten nahekam.

„Ich wollte dich nicht in einen Gewissenskonflikt stürzen. Außerdem hättest du mir dann vermutlich erst recht unterstellt, dass ich nur auf den Ring scharf bin.“ Er stutzte. „Sekunde mal, du glaubst jetzt aber nicht, ich hätte das mit dem Fliegen inszeniert, um an den Ring zu kommen?“

Sie zuckte mit den Schultern. „Wäre das so abwegig?“

In diesem Moment ging das Flugzeug in einen Sturzflug über. Überrascht quiekte Olivia auf und klammerte sich panisch am Sitz fest. „Hilfe! Was passiert hier?“

„Was passiert? Ich werde die Maschine so schnell wie möglich landen, damit der Ring wieder in seinen Safe kommt. Und dann verschwinde ich in die Zwischenwelt. Denkst du im Ernst, ich würde auch nur eine Minute länger an der Seite einer Frau verbringen, die mich immer noch für einen Betrüger hält? Ja, ich gebe es zu, ich habe darüber nachgedacht, einen Deal mit Luzifer auszuhandeln. Aber ganz bestimmt nicht auf deine Kosten. Verdammt, was muss ich denn noch tun, damit du mir endlich vertraust?“

Seine Hände hatten sich so fest um den Steuerknüppel verkrampft, dass die Fingerknöchel weiß hervortraten. Olivia legte ihm beschwichtigend eine Hand auf den Arm. „Alexander, es tut mir leid. Aber versteh doch, dass ich völlig hin- und hergerissen bin. Es geht schließlich um sehr viel für dich.“

Doch das Flugzeug stürzte sich weiterhin unablässig in die Tiefe, schoss auf einen bewaldeten Hügel zu. Unsterblichkeit hin oder her, so langsam machte sich ein mulmiges Gefühl in ihrem Bauch breit. Er würde doch nicht …

„Alexander, bitte. Du machst mir Angst!“, quiekte sie. „Du hast versprochen, mich nie mehr in Panik zu versetzen.“

Prompt zog er die Maschine hoch, sodass Olivia hart nach hinten in den Sitz gepresst wurde.

„Entschuldige, ein solches Manöver ist für einen Piloten Routine. Ich wollte dich nicht erschrecken. Aber diese Offenbarung hat mich gerade ziemlich getroffen. Ich bringe dich und den Ring jetzt zurück. Irgendwie ist mir die Lust am Fliegen für heute vergangen.“

Nachdem Alexander sie wie angekündigt zu Hause abgeliefert und ihr den Ring mit verächtlichem Gesichtsausdruck überreicht hatte, war er wortlos in seine Zwischenwelt verschwunden. Völlig verwirrt ließ sich Olivia auf der Holzbank in ihrem Garten nieder und starrte Löcher in die Luft.

Alexander schien ernsthaft verärgert zu sein. Aber aus Erfahrung wusste sie, dass er ein begnadeter Schauspieler war. Was sollte sie nur von alledem halten? War er wirklich nur auf einen letzten Flug aus gewesen, bevor er den unvermeidlichen Platz in der Hölle einnehmen musste? Oder steckte doch mehr dahinter? Alexander war eine Kämpfernatur. Sie konnte sich nicht vorstellen, dass er sich so schnell geschlagen gab, sich kampflos seinem Schicksal stellte. Was waren also seine eigentlichen Intentionen?

Der Flug mit ihm war faszinierend gewesen. Er schien ein Ausnahmepilot zu sein und hatte sie über alle Maßen beeindruckt. Ob das seine Absicht gewesen war? Sie zum Dahinschmelzen zu bewegen? Ob er darauf abzielte, dass sie sich doch noch in ihn verliebte? Immerhin steckte er mittlerweile mit Sebastian unter einer Decke, das war nicht zu unterschätzen.

Und obwohl es ein wundervoller Sommertag war, legte sich in diesem Moment eisige Kälte über Olivia und ließ sie erzittern. Wie ein Schlag ins Gesicht traf sie die Erkenntnis: Alexander hatte den Versuch unternommen, ihr zu imponieren. Sie hingegen hatte ihm unterstellt, mit Luzifer gemeinsame Sache zu machen.

Du liebe Güte! Jämmerlicher ging es nun wirklich nicht. Die Vermutung lag nahe, dass sie ihn zutiefst verletzt hatte. Was war sie nur für eine dumme Nuss?

Aber warum probierte er es nicht mit ein wenig Zärtlichkeit? Seit der heißen Nummer auf dem Wohnzimmertisch hatte er nicht einmal mehr versucht, auch nur in die Nähe ihres Höschens zu kommen.

Ob er tatsächlich ein schlechtes Gewissen hatte?

Wie auch immer, nun blieb ihr wohl nichts anderes übrig, als abzuwarten, bis Alexanders Wut verraucht war und er die Güte besaß, wieder aufzutauchen.

Doch nicht Alexander stand am nächsten Tag vor ihrer Tür, sondern eine hochgewachsene Blondine. Voller Verwunderung taxierte Olivia die junge Frau in dem schicken blauen Minikleid, die so gar nicht in die englische Tristesse passte. Die Lippen der Lady schimmerten purpurrot. Protzige Brillanten glitzerten an ihren Ohren wie Feuerwerke. Alles in allem war sie ein echter Blickfang.

Aber wer mochte sie sein? Eine Leserin, die Olivias Adresse herausgefunden hatte?

„Sie wünschen?“

Das Blondchen beäugte sie neugierig von oben bis unten. Ihre großen dunklen Augen wurden von langen, perfekt geschminkten Wimpern umrahmt. „Das glaube ich jetzt nicht“, murmelte sie schließlich.

„Bitte was?“

„Ausgerechnet Sie wollen mir meinen Alexander wegnehmen? Und ich habe mir schon Sorgen gemacht. Vergessen Sie es! Den Mann werden Sie nie bekommen. Der spielt definitiv in einer anderen Liga als Sie.“

Olivia kratzte sich am Kopf. Äh hallo? Was passierte hier gerade? „Entschuldigung, aber wer sind Sie?“

„Alexanders Verlobte.“

Mit einem lauten Plumps fiel Olivias Einkaufstüte zu Boden. Prompt ergriffen zwei Äpfel die Flucht. Hastig sammelte sie sie wieder ein. „Ach wirklich? Er hat Sie nie erwähnt. Aber kommen Sie doch erst einmal herein. Vorausgesetzt, Sie haben nicht vor, mich weiterhin zu beleidigen.“ Sie versuchte ihrer Stimme einen ruhigen Klang zu verleihen, während Spiralen des Zorns und der Demütigung sich durch ihr Blut drehten. Das wurde ja immer besser!

Die Blondine trat ein und inspizierte missbilligend Olivias Hütte. Ja ja, schon klar. Das war nun mal nicht das Grand Hotel.

Olivia wies auf den Tisch am offenen Kamin. „Setzen Sie sich doch. Wie heißen Sie?“

„Dorothea.“ Die junge Frau rutschte in ihrem Designerfummel so vorsichtig auf einen der Stühle, als könnte er ihr in den Hintern beißen. „Alexander gehört mir!“, fuhr sie abermals ihre Krallen aus.

Argghh! Olivia ballte die Hände zu Fäusten. Ihr blieb aber auch nichts erspart. Widerwillig nahm sie auf dem Stuhl gegenüber Platz und malte sich im Geheimen aus, wie sie die Tussi mit einem Arschtritt nach draußen beförderte. „Hören Sie, zwischen Alexander und mir ist vor seinem Tod nie etwas gelaufen.“ Sie betonte die Worte „vor seinem Tod“. „Wir waren lediglich gute Freunde."

„Und nach seinem Tod?"

„Wie bitte?"

Triumph blitzte in Blondies Augen auf. „Ja, Sie haben mich richtig verstanden. Ich weiß über alles Bescheid."

„Was wissen Sie?"

„Na das mit den Fürsten der Dunkelheit."

„Oh", nun war Olivia verblüfft. „Woher?"

„Ich war scheintot."

„O mein Gott!" Doch als sich der erste Schock gelegt hatte, erwachte die Schriftstellerin in Olivia zum Leben. Hastig schob sie sich eine Haarsträhne hinters Ohr. „Würden Sie mir Genaueres darüber erzählen? Wissen Sie, ich bin Fantasy-Autorin, und solche Informationen sind unbezahlbar."

„Wenn Sie versprechen, die Finger von meinem Alexander zu lassen."

„Woher wissen Sie überhaupt von mir?"

„Alexander hat Sie erwähnt."

Olivia verdrehte innerlich die Augen. Na herrlich! Jetzt wusste sie zumindest, wem sie diesen Schlamassel zu verdanken hatte. „Aber was ist denn jetzt genau ihr Problem? Es ist ja nicht so, dass Sie mit ihm zusammen sein könnten."

Die Blondine reckte vorwitzig das Kinn in die Luft. „Das glauben aber auch nur Sie! Alexander und ich, wir werden bald wieder vereint sein."

„Ich verstehe nicht."

„Ich werde sterben."

Olivia riss die Augen auf. „Das tut mir leid. Sind Sie krank?"

„Sozusagen."

Nun erst fiel Olivias Blick auf das bandagierte

Handgelenk der jungen Frau. Ihre Gedanken drehten sich im Kreis. Was war das denn jetzt wieder für eine Geschichte? Ob diese arrogante Schnepfe wusste, dass Alexander schon bald in der Hölle braten würde? Die Vermutung lag nahe, dass es nichts werden würde mit dem Wiedersehen. Es sei denn, ihre ungebetene Besucherin hatte genügend Dreck am Stecken, um ebenfalls in Luzifers Reich zu landen.

Doch an einer Sache gab es nichts zu rütteln: Alexander hatte sie einmal mehr belogen. Er hatte mit keiner Silbe erwähnt, dass er verlobt war. Und wenn sie das aufgetakelte Wesen intensiver unter die Lupe nahm, war das genau der Typ Frau, der zu Alexander passte. Die Lady wirkte, wie einem Hochglanzmagazin entstiegen.

Eine kalte Hand schien Olivias Kehle zu umfassen und ganz langsam zuzudrücken. Das Atmen fiel ihr schwer. Der erneute Verrat schmerzte.

Das war es dann wohl endgültig gewesen.

Sie räusperte sich. „Hören Sie, Dorothea, Sie brauchen sich keine Gedanken zu machen, das mit Alexander und mir ist Geschichte. Und jetzt erzählen Sie mir doch bitte, wie es ist, scheintot zu sein.“

„Warum hast du mir verschwiegen, dass du verlobt bist?“, fiel sie ohne Umschweife über Alexander her, als er einen Tag später völlig unverhofft auftauchte.

Da der Sommertag für englische Verhältnisse außergewöhnlich heiß war, lungerte Olivia im Garten herum. Sie hatte es sich auf einer Decke bequem gemacht und las das Buch einer Kollegin.

Alexander verharrte in der Bewegung. „Vielleicht, weil ich das bisher selbst nicht wusste?“ Er nahm sie näher in Augenschein. Lange klebten seine Blicke auf ihren Oberschenkeln, dann auf ihren Brüsten, bevor er ihr wieder ins Gesicht blickte. „Ich glaube, ich habe dich noch nie in einem Kleid gesehen. Steht dir gut. Solltest du häufiger tragen."

„Lenk nicht ab! Dorothea war hier."

Seine Augen weiteten sich. „Dorothea? Du meinst Dorothea Schneider?"

„Keine Ahnung, wie sie mit Nachnamen heißt."

„Eine große Blondine?"

„Ach, hast du etwa mehrere Verlobte?"

Er sank auf die Bank vor dem Haus und seufzte theatralisch. „Und wenn es so wäre?"

„Dann würde mich das auch nicht sonderlich verwundern."

Er verdrehte die Augen. „Mensch, Olivia, ich war in meinem ganzen Leben noch nicht verheiratet oder verlobt. Meine letzte feste Freundin hatte ich - lass mich nachdenken - ich glaube mit neunzehn. Danach gab es zwar viele Frauen, aber nie mehr etwas Ernstes. Ich war immer überzeugter Single, in meinen Augen das Einzige, was der Beruf als Kampfpilot zulässt."

Er lehnte sich zurück und streckte die langen Beine von sich. „Dorothea hat eine Macke. Ich habe sie vor ein paar Wochen auf Befehl der Maschine hin getötet. Doch das war ein Versehen, ihre Zeit war noch nicht abgelaufen. So hat man sie zurückgeschickt, dabei aber blöderweise vergessen ihr Gedächtnis zu löschen … Tja, was soll ich sagen? Ich habe ein wenig Zeit mit ihr verbracht, und offensichtlich hat sie Gefallen an mir gefunden.

Seitdem unternimmt sie einen Selbstmordversuch nach dem nächsten, um mir nahe zu sein. Sie verfolgt mich wie ein Stalker oder ein Groupie. Ständig schleppt irgendein entnervter Todesengel ihre Seele an.

Diese müsste dann eigentlich der Hölle zugeteilt werden, denn dort landen die meisten Selbstmörder nun mal. Aber Luzifer hat kein gesteigertes Interesse an ihr. Vom Aussehen her sollte sie zwar seine Kragenweite sein, aber er fährt wohl nicht auf Frauen ab, die eine Vollmeise haben. Dieses Weibsstück versetzt gerade die ganze Unterwelt in Aufruhr. So etwas hat es noch nie gegeben."

Er blickte gen Himmel. „Also habe ich mich bereit erklärt, ihr ins Gewissen zu reden. In der Hoffnung, sie zur Vernunft zu bringen. Ich habe ihr den Bären aufgebunden, dass ich eine Freundin auf der Erde habe. Sofort wollte sie alles über dich erfahren. Ich habe ihr lediglich erzählt, dass du Olivia heißt und eine erfolgreiche Schriftstellerin bist. Den Ring habe ich wohlweislich nicht erwähnt. Ich habe ihr weisgemacht, du hättest eine besondere Gabe, daher könntest du mit mir in Kontakt treten.

Naja, den Rest hat sie wohl irgendwie recherchiert. Es tut mir leid, Olivia. Nie und nimmer wäre ich auf die Idee gekommen, dass sie bei dir auftauchen könnte. Und schon gar nicht, dass sie sich als meine Verlobte ausgibt. Glaube mir, sie hat dich angelogen, um dich als Konkurrentin aus dem Weg zu räumen."

Olivia knurrte unterdrückt. „In meinem Haus geht es in letzter Zeit zu wie auf dem Trafalgar Square. So viele Besucher hatte ich in drei Jahren nicht. Ich entwickle mich noch zum wahren Menschenfreund."

„Was genau wollte sie eigentlich von dir?"

„Dass ich die Finger von dir lasse, da sie bald wieder mit dir vereint sein wird. Was ja gar nicht so abwegig ist. Wenn sie sich abermals die Lichter ausbläst, könnt ihr demnächst eine nette Party in der Hölle feiern", ätzte sie.

Alexander stöhnte. „Verdammt aber auch! Ich muss unbedingt noch einmal mit Thanatos reden. So kann das nicht weitergehen."

„Meine Güte, Alexander. Du machst es einem wirklich nicht leicht, Vertrauen zu dir aufzubauen. Jeden Tag passiert etwas Neues, das mich an deiner Ehrlichkeit zweifeln lässt."

Er ließ den Kopf zurückfallen und schaute gen Himmel. „Ja, irgendwie scheint sich alles gegen mich verschworen zu haben. Ständig bekomme ich neue Ohrfeigen verpasst. Womöglich ist es besser, wenn ich mich ein für alle Mal von dir verabschiede und mich meiner Zukunft in der Hölle stelle. Anscheinend kann man das Schicksal nicht überlisten."

Er stand gemächlich auf und ging auf sie zu. Dann sackte er neben ihr in die Hocke und nahm zärtlich ihr Gesicht in die Hände. Tief blickte er ihr in die Augen. „Eigentlich bin ich hergekommen, um mich für meine heftige Reaktion im Flugzeug zu entschuldigen. Aber so langsam begreife ich, dass das mit uns beiden einfach keinen Sinn macht. Es soll wohl nicht sein."

Er seufzte. „Ich tue jetzt etwas, was ich von Anfang an hätte machen sollen. Ich werde dich für immer verlassen, damit du endlich wieder Frieden finden kannst. Es war schön, dich kennengelernt zu haben. Du bist eine außergewöhnliche Frau. Ich wünschte, wir wären uns unter anderen Umständen begegnet." Er rang sich ein gezwungenes Lächeln ab. „Ab sofort werde ich dich nicht mehr in Gefahr bringen. Ich wünsche dir noch ein erfülltes Leben." Er hauchte ihr einen Kuss auf die Lippen und rappelte sich auf.

„Wage es nicht, dich einfach so davonzumachen!", fuhr sie ihn an.

Überrascht hielt er inne. „Olivia, du weißt doch

selbst, dass ich nicht gut für dich bin. Tu mir den Gefallen und such dir endlich einen ganz normalen Mann."

Sie sprang auf und machte einen Schritt auf ihn zu. Besitzergreifend schob sie ihm die Arme um den Nacken. Einem ersten Impuls folgend zuckte er zurück, doch dann griff er nach ihr und zog sie an sich.

Vertrauensvoll ließ sie den Kopf gegen seine Schulter sinken. „Alex, ich will keinen normalen Mann. Ich will dich."

Er schluckte vernehmlich. „Bitte, Olivia, mach es mir nicht noch schwerer. Für uns beide gibt es keine gemeinsame Zukunft." Er hauchte ihr einen sanften Kuss aufs Haar und drückte sie noch einmal fest an sich, bevor er sich von ihr löste. Aufmunternd zwinkerte er ihr zu. „Mach's gut, Kleines!"

Doch Olivia war nicht gewillt, ihn gehen zu lassen. Abermals stürzte sie auf ihn zu. Allerdings so hastig, dass sie über die am Boden liegende Decke stolperte. Geistesgegenwärtig fing Alexander sie auf. Ihre Gesichter waren nur mehr eine Handbreit voneinander entfernt. Sie blickte ihm in die Augen und verlor sich darin. Einen Moment lang schien die Zeit stillzustehen. Dann fanden ihre Lippen wie von selbst die seinen. Er keuchte leise auf. Seinen abweisenden Worten zum Trotz erwiderte er ihren Kuss jedoch augenblicklich. Heiß prickelte sein Atem über ihre Lippen, während er sie näher an sich zog.

Mehr benötigte Olivia nicht. Ihre Arme flogen um seinen Hals. Und als seine Zunge erbarmungslos ihren Mund eroberte, presste sie sich fest gegen seinen Körper. Alexanders ganze Verzweiflung schien in diesem Kuss zu liegen. Hart und fordernd fiel er über sie her. Er drängte sie gegen die Hauswand, griff mit einer

Hand in ihr Haar und hielt ihren Kopf fest, während er sie küsste, als hinge in der Tat sein Leben davon ab.

Sekunden später hatte er sie mit seinem kompletten Körpergewicht zwischen sich und der Wand eingeklemmt, was ihr ein lautes Stöhnen entlockte. Hart drückte seine Erektion gegen ihr Becken. Mit seinem Oberschenkel presste er ihre Beine auseinander und schob Olivia ein Stück an der Wand nach oben. Ihr dünnes Sommerkleid war hochgerutscht, und als er mit seinem Bein gegen ihre empfindlichste Stelle stieß, erbebte ihr ganzer Körper.

„Alex!“, keuchte sie, „geh nicht! Bitte, bleib bei mir, solange sie dich nicht mit Gewalt zurückholen. Lass uns die restliche Zeit gemeinsam genießen. Und jetzt schaff mich endlich ins Bett!“

Schwer atmend löste er sich von ihr und schaute sie stillschweigend an. Dann schüttelte er kaum merklich den Kopf. „Ich kann nicht. Glaube mir, es ist für uns beide das Beste, wenn ich mich endlich mit meinem Schicksal abfinde.“

Er nahm noch einmal ihren Körper in Augenschein. Begehrlich strich er mit einer Hand über ihren Busen, hinunter zu ihrer Taille, bevor er ihren Po umfasste und ihren Unterleib fest gegen sein Becken drückte.

Ein heiseres Knurren entrang sich seiner Kehle, während in seinen Augen ein Feuer der Begierde loderte. „Olivia, lass mich dich noch ein letztes Mal nehmen“, stieß er mit tiefer Stimme hervor. „Mit diesem Hauch von Nichts am Körper machst du mich vollkommen verrückt.“ Er schaute um sich. Seine Blicke wanderten über die Büsche, die den Garten säumten. „Aber nicht im Bett. Kann uns hier jemand sehen?“

„Eigentlich nicht.“ Ungläubig nahm sie ihn ins Visier. „Jetzt sag aber nicht, du willst mich hier gegen die

Wand vögeln?"

Er grinste schelmisch. „Auch nicht schlecht. Aber mir schwebt da etwas anders vor. Los, auf die Knie mit dir!"

Sie riss die Augen auf. „Bitte was?"

„Olivia, tu einfach, was ich dir sage. Ich kann jetzt nicht mit dir ins Bett steigen. Dann entgleitet mir die Situation völlig. Ein kurzer heftiger Fick, mehr kann ich dir nicht bieten. Zärtlichkeit ist das Letzte, was ich jetzt gebrauchen kann."

Olivia schluckte. Na, das war mal eine Ansage! „Ein Abschiedsfick sozusagen?"

„Darauf läuft es wohl hinaus."

Mannomann, der Typ konnte vielleicht dominant sein! Dennoch nickte sie. „Okay. Auf den Knien also? Ihr Wunsch ist mir Befehl, Meister", äußerte sie mit ironischem Unterton. Vorspiel schien wirklich nicht so sein Ding zu sein. Sie sackte vor ihm auf die Knie und öffnete mit einem flinken Griff seine Jeans.

Prompt hielt er ihre Hände fest. „Nein, nicht so. Auch wenn ich das im Normalfall zu schätzen weiß und mich wahrscheinlich immer fragen werde, wie es wohl wäre, in deinem Mund zu kommen. Aber das ist mir jetzt zu intim. Dreh dich um. Ich werde dich von hinten nehmen. Es würde mir den Rest geben, dir dabei in die Augen zu sehen."

Olivia verschlug es die Sprache. Sie konnte kaum glauben, was er da von ihr verlangte! Trotzdem trieben ihr seine Worte eine beinahe unerträgliche Hitze zwischen die Schenkel. Und die Vorstellung, dass er sie jetzt vermutlich heftig nehmen würde, ließ sie erbeben.

Obendrein schwante ihr, dass Alexander recht hatte. Sollte das wirklich ein endgültiger Abschied sein, dann war eine knallharte Nummer genau das, was sie jetzt brauchte, um es sich nicht noch schwerer zu machen. Zärtlichkeit war definitiv nicht angesagt.

So gehorchte sie. Sie sank auf alle viere, drehte sich um und reckte ihm den Hintern entgegen. Herrje, wie peinlich war das denn?

Alexander kniete sich hinter sie, öffnete seine Hose und entließ seine beachtliche Erektion in die Freiheit. Dann schob er ihr das Kleid nach oben über die Hüfte. „Wow! Von diesem Anblick werde ich in der Hölle hoffentlich noch einige Zeit zehren können. Du hast einen echt geilen Arsch, Livi. Und die scharfe Unterwäsche auf deiner seidigen Haut ... Eine Kombination, die mich ins Verderben stürzen könnte. Wären die Umstände anders, könnte ich mich glatt daran gewöhnen."

Er versetzte ihr einen Klaps auf den Po, und bevor sie noch in der Lage war, ihr Höschen in Sicherheit zu bringen, hörte sie schon, wie der feine Stoff zerriss. Verdammt! So geil, wie das auch immer war, auf Dauer wurde das ganz schön teuer. Obendrein kam sie sich in diesem Moment entblößt und verletzlich vor.

Doch bevor sich diese negativen Gefühlsregungen in ihr ausbreiten konnten, packte Alexander sie mit beiden Händen an der Hüfte und zog sie näher an sich heran. Als sie seine Erektion an ihrem Hintern spürte, keuchte sie auf. Gute Güte, der Mann war so was von hart! Es törnte sie tierisch an, dass er so auf sie reagierte. Mit einer Hand schob er ihre Schenkel ein Stück auseinander. Dann fuhr er mit einem Finger zwischen ihre Beine, was sie überrascht aufschreien ließ.

„Süße, du bist so heiß!", flüsterte er, als er ihre Feuchtigkeit ertastete. Er griff wieder nach ihrem Becken, brachte sich in Position und bohrte sich mit einem harten Stoß in sie hinein. Ein gurgelndes Geräusch entfuhr ihr.

Alexander stöhnte lautstark auf und hielt einen Moment inne. „Alles klar?“ Seine Stimme bebte.

„Gott, ja!“, wimmerte sie. Nicht auszudenken! Sie hatte diesen beherrschten Kerl tatsächlich zum Stöhnen gebracht. Seine Gefühle lagen offenbar genauso blank wie ihre.

War das hier wirklich nur noch Sex?

Irgendwie schien es um viel mehr zu gehen. Sie waren beide dermaßen emotionsgeladen, dass sie befürchtete, die ganze Situation könnte ihnen entgleisen. Sollte sie nun weinen, schreien oder einfach nur ehrfurchtsvoll den Abschied genießen?

Alexander nahm ihr die Entscheidung ab, denn er besorgte es ihr so heftig, dass ihr Hören und Sehen verging, sie zu keinem klaren Gedanken mehr fähig war. Ein ums andere Mal trieb er seine Härte tief in sie hinein. Bei jedem seiner Stöße rutschte sie mit den Knien ein Stück über den Rasen. Um Halt zu finden, vergrub sie ihre Finger im weichen Gras. Hin und wieder keuchte Alexander leise auf, wenn er mit seinem Becken gegen ihren Po klatschte. Es kostete sie eine fast schon unmenschliche Überwindung, ihre Gefühle nicht laut herauszubrüllen.

Schon nach kurzer Zeit waren ihre Körper schweißnass, doch Alexander schien die Hitze überhaupt nicht wahrzunehmen. Dieser Mann verfügte über eine unfassbare Konstitution. Und irgendwann ging ihr die Kraft aus. „Alex, ich kann nicht mehr“, keuchte sie. „Meine Arme … sie knicken gleich ein.“ Doch wenn sie gedacht hatte, er hätte ein Einsehen mit ihr, hätte sie nicht fehlgeleiteter sein können.

„Okay, dann ganz runter mit dir. Stütz dich auf den Ellbogen ab!“, befahl er.

Sie schluckte. Na ganz toll! Wo nahm der Kerl die Ausdauer her? Doch sie war gerade nicht in der Lage, ihm zu widersprechen. Er war der erste Mann, der vermutlich alles mit ihr hätte anstellen können. So kam sie seinem Befehl nach und sank auf die Unterarme. Doch durch die veränderte Position spürte sie ihn noch intensiver. Laut stöhnte sie bei seinem ersten Stoß auf. Das Gefühl war unbeschreiblich. Immer wieder versenkte er sich tief in ihr. Ihre Knie schmerzten, ihr Po brannte, da Alexander nun unablässig mit seinem Becken dagegen klatschte. In ihrem Unterleib schienen kleine Feuerwerke zu zerbersten.

Sie würde am nächsten Tag keinen Schritt mehr laufen können, und dennoch war das der beste Sex, den sie in ihrem ganzen Leben gehabt hatte. Alexander wusste genau, wie er eine Frau zum Wimmern brachte, sie alles um sich herum vergessen ließ. Sie nahm nur noch ihn wahr. Seine Härte ganz tief in ihr drin. Tausende von Emotionen überfluten sie. Und sie durfte gar nicht daran denken, dass sie vielleicht nie mehr in diesen Genuss kommen würde.

Ein Ziehen in ihrem Schoß signalisierte ihr, dass sie nicht mehr weit von einem überwältigenden Höhepunkt entfernt war. Auch Alexander atmete schwer und sie spürte, dass er ebenfalls kurz vorm Explodieren stand.

„Ich komme gleich“, keuchte er wie zur Bestätigung. „Olivia, o Fuck! Du bist so geil!“, presste er zwischen zusammengebissenen Zähnen hervor.

Seine verzweifelten Bemühungen ihretwegen den eigenen Höhepunkt zu verzögern, ließen etwas in ihr schmelzen. Plötzlich war nicht mehr nur ihr Schoß von der Hitze betroffen. Eine köstliche Wärme breitete sich in ihrem ganzen Körper aus. Noch nie hatte sie einen so selbstlosen Liebhaber gehabt. Sie genoss diese Erkenntnis, spürte Alexander umso intensiver.

Doch dieser wusste sich zu helfen. Er schlang ihr einen Arm um die Taille und streichelte sie zärtlich zwischen den Beinen. Das war nun doch zu viel des Guten. Die harten Stöße in Verbindung mit dieser sanften Berührung erzeugten einen brisanten Cocktail der Lust in ihr. Sekunden später explodierte sie wie ein Feuerwerk. Ein mitreißender Orgasmus schwappte über sie hinweg. Ließ sie so heftig kommen, wie niemals zuvor. Laut schrie sie ihre Lust heraus. Erst als Alexander ihr eine Hand auf den Mund presste, nahm die Umgebung um sie herum wieder Konturen an. Voller Verzweiflung biss sie Alexander in den Finger.

Ein lautes Keuchen entfuhr ihm. Sie wusste nicht, ob vor Lust oder Schmerz. Doch er zog seine Hand nicht zurück, ließ es zu, dass sie ihre Zähne in seinem Fleisch vergrub. Und dann spürte sie, dass er sich heftig zuckend in ihr ergoss.

Als er zur Ruhe gekommen war, atmete er noch ein paarmal tief durch. Er löste sich von ihr, verpasste ihr abermals einen Klaps auf den Po und rappelte sich gemächlich auf. Während er schon seine Jeans schloss, kugelte sie sich zur Seite, wischte sich die Schweißtröpfchen von der Stirn und blieb erschöpft liegen. Alexander sank neben ihr in die Hocke. Kaum zu glauben, sie war fix und alle. Und der Mann wirkte, als ob er gerade einen gemütlichen Spaziergang hinter sich hatte.

„Tut mir leid, das mit dem Finger", japste sie. „Habe ich dir wehgetan?"

Er grinste. „Halb so wild. Eigentlich liebe ich es, wenn eine Frau ihre Lust herausschreit. Aber ich wollte vermeiden, dass irgendein verstörter Nachbar oder

Tourist die Polizei alarmiert."

Er legte den Kopf ein wenig schief und schaute sie an. Zärtlichkeit stand in seinen Augen. Doch sein Blick spiegelte auch etwas Endgültiges wieder. „Ich danke dir, Olivia. Das war ein wundervolles Abschiedsgeschenk. Ich hoffe, ich habe dich nicht zu hart hergenommen. Aber irgendwie musste ich meinen Frust abbauen, meine Wut darüber, dass das mit uns beiden von Anfang an nicht hat sollen sein."

Sie winkte ab. „Nein nein, kein Problem. Du hattest recht. Das war genau das, was ich gebraucht habe. Ich werde einfach während der nächsten Tage aufs Sitzen und Laufen verzichten. Du willst mich also wirklich verlassen?"

Er seufzte leise. „Von wollen kann nicht die Rede sein. Aber anscheinend ist es die einzige Möglichkeit, dir deinen Frieden zurückzugeben. Aber was auch immer passiert, ich werde dich nie vergessen. Vielleicht hast du ja Lust, mal nach meiner Mutter oder Jessy zu sehen. Sie würden dich sicherlich mit offenen Armen empfangen. Und mich würde das ungemein beruhigen." Er fuhr ihr noch einmal sanft mit der Hand über die Wange. „Leb wohl, Livi!"

Sie versuchte nach seiner Hand zu greifen. „Bitte, geh nicht!", flüsterte sie noch.

Doch da war er bereits verschwunden.

Kapitel 16

Olivia lag rücklings auf dem Bett und weinte bittere Tränen. Alexanders Abschied hatte sie völlig erschüttert, ihr die Luft zum Atmen genommen. Dieser Mann hatte es tatsächlich geschafft, die Leere in ihrem Inneren ein wenig zu vertreiben, bevor er sie völlig konfus zurückgelassen hatte.

Allein die Vorstellung, dass er nun vermutlich in der Hölle briet und sie an seiner Misere nicht ganz schuldlos war, raubte ihr den Verstand. Ein Gefühl vollkommener Hilflosigkeit brach über sie herein. Eine Emotion, die sie in einer solchen Intensität erst ein einziges Mal in ihrem Leben gespürt hatte. Damals, als dieser Vergewaltiger sie in seiner Gewalt gehabt hatte. Ein schluchzendes Geräusch entfloh ihrer Kehle, während sie die Hände zu Fäusten ballte. Nur mühsam konnte sie das Bedürfnis unterdrücken, laut zu brüllen oder irgendetwas gegen die Wand zu schleudern.

Was für eine Sackgasse!

Weder konnte sie mit Alexander in Kontakt treten noch ihm diese Tortur ersparen. Sie hasste sich dafür, verabscheute ihr ganzes Leben. Vor allem diesen Kerl, der sie vor vielen Jahren zu einem emotionalen Wrack gemacht hatte. Sie dazu gezwungen hatte, jegliche Gefühle ganz weit von sich zu schieben, um überleben zu können. Nur aus diesem Grund war sie nicht in der Lage, sich mit Leib und Seele in einen Mann zu verlieben. Denn wäre sie dazu imstande, wäre dieser Mann mit Sicherheit Alexander gewesen. Dann hätte sie ihm den Ring schenken können, und alles wäre im Lot.

Sie benötigte dieses blöde Schmuckstück eh nicht. Aber Alexanders Leben und auch das seiner Tochter würden sich grundlegend ändern. Und auch vielleicht ein kleines bisschen ihr eigenes. Obwohl sie darauf nicht gewettet hätte, denn wäre Alexander wieder in der Lage, sich mit anderen Frauen einzulassen, wäre sie vermutlich Geschichte.

Doch sie durfte nicht egoistisch sein. Hier ging es nicht um sie, sondern in erster Linie um Alexanders Zukunft. Verblieb also nur die Möglichkeit, Luzifer doch den vierten Ring auszuhändigen.

Und als hätte der bloße Gedanke an ihn ausgereicht, um ihn anzulocken, stand ebendieser wie aus dem Nichts vor ihr.

Erschrocken schoss sie hoch.

Na, der hatte ihr gerade noch gefehlt!

Da erst bemerkte sie, dass sie nichts am Leib trug als Unterwäsche, die wie so üblich einem Hauch von Nichts gleichkam. Sie war nach dem Duschen so neben der Spur gewesen, dass sie glattweg vergessen hatte, sich Klamotten überzuwerfen. Hektisch zerrte sie sich die Decke über den Busen.

„Verdammt!“, fluchte sie los. „Verschwinden Sie auf der Stelle aus meinem Schlafzimmer!“

Luzifer lehnt sich grinsend gegen einen Schrank und stieß einen anerkennenden Pfiff aus. „Wow, erwartest du jemand Bestimmtes? Beim Fegefeuer, da wird mir doch prompt die Hose zu eng.“

Ihr Blick glitt über seine dunklen Haare, die breite Brust, die sich unter der schwarzen Lederkluft verbarg, und über seine muskulösen Oberschenkel. Der Typ war der Inbegriff der Versuchung! Wären die Begebenheiten anders, wäre er definitiv eine Sünde wert. „Auf Sie sicherlich nicht!“, knurrte sie ihrer Gedanken zum Trotz.

Er gluckste vergnügt. „Verrätst du mir, was du mit diesem Winter angestellt hast?“

Sofort hatte er ihre volle Aufmerksamkeit. „Auf was wollen Sie hinaus?"

„Er hat sich freiwillig in die Hölle zurückgemeldet. Sobald er sich von seiner Tochter verabschiedet hat, will er mich wieder mit seiner Anwesenheit beehren. So etwas ist mir in meiner gesamten Laufbahn noch nicht passiert."

Sie schlug sich eine Hand vor den Mund. „O mein Gott! Das wollte ich nicht."

„Hast du seinetwegen geweint?"

Sie nickte. „Im Grunde genommen, ja. Die ganzen Umstände machen mich fertig. Und da sind Sie nicht unschuldig dran."

Luzifer seufzte. „Ach, Schätzchen, dein Leben könnte so einfach sein. Warum gibst du mir nicht endlich, was ich will? Dann kann dein hoch geschätzter Alexander für alle Ewigkeiten bei Thanatos bleiben. Dein Gewissen wäre beruhigt, und ich wäre ebenfalls restlos zufrieden. Sozusagen eine Win-win-Situation für alle Beteiligten."

„Müssen wir das wirklich in meinem Schlafzimmer diskutieren? Ich bin quasi nackt."

Luzifer grinste und prompt heftete sich sein Blick wieder auf ihren Busen, wobei seine dunklen Augen noch einen Tick schwärzer zu werden schienen. „Deine Argumente sind zwar so wesentlich überzeugender, aber einverstanden. Ich warte im Wohnzimmer auf dich." Mit diesen Worten löste er sich in Luft auf.

Als Olivia ein paar Minuten später das Wohnzimmer betrat, hatte Luzifer es sich auf einem Stuhl am Kamin bequem gemacht. Ein leichter Schwefelgeruch waberte durch das Haus, was aber gar nicht so unangenehm war. Mit einem Schmunzeln im Gesicht las ihr Überraschungsgast eines ihrer Bücher, das vor ihm auf dem Tisch lag. Fasziniert beobachtete sie, wie die Seiten sich wie von Geisterhand bewegt umblätterten.

„Gefällt es Ihnen?"

Er blickte auf. „Nicht schlecht. Fantasie hast du, das muss man dir lassen. Und dass du Thanatos mit einem engstirnigen Mönch vergleichst, trifft den Nagel auf den Kopf. Wusstest du, dass der Gott der Zwischenwelt obendrein die Nervosität in Person ist? Einfach unvorstellbar, in seinem Alter." Er lehnte sich lässig zurück. „Ach, Mädchen. Ich könnte dir so viele Infos geben …", machte er ihr den Mund wässrig.

Olivia schluckte. Da hatte er zielsicher einen ihrer Schwachpunkte erwischt.

Luzifer beäugte sie mit einem teuflischen Ausdruck in den Augen. „Interessiert dich eigentlich gar nicht, wer dein Vater ist?"

Nun blieb ihr endgültig die Luft weg. „Sie bluffen doch nur!"

Er zog eine Augenbraue hoch. „Bist du dir da so sicher?"

„Meine Mutter wollte nicht, dass ich der Sache auf den Grund gehe. Und sie hat sich sicherlich etwas dabei gedacht."

„O ja. Das kann man wohl sagen."

Sie versteifte sich. Aaargggh! Er spielte schon wieder mit ihr. Aber dieses Mal würde sie den Köder nicht schlucken. „Ich frage Sie noch einmal. Was genau haben Sie mit dem Ring vor?"

Er seufzte. „Muss ich denn immer alles zweimal sagen?"

„Sie sind scharf auf Frauen und aufs Motorradfahren? Das habe ich verstanden. Aber soll das tatsächlich alles sein? Außerdem ist es wohl ein natürliches Gesetz, dass Sie die Erde nicht in menschlicher Gestalt betreten können. Und ich möchte keineswegs in den Lauf der Geschichte eingreifen."

„Weißt du was? So langsam bin ich mit meiner Geduld am Ende." Mit einer fließenden Bewegung sprang er auf.

Automatisch wich Olivia einen Schritt zurück und griff nach dem Ring an ihrem Finger.

„Tu das nicht noch einmal! Dein Freund würde es büßen", drohte Luzifer mit leiser Stimme.

Ach du grüne Neune! Der Typ war der totale Psychopath. Seine Stimmungen schlugen schneller um, als das Wetter im Hochgebirge. Sein Tonfall jagte ihr einen eisigen Schauer über den Rücken. Unvorstellbar, was geschah, wenn dieser Mann erst laut wurde. Das wäre dann vermutlich wirklich die Hölle auf Erden.

Langsam und bedrohlich näherte er sich ihr.

Hilfe! Was sollte sie nur tun?

Den Ring abnehmen oder Alexander zuliebe Stärke zeigen?

Trotzig blickte sie Luzifer in die dunklen Augen. Sie konnte nicht deuten, was in seinen fast schwarzen Pupillen aufblitzte. Es bewegte sich irgendwo zwischen Zorn, Genugtuung und Wahnsinn. Er wusste haargenau, dass sie in der Falle saß.

Eine Handbreit von ihr entfernt kam er zum Stillstand. Er umfasste ihr Kinn und bog ihren Kopf nach oben. Sein Blick hatte etwas Hypnotisches. Langsam senkte er seine Lippen auf die ihren herab und küsste sie. Sie konnte es nicht fassen. Wurde sie gerade wirklich von Luzifer höchstpersönlich geküsst? Passierte das tatsächlich? Oder war sie jetzt völlig paranoid?

Seine Lippen waren warm, weich und fordernd. Olivia stand da wie gelähmt, schwankte zwischen Abscheu, Verlangen und dem brennenden Interesse, herauszufinden, wie es wohl sein mochte, sich diesem Geschöpf hinzugeben. Tausend Gedanken flitzten völlig unkontrolliert durch ihren Kopf, überschlugen sich, verknoteten sich und ließen jede Menge offene Enden zurück.

Luzifer lag so was von richtig. Er könnte ihr so viel verraten. Für ihre Bücher. Für ihr ganzes Leben. Ihr alle offenen Fragen beantworten, mit denen sie sich seit Jahren beschäftigte. Ob er allen Ernstes über die Identität ihres Vaters im Bilde war? Und dann war da natürlich noch Alexander. Sollte sie sich für ihn opfern? Und war es überhaupt ein Opfer, sich auf Luzifer einzulassen?

Er hätte ihr die Entscheidung abnehmen können. Ein Griff um ihre Handgelenke hätte sichergestellt, dass sie den Ring nicht abziehen konnte. Doch er unterließ es. Er schien sich seiner Sache sehr sicher zu sein. Stattdessen umfasste er ihre Taille und zog sie näher an sich. Wie paralysiert ließ sie es geschehen.

„Lass sofort deine dreckigen Pfoten von ihr!“, schallte plötzlich eine dunkle Stimme durch den Raum.

Sie schossen auseinander. Mitten im Raum, bedrohlich aufgebaut, stand Alexander. Mit der Aura aus Wut, die ihn umgab wie eine leuchtende Korona, stahl er sogar dem Herrscher der Hölle die Schau.

Dieser jedoch reagierte ausgesprochen cool. Er schüttelte den Kopf und grinste anstößig. „Ach, Alexander, was glaubst du eigentlich, was du hier tust? Offenbar hast du noch nicht begriffen, wer von uns beiden am längeren Hebel sitzt.“

Alexander kam einen Schritt auf sie zu. „Hör zu, Luzifer, was du mit mir anstellst, ist mir vollkommen gleich. Aber lass gefälligst das Mädchen in Ruhe. Ich habe mich nur aus einem einzigen Grund in die Hölle zurückgemeldet, damit Olivia endlich ihre Ruhe hat."

Luzifer lachte auf. „Sag mal, Alexander, hattest du das Gefühl, dass ihr nicht gefällt, was hier gerade passiert? Hat sie sich mit Händen und Füßen gegen mich gewehrt? Vielleicht sollten wir einfach sie fragen, was sie will."

Beide blickten nun in Olivias Richtung. Die wurde in diesem Moment ganz klein. Verdammt, wo war nur das Loch zum Verschwinden, wenn man es brauchte? „Ähm, also ich …", stotterte sie verlegen vor sich hin.

Ihr Blick flog zwischen den beiden Männern hin und her. Jeder übte auf seine Art eine unglaubliche Faszination auf sie aus. Aber das spielte jetzt keine Rolle. Alexander riskierte hier gerade Kopf und Kragen. Sie schämte sich in Grund und Boden, dass sie auch nur einen Moment lang erwogen hatte, sich Luzifer hinzugeben. Ihre Wangen glühten und machten vermutlich jedem Feuermelder Konkurrenz.

Verzweifelt kramte sie in den Tiefen ihrer Gehirnwindungen nach einer vernünftigen Antwort. Sollte sie Alexander zurufen: „Es ist nicht das, wonach es aussieht?" Das klang ziemlich abgedroschen. Doch ihr fiel partout nichts Besseres ein. Typisch Schriftstellerin eben. Meist fehlten im entscheidenden Moment die richtigen Worte. Also hielt sie einfach den Mund.

„Siehst du!", bekundete Luzifer in Alexanders Richtung. Genugtuung dominierte seine Stimme. „Und jetzt verschwinde! Ich muss hier noch etwas zu Ende bringen. Um dich kümmere ich mich später." Mit diesen Worten wandte er sich wieder Olivia zu.

Alexander nahm Olivia ins Visier. Sein Blick, diese wütend blitzenden blauen Augen, schienen sie wie ein Dolch zu durchbohren.

„Du und er?“ Sein Ton hatte etwas Beunruhigendes. „Wie lange geht das schon?“

Olivia konnte es nicht fassen. Was unterstellte er ihr da?

„Nein, Alexander. Du verstehst das falsch. Da läuft nichts zwischen uns.“

„Ja, das sehe ich“, brachte er mit leiser Stimme hervor. Seine Augen landeten auf Luzifers Hand, die immer noch besitzergreifend auf Olivias Hüfte ruhte. „Und ausgerechnet du hast mir vorgeworfen, mir nicht vertrauen zu können. Wer hat denn hier nicht mit offenen Karten gespielt? Doch wohl eher du. Ihr beiden habt mich wirklich zum Narren gehalten. Gott, wie konnte ich nur so dumm sein?“

Wütend ballte er die Hände zu Fäusten. „Okay, ihr habt gewonnen. Ich werde euch nicht länger im Wege stehen. Viel Glück, Olivia!“ Mit diesen Worten löste er sich in Luft auf.

Olivia brauchte ein paar Sekunden, um zu verarbeiten, was sich hier gerade abgespielt hatte. Wieso machte Alexander plötzlich Besitzansprüche auf sie geltend? Hatte sie irgendetwas verpasst? Hilfe suchend schielte sie zu Luzifer hinüber. Triumphierend musterte er sie. Sie konnte diesen Blick nicht länger ertragen.

Nein, falsch!

Sie konnte die ganze beschissene Situation nicht länger ertragen.

Eins zu null für Luzifer! Sie gab klein bei.

„Versprechen Sie mir, mich und Alexander nie mehr zu belästigen, wenn ich Ihnen den Ring gebe?“

Verwundert blickte er sie an. Dann fuhr er ihr sanft mit einem Finger über die Wange, was sie zurückzucken ließ.

„Bist du sicher, dass du das wirklich willst? Ich soll

allen Ernstes meine Finger von dir lassen?" Seine Stimme war Erotik pur. Sie schnappte nach Luft.

Wow! Konnte der Typ sinnlich sein, wenn er es darauf anlegte!

Obendrein hatte er mit seiner Frage einen Volltreffer gelandet. Denn so langsam hatte sie keine Ahnung mehr, wonach ihr tatsächlich der Sinn stand. Und bevor sie sich doch noch auf ein Tête-à-Tête mit dem Herrscher der Hölle einließ, war es vermutlich besser, ihn ein für alle Mal loszuwerden. Denn eins wusste sie: Er wäre vielleicht für ihre Bücher eine Bereicherung, aber sicherlich nicht für ihr ganzes verkacktes Leben. Das war schon genug aus der Bahn geraten.

Sie schlug ihm die Hand weg, die gerade über ihr Schlüsselbein strich und ihren Körper vibrieren ließ. „Ja, das ist genau, was ich will. Ich kann dieses Theater nicht länger ertragen. Sie sind ein selbstherrliches Monster. Jetzt ist mir klar, wie Sie zu dem geworden sind, was Sie sind. Gehen Sie mir einfach aus den Augen."

Luzifer schluckte vernehmlich. Für einen Moment kam seine Fassade der Lässigkeit ins Schwanken. Unmut blitzte in seinen Augen auf, und Olivia befürchtete schon, einen Schritt zu weit gegangen zu sein. Verängstigt griff sie nach dem Ring an ihrem Finger.

Doch stattdessen ließ Luzifer sie abrupt los. Kurz hatte sie den Eindruck, in seinem Blick einen Anflug von Traurigkeit zu erkennen. Doch schnell rückte er seine undurchdringliche Maske wieder zurecht. „Okay, einverstanden. Sobald ich den Ring habe, werde ich dir und diesem Winter nicht mehr in die Quere kommen." Seine Stimme klang völlig emotionslos.

Sie musterte ihn noch einen Moment lang prüfend. Konnte sie ihm trauen? Und was passierte, wenn sie ihm den Ring aushändigte? Trat sie die Apokalypse los? Scheißegal! Sie konnte diese Last auf ihren Schultern nicht länger tragen.

Sie jagte ins Schlafzimmer, griff in eine Schublade, wühlte in ihrer Unterwäsche herum und zog den vierten Ring hervor. Gut, dass sie ihn noch nicht ins Schließfach zurückgebracht hatte. Dann marschierte sie zu Luzifer zurück.

„Hier!" Sie zitterte am ganzen Leib, als sie ihm das kostbare Stück überreichte. „Aber er ist nur geliehen. Will heißen, er gehört immer noch mir. Und jetzt fahren Sie zur Hölle." Sie drehte ihm den Rücken zu, jagte die Treppe nach oben in ihr Schlafzimmer und brach zitternd auf dem Bett zusammen.

Kapitel 17

Verärgert feuerte Thanatos eine Tageszeitung der Erde auf den Tisch seines Besprechungszimmers. „Luzifer, verrätst du mir, wie weit du das Spiel noch treiben willst?"

Luzifer warf einen flüchtigen Blick auf die Zeitung, dann lehnte er sich lässig zurück. „Müsste ich wissen, worum es geht?"

Thanatos schnaubte. „Spiel hier nicht den Unschuldigen. Du weißt haargenau, was Sache ist."

Neugierig griff Gabriel nach der Zeitung. Ungläubig riss er die blauen Augen auf. „Aber hallöchen mal! Jetzt sag nicht, du hast tatsächlich einen dieser Ringe in deinem Besitz? Warum bin ich wieder mal der Letzte, der davon erfährt?"

„Weil dich das einen feuchten Kehricht angeht?", versetzte Luzifer trocken.

Gabriel unternahm den Versuch, über den Tisch hinweg nach Luzifers Fingern zu greifen. Dieser jedoch zog ruckartig die Hand zurück.

„Ich will ihn aber zumindest mal sehen", bettelte Gabriel.

Luzifer hob gelangweilt eine Hand, an der ein großer Siegelring prangte. „Zufrieden?"

Verdrossen beugte sich Gabriel wieder über die Zeitung. „Mann, Luzi, auf dem Bild bist du ja richtig gut getroffen. Was steht denn da? *Mit einhundertundsechzig durch die Berliner Innenstadt! Wer ist der tollkühne Raser in Schwarz, der seit Tagen die Straßen der Hauptstadt auf seinem Motorrad unsicher macht? Die Polizei tappt völlig im Dunkeln. Alle Verfolgungsjagden verlaufen im Nichts. Als würde der Kamikazepilot sich in Luft auflösen.*" Gabriel kicherte. „Na, wenn die wüssten. Jetzt sag schon, Luzi, wie bist du an den Ring gekommen?“

„Wann begreifst du endlich, dass du mich nicht Luzi nennen sollst? Wie ich an den Ring gekommen bin? Na, was meinst du wohl? Die Kleine hat ihn letztendlich freiwillig rausgerückt.“

Gabriel fiel die Kinnlade herunter. „Das glaube ich jetzt nicht.“

„Lasst uns doch zum Thema zurückkommen“, schaltete sich da Thanatos wieder ein. „Gut, Luzifer, du hattest deinen Spaß. Nun gib den Ring zurück.“

„Den Teufel werde ich tun. Gönn mir doch auch mal ein wenig Unterhaltung. Ich werde auch ein Auge zudrücken, wenn du mal wieder in einem Ferrari auf der Erde gesichtet wirst.“

Thanatos griff nach einer Zigarette. „Immerhin unternehme ich alles, um nicht aufzufallen.“

„Ihr seid so gemein“, jammerte Gabriel. „Ich will auch mal in menschlicher Gestalt die Erde betreten.“

Luzifer zog eine Augenbraue hoch, während er Gabriel einen vernichtenden Seitenblick zuwarf. „Um was zu machen?“

Gabriel wickelte sich eine blonde Locke um den Finger. „San Francisco“, flüsterte er. „Dort gibt es die heißesten Schnittchen überhaupt. Dummerweise können sie mich nicht wahrnehmen, ansonsten …“

Luzifer schnaubte. „Verschon uns mit weiteren Details. Ich will mir das gar nicht vorstellen.“ Er blickte von einem zum anderen. „Steht sonst noch etwas auf der Agenda? Oder kann ich verschwinden? Las Vegas wartet bereits auf mich.“

Thanatos seufzte. „Du bist einfach unbelehrbar. Nein, wir sind durch. Aber, Luzifer, bitte ein wenig mehr Diskretion! Und beeinflusse auf keinen Fall den Lauf der Geschichte!“

Luzifer lachte verrucht, dann verschwand er - wie so üblich - mit einem lauten Knall, was Thanatos vorsorglich nach dem Feuerlöscher greifen ließ. Doch glücklicherweise schlief Thor heute den Schlaf der Gerechten und grunzte nur unbeeindruckt vor sich hin.

Seufzend zündete Thanatos sich die Zigarette an und sank in seinen Sessel zurück. „Ich ahne Fürchterliches."

Erschrocken blickte Olivia von ihrem Laptop auf, als Alexander plötzlich mitten in ihrem Wohnzimmer stand. Lässig hatte er die Hände in den Taschen der Jeans vergraben. Das eng anliegende T-Shirt betonte seinen Körper und ließ ihn mal wieder zum Anbeißen aussehen. Genau wie Luzifer war der Mann in der Lage, durch seine bloße Anwesenheit einen Raum zu erfüllen. „Alexander, was führt dich hierher?"

Eiseskälte lag in seinen Augen. „Thanatos schickt mich. Er ist auf hundertachtzig, weil du Luzifer den Ring ausgehändigt hast. Denn dieser treibt nun auf der ganzen Welt sein Unwesen." Er zog spöttisch einen Mundwinkel hoch. „Aber darüber bist du ja sicher im Bilde."

Sie lehnte sich zurück und verschränkte zornig die Arme vor der Brust. Wussten diese Herren der Unterwelt eigentlich, was sie sie so langsam mal konnten? Diese ganze Freakshow ging ihr mächtig auf den Geist. Wenn das so weiterging, würde sie diesen Kreaturen irgendwann ein eigenes Buch widmen, in dem am Ende alle draufgingen.

„Meinst du vielleicht, ich hätte das aus freien Stücken getan? Ich wollte diesem Theater ein Ende setzen. Hat er zumindest Wort gehalten und dir die Hölle erspart?"

Alexander nickte. „Definitiv. Und dafür bin ich dir sehr dankbar. Ich kann jetzt für alle Zeiten bei Thanatos bleiben. Das ist vermutlich das Beste, was mir in meiner Situation passieren konnte."

„Das freut mich. Aber wo liegt dann das Problem?"

Mit einem großen Schritt überwand Alexander die Distanz zwischen ihnen. „Luzifer tickt völlig aus. Macht die ganze Welt unsicher. Thanatos möchte, dass wir ihm Einhalt gebieten."

„Wir?" Sie pikste sich mit dem Zeigefinger in die Brust. „Aber was soll ausgerechnet ich denn tun?"

„Dir gehört immer noch der Ring, schon vergessen? Du bist die Einzige, die ihn Luzifer problemlos entreißen kann. Du musst ihn nur in einem schwachen Moment überlisten." Erneut warf er ihr einen frostigen Blick zu. „Das dürfte ja wohl kein Problem für dich darstellen, oder?"

Ach, sollte er doch glauben, was er wollte! „Gesetzt den Fall, das könnte ich. Dann ginge das ganze Drama von vorne los. Und darauf habe ich wahrlich keine Lust."

Alexander stützte sich mit den Händen auf ihrem Schreibtisch ab und beugte sich vornüber. Ihm so nahe zu sein, ließ ihr Herz automatisch einen Gang schneller schlagen. In seinen Augen tanzten Fünkchen der Wut, was ihn absolut faszinierend aussehen ließ. Endlich hatte er seine Maske fallen lassen, ließ sie an seinen Emotionen teilhaben.

„Hör zu, Olivia, dass Luzifer auf einem Höllenmotorrad die Straßen der Welt unsicher macht und herumhurt, wie es ihm gerade passt, ist nicht das Problem. Obendrein stellt er jedes Spielkasino auf den Kopf und verzockt dort geklautes Geld. Auch das wäre noch erträglich. Im Grunde genommen benimmt er sich wie ein großes Kind, das nach jahrelangem Hausarrest endlich mal wieder ins Freie durfte. Aber er greift zudem in die Gesetze des Jenseits ein, und das ist nicht akzeptabel."

„Was genau hat er denn angestellt?"

Alexander pustete die Backen auf. „Wo soll ich anfangen? Er bringt hübsche Frauen dazu, Selbstmord zu begehen, damit sie in der Hölle landen. Letztens hat er eine eigenhändig vor den Zug geschubst, die sich weigerte. Er stiftet Menschen an, Verbrechen zu verüben. Er ermöglicht Waffenlieferungen an verrückte Diktatoren oder brandgefährliche Terroristen. Er spielt die Weltreligionen gegeneinander aus. Und so weiter und so fort. Anscheinend ist es ihm in der Unterwelt zu langweilig geworden, und er will sie mit schrägen Neuzugängen ein wenig aufmischen. Möchtest du noch mehr hören?"

Olivia war in sich zusammengesunken. „Ach du Schande! Und das ist einzig und alleine meine Schuld. Ich hätte nicht nur an mich denken sollen." Sie blickte ihn eindringlich an. „Es tut mir leid. Aber ich war mit den Nerven am Ende."

„Seit wann treibst du es mit ihm?"

Sie zuckte zusammen. Autsch! Das war ein heftiger Schlag unter die Gürtellinie. „Wer sagt, dass ich das tue?"

„Tust du es?"

„Nein."

„So sah das für mich aber nicht aus."

Sie seufzte. Führten sie dieses hirnrissige Gespräch gerade wirklich? „Ich weiß. Außer dem Kuss, dessen Zeuge du geworden bist, ist nichts passiert. Sicher, ich hätte mich nicht von ihm küssen lassen dürfen. Aber er hat mich völlig in seinen Bann geschlagen. Versteh doch! Fantasy, die Unterwelt, die Hölle. Das ist mein Leben. Ich habe unzählige Bücher über Luzifer geschrieben, und dann steht er plötzlich leibhaftig vor mir. Kannst du nicht begreifen, dass er mich auf eine ganz spezielle Art und Weise fasziniert?"

„Doch, aber ich hätte nie erwartet, dass du so weit gehen würdest. Olivia, mit Verlaub. Manchmal ist bei dir eine mächtige Schraube locker. Du schreckst noch nicht einmal vor dem Pakt mit dem Teufel zurück."

Sie lächelte schwach. „Ja, da ist es wieder, mein kleines Problem. Aber lass uns doch zum Thema zurückkehren. Hast du einen Plan, wie wir den Ring zurückholen können?"

„Es läuft also nichts zwischen dir und ihm?"

„Nein, verdammt! Das habe ich doch gerade gesagt. Außerdem, seit wann bin ich dir Rechenschaft über mein Leben schuldig? Du warst doch derjenige, der unserer Beziehung ein Ende gesetzt hat, bevor sie überhaupt richtig begann, oder?"

Prompt setzte er wieder sein Pokerface auf. „Du hast recht. Es geht mich nichts an." Er musterte sie nachdenklich. „Vielleicht könntest du dennoch ein weiteres Mal deine weiblichen Reize einsetzen. Deine Unterwäsche wird Luzifer sicherlich von dem Ring ablenken", versprühte er einmal mehr sein Gift.

Am liebsten hätte sie ihm eine runtergehauen. Doch sie riss sich zusammen. „Das wird leider nicht funktionieren, da ich ihm die Worte mit auf den Weg gegeben habe, dass ich ihn nie mehr wiedersehen will."

Alexander sinnierte einen Moment lang. „Okay, Planänderung. Komm mit mir nach Vegas!"

Sie riss die Augen auf. „Las Vegas? Jetzt sag aber nicht, du willst mich heiraten?"

Zum ersten Mal, seit er bei ihr aufgetaucht war,

schmunzelte er. „Wohl kaum! Besser, wir gehen gleich zur Hochzeitsnacht über. Aber Spaß beiseite. Luzifer treibt dort gerade sein Unwesen. Daher wird uns nichts anderes übrig bleiben, als uns ebenfalls nach Sin City zu begeben."

„Nur über meine Leiche! Du weißt, dass ich Großstädte und Menschenansammlungen hasse. Las Vegas wäre für mich der Super-GAU. Und überhaupt, der lange Flug, stundenlang mit Hunderten von Passagieren in einem Flugzeug eingepfercht zu sein. Eine Horrorvorstellung! Schon die Kurzstreckenflüge in Europa rauben mir den letzten Nerv."

Alexander grübelte einen Moment. „Warte bitte kurz. Ich muss etwas abklären. Ich bin gleich zurück."

Er löste sich in Luft auf, war aber wenige Minuten später wieder zugegen. „Ich habe uns eine riesige Suite im Bellagio buchen lassen. Das ist das Hotel, in dem sich auch Luzifer einquartiert hat. Die Suite ähnelt einer eigenen Wohnung, dort wirst du garantiert keine Platzangst bekommen. Und was den Flug betrifft: Den kannst du dir sparen. Wir werden auf meine Art und Weise reisen."

„Auf deine Art und Weise?"

„Ich werde uns mit Gedankenkraft in die Suite versetzen. Dann bist du noch nicht einmal gezwungen, den Strip oder das Kasino zu betreten."

„Das funktioniert?"

„Problemlos. Ich habe mich extra bei Sebastian rückversichert. Also pack dir ein paar Sachen ein und dann geht's los."

„Was muss ich tun?"

Er grinste anzüglich. „Nichts weiter, als dich gut an mir festhalten. Wir wollen doch nicht, dass du zwischen den Welten verloren gehst."

Kapitel 18

Fröhlich pfeifend betrat Luzifer die Navajo Bridge unweit des Grand Canyon. Mit ihrer imponierenden Höhe von fast einhundertfünfzig Metern überspannte sie majestätisch den Colorado River. In der Mitte der Brücke war eine Bungeejumping-Anlage aufgebaut, die Luzifer zielsicher ansteuerte. Lachend begrüßte ihn eine junge Frau in knappen Shorts, die seine schwarzen Lederklamotten zwar ein wenig verwundert beäugte, ihn dann jedoch eifrig mit den Sicherheitsvorkehrungen vertraut machte. Gelangweilt hörte er mit halbem Ohr zu.

Wer brauchte schon Sicherheitsmaßnahmen, wenn er unsterblich war?

Als das Mädchen geendet hatte, ging sie ihm beim Befestigen der Gurte zur Hand, was ihn im Normalfall durchaus angetörnt hätte, denn ihre Kurven waren nicht zu verachten. Doch im Moment stand ihm der Sinn nach etwas anderem.

Bungee-Jumping!

Ein lang gehegter Traum wurde wahr!

Voller Ungeduld kletterte er auf die Absprungrampe. Die Sonne strahlte unbarmherzig vom Himmel, was Luzifer selbst in seinem Lederanzug völlig schnurz war. Er war Hitze gewöhnt. So schnell brachte ihn nichts ins Schwitzen.

Heerscharen neugieriger Touristen hatten sich auf der Brücke eingefunden und beobachteten die tollkühnen Springer. Da kam ihm eine Idee: Warum nicht noch ein bisschen mehr Spaß?

Er blickte verschmitzt grinsend um sich. Dann stürzte er sich mit einem wagemutigen Sprung kopfüber in die Tiefe. Er jauchzte vor Freude. Der Wind zerrte an seinen langen Haaren und wehte sie ihm spielerisch um den Kopf herum. In unglaublicher Geschwindigkeit raste das Wasser des Colorado River auf ihn zu. Es glitzerte in der Sonne, als wäre es mit Juwelen bestreut. Dann kam der Ruck, der ihn abbremste, doch bevor er wieder nach oben schnellte, zog er den Ring ab, dematerialisierte sich und fand sich freudestrahlend wieder auf der Brücke ein.

Entsetzensschreie wurden laut, als die Zuschauer das leere Seil bemerkten, das auf und ab hüpfte wie ein Stromkabel. Dann herrschte sekundenlang Stille. Mit ungläubig aufgerissenen Augen starrten alle in die Tiefe. Hektik breitete sich bei den Betreibern der Sprunganlage aus. Niemand konnte so recht verstehen, was hier gerade geschehen war.

Irgendjemand musste den Notruf betätigt haben, denn einige Zeit später rückte eine Hundertschaft der Feuerwehr an. Mit Booten und Stangen durchkämmten sie den Fluss, auf der Suche nach ihm.

Luzifer hatte es sich derweil auf einem Felsen gemütlich gemacht und betrachtete grinsend die erfolglosen Bemühungen der Rettungsmannschaften. Beim Höllenfeuer! So viel Spaß hatte er seit Jahren nicht gehabt.

Erst als die Sonne langsam hinter den Bergen verschwand und einen orangefarbenen Schimmer über die Felsformationen legte, stellten die Teams ihre Rettungsaktion ein. Gut gelaunt löste Luzifer sich in Luft auf und versetzte sich in sein Hotel in Las Vegas zurück.

Mit einem Schmunzeln im Gesicht marschierte er am Abend in den Fahrstuhl zum Kasino. Klar, er hätte sich auch mit Gedankenkraft nach unten versetzen können. Aber die Geschwindigkeit der Expressfahrstühle bereitete ihm Vergnügen.

Kurz bevor sich die Türen schlossen, schob sich allerdings ein junges Paar in den Lift, das sich unentwegt stritt. Flugs war Luzifers gute Laune dahin. Diese Idioten! Anstatt ihr erbärmliches Leben in Frieden zu Ende zu bringen, schlugen sie sich gegenseitig die Köpfe ein.

Entnervt dematerialisierte er sich, was dem Paar überhaupt nicht auffiel, da sie zu sehr mit sich selbst beschäftigt waren. Per mentaler Kraft kappte er dem Lift die Seile. Mit Karacho stürzte der Fahrstuhl in die Tiefe. Schrill klangen die Schreie der Eingeschlossenen durch den Schacht. Doch bevor der Lift im Keller des Gebäudes zerschellte, bremste Luzifer ihn ab. Nicht, dass er wieder Ärger mit Thanatos bekam, davon hatte er in letzter Zeit schon reichlich gehabt.

Als sich die Türen öffneten, saßen zwei schluchzende Bündel in inniger Umarmung in einer Ecke, die es nicht fassen konnten, dass sie noch am Leben waren. Luzifer marschierte schmunzelnd in Richtung Kasino. Der Tag wurde immer besser.

„Sag mal, kennst du den Typen in Leder, der hier jeden Abend ein halbes Vermögen verzockt?“, fragte die wasserstoffblonde Bedienung des Bellagio ihre rot gelockte Kollegin, während sie neugierig in den Highroller-Bereich schielte, ein abgetrenntes Areal für gut betuchte Gäste.

Diese schüttelte den Kopf. „Nein, das ganze Kasino zerbricht sich schon den Kopf darüber, wer der Kerl ist. Daisy von der Rezeption hat mir gesteckt, dass er als Lou Devil eingecheckt hat. Anscheinend kommt er aus Los Angeles. Vielleicht ein Schauspieler oder Regisseur, auch wenn er eher wirkt wie ein kolumbianischer Drogenboss. Er hat sich auf unbestimmte Zeit in der Präsidentensuite einquartiert. Und von einem der Zimmermädchen weiß ich, dass es da ganz schön heiß hergeht. Orgie über Orgie … Obendrein scheint er mit Trinkgeldern nur so um sich zu werfen. Schade, dass wir nicht im Highroller-Bereich bedienen dürfen."

Die Blonde ließ eine Kaugummiblase zerplatzen, während sie missmutig die zwei aufgetakelten Miezen beobachtete, die der Mann in Leder rechts und links im Arm hielt. Er hatte sich an einem der High-Limit-Tische niedergelassen und warf gut gelaunt Chips darauf, die wertmäßig vermutlich einer Kleinfamilie jahrelang das Überleben gesichert hätten. Genüsslich paffte er an einer dicken Havanna. Unterdessen becherten seine beiden Begleiterinnen den sündhaft teuren Champagner, den er geordert hatte.

„Verdammte Kacke. Von dem würde ich mich auch mal auf eine Party einladen lassen. Der Typ ist so was von heiß. Lou Devil." Sie kicherte. „Passt irgendwie. Auf seine Art hat er schon was Teuflisches. Und dann kommt er ausgerechnet aus der Stadt der Engel. Wie süß!"

Die Rothaarige zupfte ihr kurzes Kleidchen zurecht. „Hast du gehört, dass im Tresorraum schon wieder eingebrochen worden ist? Irgendjemand hat wohl erneut den Code geknackt. Und dann erzählen die uns, das Kasino wäre sicher. Ha! Guter Witz! Jetzt fangen sie vor lauter Verzweiflung schon an, das Personal zu verhören."

„Unglaublich", stimmt die Blonde zu. „So etwas hat es seit Jahren nicht gegeben. Und jetzt gleich zweimal hintereinander." Den Blick erneut auf den Mann in schwarzem Leder gerichtet, schlug sie sich eine Hand vor den Mund. „Das glaube ich jetzt nicht!"

Neugierig spähte nun auch der Rotfuchs wieder in den abgetrennten Bereich. „Kannst du mir sagen, was der da macht?“

Verdattert beäugten die beiden Frauen den Mann in Leder, der eines der Mädchen auf seinen Schoß gezogen hatte. Die Chips hatte er ihr in das wohl proportionierte Dekolleté geschüttet, wo er nun genüsslich einen nach dem anderen herauszog. Allerdings versank er mit seinen Fingern hin und wieder viel zu tief im Ausschnitt der Lady.

„Fehlt nur noch, dass er sie auf den Tisch wirft und vor aller Augen vögelt“, bekundete der Blondschopf.

Die andere kicherte. „Das würde ich dem Typen auch noch zutrauen. Und bei dem Vermögen, das der hier jeden Abend liegen lässt, würde ihn wahrscheinlich niemand daran hindern. Geld regiert nun mal die Welt. Schau nur, wie er sie ansieht. Ich verwette meine neuen High Heels darauf, dass es nicht mehr lange dauert, bis er sie in seine Suite zerrt, um sie mit Haut und Haaren zu vernaschen. Da würde ich gerne mal Mäuschen spielen … Meine Güte, jetzt küsst er sie auch noch. Und wie! Das ist ja filmreif! Puh, da bekommt man ja alleine vom Zusehen ein feuchtes Höschen.“

Die Blonde gluckste vergnügt. „Treffen wir uns doch morgen Abend wieder hier. Mal sehen, was dann geboten wird. Ich muss jetzt leider los, da hinten warten ein paar Anzugträger schon ungeduldig auf ihr Bier.“ Mit einem Augenzwinkern stolzierte sie mit wogenden Hüften davon.

Kapitel 19

Beeindruckt spähte Olivia aus dem Fenster der pompösen Suite des Bellagio Hotels in Las Vegas. Dieser Ausblick war mit nichts zu vergleichen. Selbst London erschien ihr in diesem Moment winzig.

Draußen erhoben sich meterhoch die spektakulären Fontänen. In Verbindung mit klassischer Musik wurde hier eine Show geboten, die ihresgleichen suchte. Auf der gegenüberliegenden Seite des Strips glitzerte der Eiffelturm. Millionen neonfarbener Lichter ließen die Umgebung erstrahlen, verwandelten sie in ein Disneyland für Erwachsene.

Sie riss sich von der einzigartigen Skyline los und drehte sich um. „Gut, hier oben kann ich es aushalten. Hauptsache ich muss nicht in das Kasino oder auf den Strip. Die vielen Menschen und der Lärm würden mich umbringen."

„Was ein Glück." Alexander hatte es sich in einem der bequemen Sessel gemütlich gemacht. „Luzifer wohnt in der Präsidentensuite. Sie befindet sich ein paar Stockwerke über uns. Jede freie Minute verbringt er entweder mit ein paar Callgirls im Whirlpool oder an den Spieltischen. Ab und zu muss er den Ring jedoch ablegen, denn wenn er unsichtbar ist, kann er sich problemlos finanziellen Nachschub besorgen. Höchstwahrscheinlich bewahrt er den Ring währenddessen in dem Tresor in seiner Suite auf. Einen solchen Moment müssen wir erwischen.

Sebastian hat mir beigebracht, einen Safe mit Gedankenkraft zu knacken. Also sollte das kein Problem sein. Du steckst dir den Ring an. Und da du die Besitzerin bist, wird Luzifer nicht in der Lage sein, ihn dir wieder wegzunehmen."

„Na herrlich, dafür wird er mir aber vermutlich den Arsch aufreißen."

„Keine Angst, ich werde dich keine Sekunde aus den Augen lassen. Thanatos hat uns jegliche Unterstützung zugesagt. Anscheinend haben wir sogar Rückendeckung von Gott, denn der ist stinksauer darüber, dass Luzifer gegen alle Regeln verstößt. Also zerbrich dir deswegen nicht den Kopf."

Olivia wanderte durch den Raum und schielte neugierig in die gut bestückte Minibar. „Und woher wissen wir, wann er den Ring ablegt?"

„Wir müssen herausfinden, wann ihm die Kohle ausgeht."

„Aber ich muss nicht ins Kasino, oder?"

Alexander blickte sie gedankenverloren an. „Macht dir das solche Angst?"

„Mhm. Die vielen Menschen. Du weißt doch."

Er fuhr sich nachdenklich mit der Hand über das Gesicht. „Das Dumme ist, wir müssen Luzifer im Auge behalten, sonst geht der Plan nicht auf. Ich kann das natürlich auch übernehmen, aber du weißt ja, was passiert, falls ich versehentlich mit jemandem zusammenstoße."

„Ich hab's geahnt." Sie seufzte, während sie eine kleine Whiskeyflasche in ihrer Handtasche verschwinden ließ. „Nur für den Notfall", äußerte sie zu Alexander gewandt, der ihr Handeln verdrossen beäugte. „Okay, einen Versuch ist es wert. Aber sollte ich in Panik geraten, werde ich das Kasino im Stechschritt verlassen."

Mit einer schwarzen Perücke getarnt wirkte Olivia wie ein anderer Mensch. Sie hatte sich in ein kurzes rotes Kleidchen gehüllt und trug mörderische Pumps an den

Füßen, die Einheitskleidung der jungen Mädchen in Vegas, die teilweise daherkamen wie geklont. Nie und nimmer würde Luzifer sie so erkennen. In diesem Outfit platzierte sie sich am Abend an einem der Spieltische und nahm unauffällig den Herrn der Hölle ins Visier.

Wie Alexander es prophezeit hatte, ließ Luzifer sich in einem der Highroller-Bereiche nieder. Eskortiert wurde er von zwei kurvigen Blondinen, die ihn geradezu anbeteten. Voller Begeisterung warf er im Eiltempo 100-Dollar-Chips auf den Spieltisch und wirkte dabei wie ein großes, zufriedenes Kind. Einzig das obligatorische Lederoutfit deutete darauf hin, dass dieser Mann alles andere als harmlos war.

Doch das Glück war ihm nicht hold. Was vermutlich daran lag, dass er sich kein Stück konzentrierte. Seine Augen klebten auf dem Dekolleté der einen Blondine, und so neigte sich sein Vorrat an Chips rasend schnell dem Ende zu. Irgendwann sprang er verärgert auf, packte die beiden Bräute um die Hüfte und schlenderte mit ihnen den Gang entlang, in Richtung der Fahrstühle.

Wobei er sich jede Menge neugieriger Blicke einfing. Denn mit den langen schwarzen Haaren und der Lederkluft war Luzifer die Verwegenheit in Person. Doch entweder fiel es ihm nicht auf, dass er von allen Seiten begafft wurde, oder aber es war ihm schnuppe. Strotzend vor Selbstbewusstsein marschierte er durch das Kasino, als gehöre es ihm.

Olivia folgte ihm unauffällig in einiger Entfernung. Ob er für heute genug vom Spielen hatte und sich nun den beiden Miezen widmen würde? Oder war er drauf und dran, sich weiteres Spielgeld zu besorgen? Sie konnte es nicht einschätzen.

Nachdem Luzifer und seine Begleiterinnen einen der Expressfahrstühle bestiegen hatten, fuhr sie ebenfalls in ihre Suite hinauf, wo Alexander vor einem Monitor ausharrte und Luzifers Räumlichkeiten mit Argusaugen überwachte.

„Ich glaube, er ist pleite", erstattete sie Bericht. Sie fiel auf den Stuhl neben Alexander und zupfte ihren kurzen Rock zurecht.

Er musterte sie interessiert.

„Was?", fuhr sie ihn an.

„Du wirkst völlig verändert. Wie schon erwähnt, du solltest häufiger Kleider tragen."

„Ich habe eigentlich nichts gegen Kleider. Wenn ich nach London ins Verlagshaus fahre, trage ich grundsätzlich eins. Aber in einem Kaff wie Avebury, wo ich entweder im Garten arbeite oder durch die Felder streiche, sind Jeans einfach praktischer."

In diesem Moment betrat Luzifer seine Suite. Die beiden Blondinen schob er schnurstracks in das riesige Badezimmer auf den Whirlpool zu. O nein! Olivia wollte beim besten Willen nicht davon Zeuge werden, wie er sich mit ihnen vergnügte. Doch er verließ das Bad wieder und wanderte ins Schlafzimmer, wo er sich in Luft auflöste.

„Scheiße!", fluchte Alexander. „Er hat den Ring abgenommen, deswegen kann ihn die Kamera nicht mehr erfassen. Aller Voraussicht nach wird er sich jetzt in einen der Tresorräume versetzen, um sich Geld zu besorgen. Ich springe mal rasch in seine Suite rüber und schaue nach, ob die Luft rein ist. Drück mir die Daumen, dass er mich nicht erwischt."

„Warte! Ich komme mit!"

Er zögerte. „Lass mich zuerst nachsehen, ob Luzifer tastsächlich die Kurve gekratzt hat. Ich möchte dich nicht in Gefahr bringen."

„Hör auf mit dem Blödsinn! Ich bin an allem schuld, vergiss das nicht. Wir ziehen das jetzt gemeinsam durch. Also los!"

Er nickte, wenn auch ein wenig widerwillig. „Okay, dann komm her." Er zog sie in die Arme und versetzte sich mit ihr zusammen in Luzifers Suite.

Vorsichtig spähten sie in jedes Zimmer des ausladenden Appartements. Du liebe Güte! Olivia hatte noch nie eine Suite mit solchen Ausmaßen gesehen. Und der Ausblick erst. Der reine Wahnsinn! Neugierig nahm sie alles ins Visier. Ihre Blicke schweiften über glänzenden Marmor, Glastische, Bars und überdimensionierte Betten. Luzifer schien glücklicherweise spurlos verschwunden zu sein. Aus dem Bad drang hin und wieder das hirnlose Kichern der beiden Mädchen zu ihnen herüber.

Sie schlichen ins Schlafzimmer, wo Olivia irritiert abbremste und einen unterdrückten Schrei von sich gab. „Was zum Geier ist das denn?" Sie machte einen Satz nach hinten, als ein mopsähnlicher Hund auf sie zuschoss. Mit weit aufgerissenen Augen starrte sie auf die Hörner auf seinem Kopf.

Alexander ging in die Hocke und kraulte das Tier, das sich genüsslich an ihn schmiegte und glücklich hechelnd die Zunge aus dem Maul hängen ließ. „Das ist Zeus. Luzifers Höllenhund. Luzifer liebt ihn heiß und innig. Die kleinen Kerle sind aber auch entzückend." Er hielt einen Moment inne. „Habe ich tatsächlich vergessen, dir von ihnen zu erzählen? Das tut mir leid. Man darf sie nur nicht verärgern oder erschrecken, denn dann spucken sie Feuer wie winzige Drachen."

Alexander ließ Zeus los, der sich neugierig anpirschte, um an Olivias Füßen zu schnüffeln. Doch so sehr sie das Tier auch interessierte, momentan gab es Wichtigeres. So wandte sie sich von Zeus ab. Prompt gab dieser ein verschnupftes Jaulen von sich, dann sank er neben ihr zu Boden, ließ sie aber keine Sekunde aus den Augen.

Mit einem dezenten Klicken öffnete sich der in den Schrank eingelassene Safe. Doch Fehlanzeige! Darin herrschte gähnende Leere. Im Eiltempo durchwühlten sie Luzifers Schlafzimmer, schielten unter Kissen, Decken und Möbelstücke. Durchsuchten seine spärlichen Klamotten und linsten in jede Schublade. Nichts! Gerade wollten sie den Raum mutlos verlassen, als eine dunkle Stimme sie herumfahren ließ.

„Kalt, ganz kalt." Lässig in den Türrahmen gelehnt stand der Herrscher der Hölle. Auf seinem Gesicht hatte sich ein teuflisches Grinsen breitgemacht. „Mit Besuch aus der Unterwelt habe ich schon lange gerechnet." Er begutachtete Olivia von oben bis unten. „Allerdings hätte ich nicht erwartet, dass man eine hübsche junge Frau schicken würde, um mich aus dem Verkehr zu ziehen."

Er warf Alexander einen abschätzigen Seitenblick zu. „Alexander, ich wäre dir sehr verbunden, wenn du mich und die junge Dame jetzt alleine lassen würdest. Du weißt doch, drei sind einer zu viel." Er machte einen Schritt auf Olivia zu. „Schätzchen, du glaubst gar nicht, wie sehr ich mich über deine Anwesenheit freue. Aber nimm doch die Perücke ab, in Rot gefällst du mir um Längen besser. Die Farbe erinnert mich an das Höllenfeuer!"

Ritterlich postierte sich Alexander vor ihr. „Lass sie in Ruhe! Sie ist hier nur Mittel zum Zweck. Sie hat nichts mit der Sache zu tun."

Luzifer verdrehte die Augen. „Weiß ich doch", bekundete er mit gelangweiltem Unterton. „Ich hatte auch nicht vor, ihr etwas anzutun. Ich dachte eher an ein wenig Spaß …" Er zwinkerte Olivia zu. „Na, Süße, was meinst du? Sieh dir nur dieses riesige Bett an." Mit dem Arm beschrieb er eine ausladende Geste in Richtung des Himmelbetts.

Olivia blickte gedankenverloren zwischen den beiden Männern hin und her. Dann ging sie auf Alexander zu und schlang ihm einen Arm um die Taille. „Alexander, bitte bring uns hier weg!", forderte sie ihn laut und deutlich auf. „Luzifer soll seine Spielchen mit jemand anderem treiben, ich habe definitiv keine Lust mehr darauf."

Ohne zu zögern, zog Alexander sie in eine enge Umarmung. „Geht klar."

In diesem Moment flog die Tür auf und eine der Blondinen torkelte mit einer Champagnerflasche in der Hand in den Raum. Gekleidet war sie in nichts als ein winziges Höschen. Ihre vollen Brüste ragten vorwitzig in die Luft.

Olivia rümpfte angewidert die Nase. Hier hatte sich der eine oder andere Schönheitschirurg sicherlich dumm und dämlich verdient. Doch die Geldanlage hatte sich gelohnt. Denn die beiden Männer im Raum waren nicht in der Lage, ihre Blicke von den prallen Dingern abzuwenden. Als hätte das Mädchen sich ein Rotlicht darauf montiert.

Warum waren Männer nur so einfach gestrickt?

Als Blondie Olivia entdeckte, fiel ihr prompt die Flasche aus der Hand. „Lou, was …?", flüsterte sie, doch weiter kam sie nicht.

Denn das war dann doch zu viel Trubel für den kleinen Höllenhund. Erschrocken jagte er hoch und schnaubte verärgert. Sogleich schossen Flammenzungen aus seiner Nase und entzündeten erst den Teppichboden, dann einen der Vorhänge. Blitzschnell fraß sich das Feuer den Stoff empor. Dunkle Qualmwolken stiegen auf, während die schockgefrostete Blondine den nächsten Schrei von sich gab.

Zeus verschanzte sich derweil unter dem Bett, wohingegen Luzifer in einer Seelenruhe dazwischenstand und mit einem fast schon amüsierten Zug um den Mund das Chaos beobachtete. Plötzlich ging der Feueralarm an, bevor die Sprinkleranlage ihren Dienst aufnahm. Millionen feiner Wassertropfen regneten auf sie herab.

Beschützend zog Alexander Olivia näher an sich. Und ehe sie noch völlig durchnässten, dematerialisierte er sich mit ihr. Wie durch einen Schleier vernahmen sie noch Luzifers diabolisches Gelächter.

Olivia atmete vernehmlich aus, als sie in ihrer Suite wieder festen Boden unter den Füßen hatte. Alexander hielt sie immer noch in den Armen, und das war auch gut so, denn ihr zitterten heftig die Knie.

„Alles in Ordnung?", hauchte er in ihre feuchte Perücke, bevor er sie ihr vom Kopf zog und zu Boden fallen ließ.

„Nicht wirklich. Bitte, halte mich fest!"

„Dein Wunsch ist mir Befehl." Er zog sie näher an sich heran. „Mannomann, was für ein Chaos!"

Überall im Hotel schrillten nun die Sirenen des Feueralarms auf. Dennoch wurden die Gäste per Lautsprecher angewiesen, ihre Zimmer nicht zu verlassen.

Olivia blickte zu ihm auf. „Meinst du, sie kriegen das Feuer in den Griff?"

Alexander nickte. „Mach dir darüber keine Gedanken. Die paar kleinen Flammen löscht Luzifer vermutlich selbst. Was Feuer angeht, macht ihm so schnell keiner etwas vor."

„Du hast mir nie vom Höllenfeuer erzählt", verkündete Olivia mit vorwurfsvollem Unterton.

„Das liegt daran, dass ich es noch nie zu Gesicht bekommen habe. Es befindet sich in Luzifers Privaträumen. Und zu seinem Refugium hat so gut wie niemand Zutritt." Er grinste. „Aber wenn du dich schon wieder für Details für deine Bücher interessierst, scheinst du die Aufregung ja ganz gut überstanden zu haben."

Er schob sie eine Handbreit von sich und blickte ihr in die Augen. „Es tut mir leid, dass ich an dir gezweifelt habe. Dass ich dir ein Verhältnis mit ihm unterstellt habe."

„Er spielt mit uns, nicht wahr?"

„Eines seiner bevorzugten Hobbys."

Stöhnend ließ sie den Kopf wieder gegen Alexanders Brust sinken. So verharrten sie ein paar Minuten lang unbeweglich, während jeder seinen Gedanken nachging. Der Luftstrom der Klimaanlage fegte federleicht über sie hinweg und trocknete ihre feuchten Klamotten im Nu. Nach und nach kehrte im Hotel wieder Ruhe ein. Dann gab eine Lautsprecherstimme Entwarnung. Das Feuer war gelöscht. Olivia seufzte erleichtert auf.

Ohne ein weiteres Wort zu verlieren, hob Alexander sie auf seine Arme und trug sie ins Schlafzimmer. Sanft legte er sie auf dem großen Himmelbett ab und zog ihr die Pumps aus.

„Du solltest dich ein wenig ausruhen. Du zitterst ja immer noch am ganzen Leib. Du brauchst keine Angst mehr zu haben. Luzifer hat keine Ahnung, wo wir uns aufhalten. Es ist alles in bester Ordnung."

„Außer, dass wir den Ring nicht haben."

„Ich werde Thanatos Bescheid geben, dass wir uns eine andere Taktik überlegen müssen. Luzifer ist viel zu gewieft. Er lässt sich nicht so einfach überrumpeln."

Als er sich abwenden wollte, griff sie nach seiner Hand. „Bitte lass mich jetzt nicht alleine. Du kannst Thanatos doch auch später noch informieren, oder?"

Er nickte. „Okay, einverstanden. Ich werfe mich drüben auf die Couch und schaue ein wenig in die Glotze. Versuch so lange, ein bisschen zu entspannen."

Die schlaflosen Nächte der letzten Tage forderten ihren Tribut. Im Handumdrehen war Olivia eingenickt. Als sie die Augen wieder aufschlug, wusste sie im ersten Moment nicht, wo sie sich befand. Das Bett war weich und behaglich. Ein Blumenduft lag in der Luft. Als sich ihre Augen allmählich an die Dunkelheit gewöhnten, erkannte sie die Hotelsuite. Prompt stellte sich die Erinnerung ein.

Luzifer, der Ring!

Ruckartig setzte sie sich auf.

Sie war alleine in dem riesigen Schlafzimmer, doch im angrenzenden Raum brannte Licht. Die Tür war lediglich angelehnt. Sie schwang die Füße aus dem Bett und schlich hinaus.

Alexander hockte am Esstisch, über ein aufgeschlagenes Buch gebeugt. Er war so vertieft in die Seiten, dass er ihre Anwesenheit nicht einmal bemerkte. Wie hypnotisiert musterte sie den unverschämt gut aussehenden Mann. Seine breite Brust, die muskulösen Oberarme, das charismatische Gesicht.

Sie rief sich ins Gedächtnis, was er in letzter Zeit alles auf sich genommen hatte, um ihr zu helfen. Und urplötzlich wurde es ihr warm ums Herz. Nur um sie zu beschützen, hatte er sich freiwillig in die Hölle zurückgemeldet. Er hatte sich mehrfach todesmutig Luzifer entgegengestellt. Er half ihr, den Ring zurückzuholen, ohne ihr Vorwürfe zu machen, dass sie ihn aus Unachtsamkeit einem brandgefährlichen Wesen überlassen hatte.

Warum nur tat er das alles?

Aus schlechtem Gewissen heraus?

Das konnte sie sich nicht einmal ansatzweise vorstellen.

In diesem Moment blätterte sich das Buch vor Alexander um, als wären die Seiten ferngesteuert. Da erkannte sie, dass es sich um ihr neustes Werk handelte. Der Verlag hatte es ihr vor ein paar Tagen zum Testlesen zugeschickt. Sie konnte es kaum glauben. Alexander las tatsächlich ihren Roman.

„Gefällt es dir?"

Er blickte überrascht auf. „Gefallen ist wohl nicht das richtige Wort. Selten hat etwas mein Kopfkino so angeregt wie deine erotischen Szenen. Mein lieber Schwan! Jetzt wird mir klar, warum sich die Leser um deine Bücher reißen."

„Wo bist du gerade?"

„Die Stelle, an der dieser Elfenkönig die Kleine auf dem Tisch nimmt. Irgendwie kommt mir die Szene bekannt vor."

Olivia schluckte. Verdammt, was war nur mit der Klimaanlage passiert? War es in dem Raum schon immer so heiß gewesen? Hektisch zupfte sie am Saum ihres kurzen Kleides herum. „Tja, wie es der Zufall so will, hatte ich das Kapitel schon vor langer Zeit geschrieben. Bis auf ein paar Feinheiten, vielleicht. Die habe ich nachträglich ergänzt."

Alexander lehnte sich in dem Stuhl zurück und verschränkte lässig die Arme vor der Brust. „Es macht dich also an, wenn man dir das Höschen vom Leib reißt?“

„Ich würde sagen, das kommt ganz auf die Situation an.“

Er grinste. „Gute Antwort, Frau Schriftstellerin. Extrem nichtssagend.“

Sie ging langsam auf Alexander zu, griff nach dem Buch und schob es zur Seite. Er musterte sie interessiert. In seinen Augen blitzte der Schalk auf, aber eindeutig auch Verlangen. Ihr Roman schien ihn wirklich angetörnt zu haben. Und in diesem Moment wusste sie, woher die plötzliche Hitze kam. Sie kletterte auf die Tischplatte.

„Meinst du die Szene, in der sie mit gespreizten Beinen vor ihm auf dem Tisch sitzt?“

Er stieß leise zischend die Atemluft aus. „Genau die!“

„Du findest sie heiß?“

„Das kann man wohl sagen.“

„Okay, lass mich das doch mal nachstellen, damit ich weiß, ob es auch realistisch ist.“ Sie raffte ihr kurzes Kleid nach oben, dann rutschte sie so auf den Tisch, dass sie sich genau vor Alexander platzieren konnte. Sie spreizte die Beine und stellte ihre Füße rechts und links von ihm auf den Armlehnen des Stuhles ab. Die Spitzen ihrer halterlosen Strümpfe waren nun uneingeschränkt zu erkennen.

Hätte Alexander den Blick gesenkt, hätte er freie Aussicht auf ihren Slip gehabt. Doch er tat nichts dergleichen. Er blickte ihr unablässig ins Gesicht. Tat als beeindruckte ihn die kleine Showeinlage nicht im Geringsten. Nichtsdestotrotz hatte sich sein Atem beschleunigt und in seinen Augen blitzten Funken der

Lust auf, die sein teilnahmsloses Verhalten Lügen straften.

„Olivia, was denkst du, was du hier machst?“ Seine Stimme klang rau. „Ich werde dich sicher kein zweites Mal auf einem Tisch nehmen. Du hast etwas Besseres verdient.“

„Du meinst, ich sollte lieber im Garten auf dem Boden knien? Den nackten Hintern in die Luft gereckt.“

Er stöhnte unterdrückt auf. „Das war eine reine Verzweiflungstat. Obwohl der Anblick wirklich nicht zu verachten war.“

„Oh, ich verstehe.“ Sie spielte lasziv mit einer ihrer Haarsträhnen. „Dann lass mich mal überlegen, was ansonsten infrage käme. Ein Whirlpool in einer Luxussuite in Las Vegas, vielleicht? Oder eher ein gigantisches Bett mit Blick auf den Strip? Der Sonnenaufgang über der Wüste ist vermutlich beeindruckend.“

Sie rekelte sich auf dem Tisch, um Alexander zu provozieren, doch er rührte sich nicht. Ignorierte ihre Avancen zur Gänze und blickte ihr weiterhin in die Augen.

Himmel, der Typ war so ziemlich die coolste Socke, die ihr je begegnet war!

„Was meinst du, wäre das etwas für dich?“, legte sie nach, da er null auf ihre Anmache reagierte.

Er zögerte merklich, dann schüttelte er den Kopf. „Olivia, wir sollten uns nicht schon wieder hinreißen lassen. Ich möchte, dass du dir einen menschlichen Partner suchst, schon vergessen?“

„Es lässt dich also völlig kalt, dass ich kein Höschen trage?“

„Waaas?“ Sein Kopf ruckte nach unten.

Endlich besaß er die Güte, das zu begutachten, was

sie ihm präsentierte. Sein Blick wanderte über ihre bestrumpften Beine und verharrte zwischen ihren Oberschenkeln. „Du kleines Miststück!“, presste er hervor. „Macht es dir eigentlich Spaß, einem Mann auch noch den letzten Rest Kontrolle zu rauben?“

Seine blauen Augen waren vor Lust verhangen und verweilten jetzt zwischen ihren Beinen. Sein Atem ging abgehackt. Seine Selbstkontrolle schien mit fliegenden Fahnen seinen Körper verlassen zu haben, denn er ballte eine Hand zur Faust und biss die Zähne zusammen. Die Anspannung in seinem Gesicht war deutlich zu erkennen.

Nur noch ein letzter Rest Beherrschung hielt Alexander davon ab, einmal mehr über Olivia herzufallen. Um runterzukommen, rief er sich immer wieder Sebastians Worte ins Gedächtnis: *„Lass sie zappeln, mach sie heiß, bis sie dich geradezu anfleht, es ihr zu besorgen. Dann nimm sie so lange her, bis sie dir nicht nur ihren Körper, sondern auch ihr Herz öffnet.“*

Das war der Plan! Aber der war gerade ein weiteres Mal in weite Ferne gerückt. Denn Alexander wusste nicht, wie er der Naturgewalt, die in seiner Hose tobte, Herr werden sollte. Sein Kopf erschien ihm blutleer. Denken war reine Glückssache.

Als er Olivia vor ein paar Tagen auf dem Boden vor ihrer Hütte genommen hatte, war er davon ausgegangen, sie niemals wiederzusehen. Doch nun hatte sich die Sachlage einmal mehr grundlegend geändert. Sollten sie den Ring zurückerobern, gab es vielleicht doch noch ein Licht am Ende des Tunnels. Denn falls es der Wahrheit entsprach, dass sie Luzifer den Ring nur ausgehändigt hatte, um Alexander vor der Hölle zu bewahren, empfand sie womöglich doch etwas für ihn.

Wie gebannt klebten seine Augen auf dem winzigen

roten Stoffstück zwischen Olivias Schenkeln. Sie hatte ihn auf den Arm genommen. Sie trug sehr wohl einen Slip. Doch dummerweise war die knappe Reizwäsche erotisierender, als hätte sie gar nichts am Leib gehabt. Er hatte sich immer für abgebrüht gehalten, aber Olivias Dessous brachten ihn permanent in Bedrängnis. Der Drang, ihr das Höschen einmal mehr vom Körper zu reißen und tief in sie einzutauchen, war kaum mehr zu unterdrücken.

Was sollte er nur tun?

Wieder schossen Sebastians Worte durch seinen Kopf: „*Lass sie betteln!*“

Leicht gesagt, hier bettelte nur einer. Das war das knallharte Teil in seiner Hose, das geradezu um Erlösung flehte.

Er blickte auf. „Nein, Olivia. Das wird nicht passieren.“

Sie starrte ihn verständnislos an. „Alexander, was soll das? Wir wollen es doch beide. Warum diese zwanghafte Abstinenz?“

„Wer sagt, dass wir es beide wollen?“

„Sag mir, dass du nicht hart bist.“

„Ich bin hart, Olivia. Und zwar seit ich dein Buch gelesen habe. Und deine kleine Showeinlage hat die Situation in meiner Hose nicht gerade verbessert. Aber das mit uns beiden ergibt einfach keinen Sinn. Ich werde dich definitiv nicht noch einmal nehmen.“ So, jetzt hatte er seinen Standpunkt klargemacht. Stolz klopfte er sich innerlich auf die Schulter.

Olivias grimmiger Blick signalisierte ihm, dass sie alles andere als glücklich über diese Ansage war. Kleine Fünkchen der Wut tanzten in ihren wundervollen grünen Augen. Ganz sicher würde sie diese Zurückweisung nicht kampflos auf sich sitzen lassen. Sie rümpfte mal wieder verärgert ihr süßes Stupsnäschen. Alexander musste an sich halten, um nicht laut zu lachen.

Er hatte den Eindruck, das Rattern der Rädchen in ihrem Kopf zu hören, die mit Sicherheit gerade nach einem weiteren Trick suchten, um ihm noch den letzten Hauch Zurückhaltung zu stehlen. Es war unverkennbar, dass Olivias Interesse ob dieser Abfuhr umso mehr entfacht war.

Sebastians Weitsicht verblüffte ihn einmal mehr. Über solche Manöver, die sicherlich ihren Reiz hatten, war Alexander immer erhaben gewesen. Er hatte Frauen grundsätzlich problemlos in sein Bett bekommen, ohne irgendwelche zeitraubenden Katz-und-Maus-Spiele. Aber sein erklärtes Ziel war auch immer nur hemmungsloser Sex gewesen. Niemals etwas anderes. Doch nun musste er sich schleunigst aus der Gefahrenzone entfernen, nicht, dass seine Entscheidung noch ins Wanken kam.

Er warf noch einen letzten sehnsüchtigen Blick zwischen Olivias Schenkel und war gerade im Begriff sich aufzurappeln, als er das Gefühl hatte, nicht mehr mit ihr allein zu sein. Er blickte auf. Mitten im Raum standen zwei Männer, die ihn und Olivia interessiert musterten.

Einer der beiden war groß und trug eine Kutte. Der andere klein und zierlich. Er war in einen schwarzen Designeranzug gehüllt, unter dem man ein hochgeschlossenes weißes Hemd erkennen konnte. Sein schlohweißes schulterlanges Haar war zu einem Pferdeschwanz zusammengebunden. Und hätte der Typ noch eine Sonnenbrille und schwarze Handschuhe getragen, hätte er Alexander an einen bekannten deutschen Modedesigner erinnert.

Hektisch sprang Alexander auf. „Thanatos, du hier?

Meine Güte, wie lange steht ihr schon da?“

Thanatos räusperte sich. „Entschuldige, aber ich war zu abgelenkt, um auf die Uhr zu sehen.“

Olivia quiekte derweil entsetzt auf. Anscheinend hatte nun auch sie die Eindringlinge entdeckt. Hastig nahm sie die Füße herunter. Dann presste sie die Beine zusammen, als wäre sie unter die Ordensschwestern gegangen und zerrte das kurze Kleid so gut wie eben möglich nach unten. Ihre Wangen glühten purpurrot.

„Das gibt es doch gar nicht“, stammelte sie. „Nimmt denn heutzutage keiner mehr die Tür?“ Sie schaute beschämt zwischen den beiden Männern hin und her. „Wir haben gerade geübt. Eine Szene für mein Buch. Sie verstehen? Ich wollte wissen, ob das realistisch ist.“

Der kleinere Mann grinste. „Nun, auf mich wirkte das durchaus realistisch, oder was meinst du, Thanatos?“ Er wandte sich dem Typen in der Kutte zu. „Aber sag mal, hast du nicht behauptet, die beiden tun alles, um schnellstmöglich den Ring zurückzubekommen? Danach sah das gerade aber nicht aus.“

Thanatos kratzte sich am Kopf. „Nicht wirklich“, murmelte er kleinlaut.

Da brachte sich Alexander wieder ein. „Hör zu, Thanatos. Was den Ring betrifft … Wir konnten leider nichts erreichen. Luzifer hat geradezu auf uns gewartet. Es war, als hätte er uns absichtlich in die Falle laufen lassen. Ich denke, wir müssen uns eine andere Masche überlegen. Der Typ ist zu gewieft.“

Der kleinere Mann nickte mit selbstgefälligem Gesichtsausdruck. „Soll ich jetzt sagen, das habe ich doch gleich gesagt? Es wird wohl darauf hinauslaufen, dass ich ausnahmsweise einmal selbst eingreifen muss. Oder hast du noch eine weitere Idee auf Lager, Thanatos?

Zur Abwechslung bitte eine, die funktioniert."

Thanatos schüttelte den Kopf.

Olivia blickte entgeistert von einem zum anderen. „Verzeihung, aber wer sind Sie?", wandte sie sich letztendlich an den Mann im Designeranzug.

Thanatos räusperte sich abermals. „Äh, Entschuldigung, mein Fehler. Aber das alles hat mich gerade ein wenig aus dem Konzept gebracht." Er wedelte mit der Hand in Richtung des Tisches, auf dem Olivia noch Sekunden zuvor mit gespreizten Beinen posiert hatte. „Also ich bin Thanatos, aber das haben Sie inzwischen vermutlich schon mitbekommen." Er ging einen Schritt auf sie zu und reichte ihr die Hand. Dann blickte er seinen Begleiter an. „Darf ich vorstellen … Gott!"

Olivia und Alexander klappte die Kinnlade herunter. Ungläubig starrten sie den Mann im Anzug an, dessen blaue Augen vergnügt funkelten. „Nett, Sie kennenzulernen", flötete er. „Ich habe schon viel von Ihnen beiden gehört. Aber lassen Sie uns doch zur Sache kommen. Ich habe nicht viel Zeit. Ich muss heute noch eine Tagesstätte für kleine Engel einweihen. Also, wo finde ich meinen ganz persönlichen Freund Luzifer?"

Alexander erlangte als Erster seine Fassung zurück. „Entweder ganz oben in der Präsidentensuite oder im Highroller-Bereich des Kasinos."

Gott nickte. „Gut, dann werde ich jetzt zusehen, dass der Ring wieder in die Hände seiner rechtmäßigen Besitzerin gelangt." Er bedachte Olivia mit einem strengen Blick. „Aber nur, wenn Sie mir versprechen, sich beim nächsten Mal genauer zu überlegen, wem Sie das kostbare Stück aushändigen. Obendrein habe ich eine Bitte. Dürfte ich ihn ein paar Tage behalten? Ich hätte da eine Handvoll Dinge zu erledigen, bei denen mir der Ring nützlich sein könnte. Und mein Stellvertreter Gabriel hat ebenfalls schon Bedarf angemeldet. Aber ich garantiere Ihnen, dass ich das Teil unbeschadet zurückgeben werde."

Olivia nickte. „Unter einer Bedingung. Würden Sie mir ein paar Fragen beantworten?"

Gott blickte überrascht drein, während Alexander kopfschüttelnd die Hände vors Gesicht schlug.

Kapitel 20

Olivia hatte sich mit dem Rücken gegen einen Felsen gelehnt und hämmerte fieberhaft auf ihren Laptop ein. Die Informationen, die sie Gott aus der Nase gezogen hatte, hätten interessanter nicht sein können. Sie konnte es immer noch nicht fassen, wie alt dieses Wesen tatsächlich war.

Was sie jedoch nicht signifikant verwunderte, war, dass keineswegs eine Schlange für den Verfall des Paradieses verantwortlich gewesen war, sondern eine ihr wohlbekannte Persönlichkeit. Ein Mann, der grundsätzlich in schwarzes Leder gekleidet war und in den letzten Wochen einmal mehr die ganze Welt aufgemischt hatte.

Ein Schmunzeln bemächtigte sich ihres Gesichtes. Für Luzifer schien das Leben und Sterben anderer ein Spiel zu sein. Ein Rummelplatz, auf dem er sich austoben konnte.

Seinen Anfang genommen hatte alles vor Tausenden von Jahren mit Gott und Luzifer. Doch damit die Konfrontation zwischen Gut und Böse nicht eskalierte, war mit der Entstehung der Menschheit eine dritte Kraft ins Spiel gekommen. Nämlich Thanatos mit seinen Fürsten der Dunkelheit, die den Tod verkörperten und es den Menschen verwehrten, ein ewiges Leben zu führen.

Um Thanatos bei dieser schwierigen Aufgabe zu unterstützen, war die Maschine gebaut worden, die heute einem komplexen Großrechner ähnelte. Von Gottes Willen angetrieben entschied sie über das Schicksal jedes einzelnen Individuums.

Du liebe Güte, waren das interessante Neuigkeiten! Das informative Gespräch mit Gott würde es ihr ermöglichen, mindestens zwei weitere Bestseller auf den Markt zu bringen. Wobei sich ihre komplette Leserschaft einmal mehr über ihre blühende Fantasie wundern würde.

Sie kicherte leise vor sich hin. Na, wenn die wüssten!

Doch über eine Sache hatte Gott sich hartnäckig ausgeschwiegen: Was stellten er und sein Stellvertreter Gabriel wohl mit dem Ring auf der Erde an?

Wie so oft in den letzten Tagen wanderten ihre Gedanken zu Alexander. Nachdem er sie wohlbehütet zu Hause abgesetzt hatte, war er mal wieder völlig unerwartet in die Unterwelt zurückbeordert worden und seitdem nicht mehr aufgetaucht.

Was ihr eine weitere schlaflose Nacht beschert hatte. Die Vorstellung, dass er einmal mehr Teil des Deals mit Luzifer geworden war und eventuell erneut in der Hölle schmorte, verursachte ihr ein schlechtes Gefühl.

Aber warum nur hatte er sich ihr gegenüber so abweisend verhalten? Es lag doch auf der Hand, dass er scharf auf sie war. Gut, im Nachhinein betrachtet, wäre das Timing ziemlich mies gewesen. Die Situation war auch so schon an Peinlichkeit kaum zu überbieten gewesen.

Und weswegen versuchte er die ganze Zeit über, ihr einen anderen Mann einzureden? Verdammt! Sie wollte keinen anderen. Sie wollte Alexander. Ihn mit Haut und Haaren verschlingen. Sich mit ihm im Bett wälzen, auf dem Boden, auf einem Tisch. Völlig gleich. Sie liebte seinen muskulösen Körper, seine dominante Art beim Sex. Und sie sehnte sich danach, endlich einmal eine Nacht in seinen Armen zu verbringen und am Morgen neben ihm aufzuwachen.

Aber auch die Geschichte mit ihrem Vater ging ihr

nicht aus dem Kopf. Gott hatte ihr versichert, dass Luzifer keinesfalls geblufft hatte. Es gab eine realistische Chance an diese Information zu kommen. Aber war sie wirklich erpicht auf die Wahrheit? Dieser Mann hatte sie zeit ihres Lebens verleugnet. Wäre es nicht besser, die Sache auf sich beruhen zu lassen?

Geistesabwesend packte sie ihren Laptop zusammen und schlenderte gen Haus. Wo das nächste Unheil schon bereitstand: in Form einer langbeinigen Blondine namens Dorothea.

Och nein! Die hatte ihr gerade noch gefehlt!

„Wenn Sie Alexander suchen, ich habe keinen blassen Schimmer, wo er steckt. Er nimmt sich nämlich das Recht heraus, zu kommen und zu gehen, wie es ihm passt“, informierte sie das Blondchen mit genervtem Unterton, während sie versuchte, sich an ihrer unerwünschten Besucherin vorbeizudrücken. Nach einer weiteren verbalen Konfrontation mit der Lady stand ihr definitiv nicht der Sinn.

Doch diese war anscheinend auf Krawall gebürstet, denn sie packte Olivia am Ellbogen und zerrte sie zu sich herum. „Einzig und allein Sie sind schuld daran, dass er mich überhaupt nicht mehr wahrnimmt!“, giftete sie. „Daher werde ich diesem Theater jetzt ein Ende setzen.“ Mit einem flinken Handgriff zog die Blondine ein Messer aus ihrer Handtasche und stürzte sich auf Olivia.

Erschrocken taumelte Olivia einen Schritt zurück. Doch zu spät, sie nahm noch das Glitzern der Klinge wahr, als diese durch die Luft schwirrte, dann erwischte das Messer sie auch schon am Oberarm. Ein stechender Schmerz durchfuhr sie. Wie versteinert beobachtete sie, wie sich ihr helles T-Shirt rot färbte. Als Dorothea das Messer abermals erhob, erwachten jedoch

Olivias Lebensgeister.

Nein! Das war nun doch zu viel!

Mit einem gezielten Tritt, den Alexander ihr beigebracht hatte, trat sie ihrer Kontrahentin das Messer aus der Hand. Der zweite Tritt traf die Blondine vor die Brust und ließ sie laut keuchend zu Boden gehen. In hohem Bogen sausten Dorotheas Handtasche und Sonnenbrille durch die Luft, bevor die Teile scheppernd neben ihrer Besitzerin im Gras landeten.

Olivia hastete ins Haus und alarmierte die Polizei. Nahm dieser Albtraum denn nie ein Ende? Angewidert begutachtete sie ihren Arm, der glücklicherweise nur eine schmale Schnittwunde aufwies. Sie zerrte ein Pflaster aus einer Küchenschublade und klebte es darauf. Auch wenn ihre Bücher manchmal durch Brutalität punkteten, verursachte ihr in der realen Welt Blut Unbehagen. Prompt stieg Übelkeit in ihr auf.

Hechelnd sank sie auf einen Stuhl im Wohnzimmer und ärgerte sich erneut, dass sie den Whiskeyvorrat nicht längst aufgestockt hatte. Jetzt hatte sie noch nicht einmal etwas zum Desinfizieren der Wunde im Haus.

Nachdem die Polizei die wild protestierende Dorothea abgeführt hatte, fiel Olivia erschöpft auf ihr Bett. Wann hatte sich ihr Leben eigentlich in ein derartiges Chaos verwandelt?

Während sie noch so vor sich hingrübelte, musste sie eingedöst sein. Als sie die Augen wieder aufschlug, hatte sie einmal mehr das Gefühl nicht länger alleine zu sein. Auf das Schlimmste vorbereitet, blickte sie hektisch um sich. Alexander saß auf einem Stuhl neben dem Bett und taxierte sie.

Erleichtert atmete sie auf. „Alexander, du hier?“

Er nickte. „Das mit Dorothea tut mir leid. Hat sie

dich schwer verletzt?“ Er musterte ihr blutiges T-Shirt.

„Nein, nein. Nicht der Rede wert. Seit ich den Ring besitze, heilen Verletzungen viel schneller als früher. Woher weißt du davon?“

Er seufzte resigniert. „Sie ist vor wenigen Minuten mal wieder in der Zwischenwelt eingetroffen, da sie irgendein Gift geschluckt hat. Ich habe Thanatos darum gebeten, sie vorerst einmal in Gewahrsam zu nehmen, damit du nicht abermals in Gefahr gerätst.“

Er streckte ihr eine Hand entgegen. Mit Erstaunen fiel ihr Blick auf den Ring an seinem Finger.

„Mit freundlichen Grüßen von Gott“, verkündete er lächelnd.

Sie fuhr sich mit der Hand nachdenklich durchs Haar. „Eigentlich will ich das Ding gar nicht mehr. Dieser verdammte Ring verursacht mir nichts als Ärger. Möchtest du ihn behalten?“

Alexander blickte sie verblüfft an. „Bitte?“

„Naja, er erweckt dich nicht zum Leben und gewährt dir auch keinen Schutz vor den Herren der Unterwelt, aber er macht dich zumindest auf der Erde sichtbar. Du kannst Gegenstände greifen. Und du könntest wieder ein Flugzeug fliegen, ohne dass irgendwo in der Luft die wilde Panik aufgrund eines Geisterfliegers ausbricht.“

Alexander lächelte gequält. „Das wäre zu schön, um wahr zu sein. Aber nein, leg ihn zurück in das Schließfach. Und falls du irgendwann einem Menschen begegnest, den du von ganzem Herzen liebst, dann schenke ihm das kostbare Stück.“ Demonstrativ streckte er ihr abermals die Hand entgegen.

Widerwillig zog sie ihm den Ring vom Finger und platzierte ihn auf dem Nachttisch.

Anscheinend war Alexanders Mission nun erfüllt,

denn er sprang augenblicklich auf. „Ich werde dafür sorgen, dass Dorothea dich nicht noch einmal belästigt. Womöglich gibt es ja in der Unterwelt so eine Art Klapse, in die man sie stecken kann. Ich soll dir übrigens von Gott ausrichten, falls du wissen möchtest, wer dein Vater ist, sollst du dir in den nächsten Tagen die Nachrichten anschauen. Vor allem die Wahl des neuen Premierministers könnte interessant sein. Er meinte, die Ähnlichkeit wäre verblüffend."

Olivia riss die Augen auf. „Mein Vater ist Politiker?" Sie sinnierte ein paar Sekunden lang. „Okay, vielleicht tue ich mir das wirklich an. Aber nur um zu wissen, wen ich mit Sicherheit niemals wählen werde. Wie soll denn jemand ein Land regieren, der sich nicht einmal für sein eigenes Kind in der Verantwortung sieht? Aber die Geschichte wäre bestimmt hervorragend geeignet, um sie zu Papier zu bringen."

Alexander grinste. „Man sollte es sich nie mit einer Schriftstellerin verscherzen." Er musterte Olivia noch einen Moment gedankenverloren. In seinen Augen lag ein Ausdruck der Wehmut in Verbindung mit unglaublicher Zärtlichkeit. Seine Stimme klang belegt, als er wieder ansetzte: „Gut, das war es dann wohl. Wenn irgendetwas sein sollte, gib einfach Sebastian Bescheid. Er kann mich jederzeit kontaktieren. Und glaube mir, trotz der ganzen beschissenen Umstände, bin ich froh, dich kennengelernt zu haben. Leb wohl, Olivia!"

Da kam Bewegung in sie.

Nein! Er würde keinesfalls schon wieder das Weite suchen.

„Halt, warte! Zuerst schuldest du mir noch ein paar Informationen! Wie hat Gott es angestellt, Luzifer den Ring zu entreißen? Sag jetzt bitte nicht, du musstest dafür in die Hölle zurück!"

Er schüttelte den Kopf. „Nein, ich kann für alle Ewigkeiten in der Zwischenwelt bleiben. Gott und Thanatos haben das geregelt. Ich habe allerdings keine Ahnung, was genau sie mit Luzifer ausgehandelt haben." Er stockte einen Moment. „Hast du ihn seitdem gesehen? Luzifer?"

Olivia zuckte zusammen. Seine Frage fühlte sich an wie ein heftiger Tritt in die Eingeweide.

„Dieser Kuss ist dir wohl immer noch ein Dorn im Auge? Wenn ich es nicht besser wüsste, würde ich dich glatt für eifersüchtig halten. Aber ich versichere dir noch einmal, dass nie etwas zwischen mir und ihm gelaufen ist. Und übrigens: Jetzt wo die Themen Luzifer und Dorothea aus der Welt sind, spricht doch eigentlich nichts mehr dagegen, dass wir uns weiterhin sehen, oder?"

Er sank wieder auf den Stuhl und fuhr sich nachdenklich mit den Händen übers Gesicht. „Olivia, ich bin völlig hin- und hergerissen. Einerseits würde ich dich gerne wiedersehen, andererseits will ich keineswegs die Aufmerksamkeit weiterer Kreaturen der Unterwelt auf dich lenken. Ich habe dir von Anfang an nichts als Ärger bereitet."

„Sagt wer? Lass es mich so ausdrücken: Die Zeit mit dir war aufregend. Bevor du aufgetaucht bist, war mein Leben recht eintönig."

Er lächelte gequält. „Du machst es mir wirklich nicht leicht. Ich dachte immer, ich kenne mich mit Frauen aus. Aber ich weiß manchmal einfach nicht, wie ich mit dir umgehen soll."

„Ich hatte immer das Gefühl, du gehst keiner Herausforderung aus dem Weg. Habe ich mich so in dir getäuscht?" Sie schob sich eine Haarsträhne hinters Ohr. „Das Problem ist, wir hatten einen ziemlich schlechten Start. Aber inzwischen weiß ich, dass du keineswegs der Mistkerl bist, für den ich dich lange Zeit gehalten habe. Und auch wenn ich normalerweise ohne Mann ganz gut klarkomme, sehne ich mich gerade nach einer Schulter zum Anlehnen." Sie blickte ihn herausfordernd an. „Bleib heute Nacht bei mir! Und untersteh dich, mir noch einmal einen Korb zu geben!"

Kapitel 21

Alexander schien einen inneren Kampf mit sich auszufechten, doch dann schmunzelte er. „Ganz ehrlich, im Grunde genommen kann ich mir nichts Schärferes vorstellen, als die Nacht mit dir zu verbringen."

„Aber warum hast du dich in Vegas dann so geziert?"

„Jemand, der sich mit Frauen anscheinend noch einen Tick besser auskennt als ich, hat mir mal den Tipp gegeben, eine Frau hinzuhalten, würde sie in den Wahnsinn treiben. Und da das Thema mit der Hölle noch nicht endgültig geklärt war, wollte ich mir eben alle Möglichkeiten offenhalten. Glaube ja nicht, dass mir diese Zurückhaltung leichtgefallen ist. Es fehlte nicht viel und ich hätte dich quer durch das riesige Himmelbett gevögelt."

Er erhob sich, ließ seine Lederjacke von den Schultern gleiten und sank gemächlich neben sie aufs Bett. Liebevoll nahm er ihr Gesicht in die Hände. „Obendrein bin ich dir noch etwas schuldig. Und zwar ein wenig Zärtlichkeit. Aber versprich mir, dass du dir nach dieser Nacht einen sterblichen Mann suchen wirst."

Sie schaute ihm tief in die Augen, und in dieser Sekunde wusste sie, dass in ihrem Leben nichts mehr so sein würde, wie zuvor. Eine köstliche Wärme breitete sich in jeder Faser ihres Körpers aus, trat ein Kribbeln in ihrer Magengegend los und gab ihr das Gefühl, zum allerersten Mal zu wissen, wohin sie gehörte. Sie war versucht zu protestieren, Alexander zu sagen, dass sie nicht das geringste Interesse an einem anderen Mann hatte.

Sie wollte ihm tausend Sachen offenbaren, ihm alles

anvertrauen, was ihr auf der Seele brannte. Ihm gestehen, welche Ängste sie um ihn ausgestanden hatte. Er musste endlich wissen, dass er nicht einfach nur ein weiterer Liebhaber in ihrem Leben war. Die Hitze, die sie jedes Mal in seiner Nähe empfand, war nicht mehr nur auf sexuelle Erregung zurückzuführen. Nein, diese Wärme hatte ihr Herz eingenommen, ließ es in Alexanders Nähe heftig stolpern und jagte ihr eine Heidenangst ein.

Doch so weit kam es nicht. Mit einer Zärtlichkeit, die sie nie zuvor an ihm kennengelernt hatte, küsste er sie. Als seine Lippen ihre berührten, vibrierte ihr ganzer Körper. Tausende von Emotionen stürzten auf sie ein, überfluteten sie wie ein warmer Sommerregen in den Tropen. Und schienen einen Teil ihrer Seele zu erreichen. Ganz tief drangen diese Gefühle in ihr Innerstes ein und ließen sie glückselig seufzen.

Vorsichtig eroberte Alexanders Zunge ihren Mund, als küsste er sie zum allerersten Mal. Etwas hatte sich zwischen ihnen verändert. Die Empfindungen hatten eine nie da gewesene Intensität erreicht.

Er rutschte über sie und presste sie mit seinem Gewicht in die Matratze. Nur zu gerne ließ sie es geschehen. Sie seufzte vor Glück. Es fühlte sich so unsagbar gut an, seinen kräftigen Körper auf ihrem zu spüren. Sie kam sich beschützt vor, vollkommen sicher. Einmal mehr ließ seine Nähe die Leere in ihrem Inneren verschwinden. In seinem Armen fühlte sie sich wieder lebendig. Hektisch zerrte sie an der Decke herum, die blöderweise zwischen ihnen zum Liegen gekommen war. Sie wollte Alexander intensiver spüren.

Er lachte leise. „Hallo, du! Immer mit der Ruhe. Weißt du, dass du dich verdammt gut unter mir anfühlst?“ Er löste sich von ihr und blickte sie herausfordernd an. „Vertraust du mir?“ Seine Stimme klang samtig und betörend.

Schlagartig hatte er sie ins Hier und Jetzt zurückkatapultiert.

Huch! Was kam denn jetzt?

Keinen Meter!, hätte sie am liebsten gerufen. Aber sie wollte die Atmosphäre nicht zerstören. „Ich … ich weiß nicht“, stotterte sie. „Warum fragst du?“

„Mir kam da gerade ein verrückter Gedanke. Vielleicht kann ich dir ja doch helfen, deine Angst vor Männern zu verlieren.“

„Was willst du tun? Ab jetzt ständig in meiner Nähe verweilen? Als mein persönlicher Schutzengel sozusagen?“

„Weit gefehlt. Glaubst du im Ernst, es würde mir Spaß machen, als stiller Beobachter dazustehen, während du dich mit einem anderen Kerl vergnügst? Vergiss es!“ Er griff nach ihrem Shirt und zog es ihr über den Kopf. Dann fuhr er mit den Fingern über ihr Schlüsselbein bis zu ihrem BH hinunter. Augenblicklich erschauerte sie unter der Berührung. Zärtlich glitt seine Hand über ihren Busen. „Du bist wunderschön, weißt du das?“

„Ich, ähm. Alex, was für eine Idee?“

„Du bist Komplimente nicht gewöhnt, richtig?“

Sie nickte.

Er riss seinen Blick von ihren Brüsten los. „Du hast dich all die Jahre hinter der Sicherheit deines Ringes verschanzt, wenn du mit einem Mann zusammen warst. Korrekt?“

„Ja, irgendwie schon.“

„Gut. Ich möchte, dass du ihn ablegst.“

Sie verdrehte die Augen. „Was für eine selten dämliche Idee. In dem Moment wirst du unsichtbar.“

„Nicht, wenn du mir zuvor den zweiten Ring ansteckst.“ Er blickte in Richtung des Nachttischs.

Sie fuhr sich mit der Zunge über die Lippen. „Du meinst, ich soll …? Ich weiß nicht. Ist das wieder irgendein Trick?“

Er richtete sich auf. „Denkst du das wirklich immer noch von mir? Mensch, Olivia, ich hätte den Ring einfach behalten können, wenn ich gewollt hätte. Du hättest vielleicht niemals erfahren, dass Gott ihn mir anvertraut hat.“

Hmm. Da war was dran. „Entschuldige, aber das Denken fällt mir ein wenig schwer, wenn ich unter dir liege. Aber was soll das alles bringen?“

„Um es mit den Worten eines Piloten auszudrücken: Du hast kein Vertrauen zu dem Flugzeug. Du hältst die Rettungsleine des Fallschirms unablässig in der Hand, bereit sie zu ziehen, solltest du in Turbulenzen geraten. Lass die Leine endlich los. Sei zuversichtlich, dass die Technik dich tragen wird. Dass dir nichts passieren kann. Erst dann wirst du den Flug richtig genießen können.“

„Alex, es tut mir leid. Aber ich kann das nicht. Ich bin einer solchen Situation nicht gewachsen.“

„Du musst lernen, zu vertrauen.“

„Ich habe Angst, fürchterliche Angst.“

„Du brauchst vor mir keine Angst zu haben. Ich könnte dir niemals wehtun.“

„Ich weiß“, wand sie sich. „Aber …“

„Ich werde nur mit dir schlafen, wenn du dich mir völlig hingibst. Ohne den Schutz des Ringes.“

Sie schnaubte und unternahm den Versuch sich aufzubäumen. Doch er drückte sie mit Leichtigkeit aufs Bett zurück. Und so langsam stieg dunkle Wut in ihr auf. „Verdammt, Alexander! Ist das wieder irgendein

Spiel? Legst Du es abermals darauf an, mich hinzuhalten? Vergiss es. Da werde ich mit Sicherheit nicht schon wieder drauf reinfallen."

Sie probierte, unter ihm hervorzukriechen.

Doch er schmunzelte nur und packte sie an den Handgelenken. „Habe ich dir schon gesagt, dass ich es liebe, eine Wildkatze in meinem Bett zu haben? Los, Kleines, gib dich mir hin! Zieh den Ring aus!"

Er bog ihr mit einer Hand die Arme nach oben, hielt sie über ihrem Kopf fest und machte Anstalten, Olivia zu küssen.

In diesem Moment fing sie an zu hyperventilieren. „Nein, nicht! Nicht die Arme!", schrie sie panisch. „Bitte, tu das nicht!"

Sofort ließ er sie los und hob entschuldigend die Hände in die Luft „Gott, Livi, es tut mir leid."

Er rutschte von ihr herunter und zog sie an sich. Im ersten Moment stemmte sie sich gegen ihn, doch dann ließ sie es geschehen und sank an seine Brust.

„Was hat er dir angetan? Olivia, bitte rede endlich mit mir darüber. Damit ich nicht aus Versehen noch etwas tue, was du nicht ertragen kannst."

Sie zögerte einen Augenblick. „Okay, ich werde es versuchen." Sie befeuchtete sich die ausgetrockneten Lippen mit der Zunge. „Ich war dreizehn, als es passierte. Er war so eine Art Cousin. Eines Abends läutete er und bat mich um einen Gefallen. Angeblich benötigte er ein kleines Händchen, da ihm etwas hinter ein Regal gerutscht war. Wie so üblich war meine Mutter nicht zu Hause. Ich war so dumm und folgte ihm in seinen Keller. Nie und nimmer hätte ich irgendetwas Böses vermutet. Erst als ich bemerkte, dass in dem Raum gar kein Regal stand, sondern nur eine widerliche Matratze lag, wurde ich nervös.

Ich versuchte mich davonzuschleichen, doch er stellte sich mir in den Weg. Es war ein heißer Augustabend. Ich trug nur ein dünnes Sommerkleid. ‚*Zieh dich aus!*‘, befahl er.

Als ich mich weigerte, ging er auf mich zu und riss mir mit einem Ruck das Kleid vom Leib. Entsetzen erfasste mich, denn da erst begriff ich, wonach ihm der Sinn stand. Er gab mir einen Stoß und ich fiel rücklings auf die Matratze. Dieser Geruch von Mottenpulver. Er verfolgt mich seit Jahren.“ Sie schüttelte sich.

„Ist ja gut“, flüsterte Alexander in ihr Haar. „Ganz ruhig. Ich bin bei dir.“

Sie schmiegte sich näher an ihn und griff nach seiner Hand. Er verflocht seine Finger mit den ihren und erwiderte den Druck. „Doch ich war schon immer eine Kämpfernatur. So gab ich nicht klein bei, als er sich auf mich warf. Ich hatte lange, feste Fingernägel. Ein Hobby damals, ich liebte bunten Nagellack. Damit kratzte ich ihm quer über die Wange. Er jaulte auf und wurde fuchsteufelswild. Dann schlug er mich so lange mitten ins Gesicht, bis ich die Besinnung verlor.

Als ich wieder zu mir kam, tropfte etwas Dickflüssiges auf mich herab und lief mir in den Mund. Er blutete. Das war so ekelhaft. Den Anblick und diesen Geschmack werde ich wohl nie vergessen. Deswegen kann ich mir auch keine Horrorfilme ansehen. Bei dem kleinsten Tropfen Blut raste ich aus … Aber lassen wir das. Er packte meine Arme, bog sie mir über den Kopf und hielt sie dort fest.“ Sie erschauerte in Alexanders Armen.

Er küsste sanft ihr Haar. „Kein Mensch wird dir jemals wieder etwas antun. Jetzt kannst du dich verteidigen. Und ich bin ja schließlich auch noch da.“

Sie nickte. „Na ja, und was dann geschah, kannst du

dir denken. Die Schmerzen habe ich irgendwie weggesteckt, ich war noch nie sonderlich empfindlich. Aber der Ekel, den ich empfand, war viel schlimmer. Er roch ungepflegt, schwitzte wie ein Schwein und sabberte mich voll. Und immer wieder regneten diese widerlichen Blutstropfen auf mich herab." Tränen traten ihr in die Augen. Ihr brach der Schweiß aus. Für einen Moment war sie wieder vor Ort, hatte das Gefühl die Mottenkugeln und den biergetränkten Atem dieses Perversen zu riechen.

„Alexander", wimmerte sie, „bitte halte mich fest."

Augenblicklich zog er sie näher an sich. „Ganz ruhig, Livi. Alles ist gut."

Er wiegte sie in seinen Armen wie ein Kleinkind und wischte ihr sanft die Tränen von der Wange, die nun unablässig ihren Weg über ihr Gesicht fanden. Inzwischen waren bei ihr alle Dämme gebrochen und sie ließ zum allerersten Mal seit Jahren ihrem Kummer freien Lauf. Hemmungslos schluchzte sie vor sich hin, zitterte am ganzen Körper und suchte Alexanders Nähe. Erst nach einer gefühlten Ewigkeit beruhigte sich ihr hämmernder Herzschlag. Sie begriff, dass sie in Alexanders Armen sicher war.

Sie gab sich einen Ruck. „Okay, lass es mich zu Ende bringen. Wo war ich stehen geblieben …? Meine Arme hielt er die ganze Zeit über meinem Kopf fest, aus Angst, er könnte abermals mit meinen Fingernägeln Bekanntschaft machen. Ich wehrte mich, trat nach ihm, biss ihn, versuchte mich unter ihm wegzurollen. Letztendlich fesselte er mir die Hände über dem Kopf an einen Heizkörper. In dieser Position ließ er mich liegen, nachdem er mit mir fertig war. Vielleicht verstehst du jetzt, warum ich es nicht haben kann, wenn man mir die Arme nach oben biegt oder sie festhält."

Er nickte. „Das wird nicht wieder vorkommen. Tut mir leid.“

Sie winkte ab. „Nein, nein. Keine weiteren Entschuldigungen. Das konntest du ja nicht ahnen. Er vergewaltigte mich wieder und wieder. Betatschte mich, biss mich, saugte an mir …“ Sie versteifte sich. „Brrr! Manchmal werde ich nachts wach und habe das Gefühl, seine Hände auf meinem Körper zu spüren. Seinen Schweißgeruch zu riechen, seine Bierfahne. Fühle mich in diese furchtbare Situation zurückversetzt … Gefesselt … völlig hilflos …“ Sie brach ab und atmete mehrmals tief durch.

„Irgendwann verlor ich mein Zeitgefühl. Ich konnte nur noch zwischen Tag und Nacht unterscheiden, da ein schwacher Lichtschein durch die Rollläden fiel. Doch der Heizkörper, an den er mich gebunden hatte, war scharfkantig. So schaffte ich es nach einigen Tagen, das Seil zu zerreißen und flüchtete durch ein Fenster. Er wurde verhaftet, stritt jedoch alles ab. Behauptete, ich hätte ihn verführt. Erst als herauskam, dass er zwei weitere Mädchen in seiner Gewalt gehabt hatte, wurde er verknackt.

Und wie du richtig erkannt hast, war ich traumatisiert. Mein Selbstwertgefühl war am Boden. Ich wich Berührungen aus, hatte mein Vertrauen in die Menschheit verloren. Fühlte mich benutzt, gekränkt, beschmutzt. Ich verdrängte die Geschehnisse, zog mich in meine eigene kleine Welt zurück. Zwar wurde in einer Therapie versucht, die dunklen Schatten, die sich über mich gelegt hatten, zu vertreiben. Doch ich kooperierte nicht. Ich wollte nicht darüber reden, mich noch nicht einmal daran erinnern. So hatte die Behandlung nur mäßigen Erfolg und ich brach sie ab.

Auch entfremdete ich mich nach und nach völlig

von meiner Mutter. Unser Verhältnis war noch nie das Beste gewesen, schon wegen der Geschichte mit meinem Vater. Doch von da an war es vollkommen zerstört. Sie hatte keinen Schimmer, wie sie mit alledem umgehen sollte. Ich hatte auf ihre bedingungslose Unterstützung gehofft, doch die blieb aus. Sie schwieg es einfach tot.

Tja, und seitdem fiel es mir schwer, andere Menschen in meine Nähe zu lassen, vor allem Männer. Mich überhaupt irgendeiner Berührung auszusetzen. Erst als ich den Ring bekam, kehrte ein gewisses Gefühl der Sicherheit zurück.

Ja, und den Rest kennst du. Ein Glück, dass mir Scott begegnet ist, sonst hätte ich vermutlich nie mehr einen Mann an mich herangelassen. Und obwohl ich das mit dem Sex auf die Reihe bekommen habe, ist in meinem Inneren eine Emotionslosigkeit zurückgeblieben. Eine Kälte, die einfach nötig war, um nach diesem Ereignis zu überleben. Das ist wahrscheinlich auch der Grund, warum ich nicht in der Lage bin, tiefe Gefühle auszuleben."

Sie blickte ihn mit tränenfeuchten Augen an. „Ich würde alles dafür geben, wenn ich mich von ganzem Herzen in dich verlieben könnte, um dir und Jessy eine Zukunft zu geben. Aber es geht einfach nicht. Es tut mir so leid."

Alexander fixierte sie eine Zeit lang stumm. In seinem Blick lag so viel Gefühl, dass sie kurzzeitig das Atmen vergaß. Noch nie war er ihr emotional so nahe gewesen wie in diesem Moment. Sie versank in seinen blauen Augen, und die Welt um sie herum trat in den Hintergrund. Es gab nur noch diesen faszinierenden Mann, den sie niemals mehr verlieren wollte. Aber hatte sie ihn überhaupt jemals besessen?

Nach ein paar weiteren schweigsamen Sekunden riss Alexander sich von ihren Augen los. „Weißt du was? Du bist der wundervollste Mensch, der mir je begegnet ist.“ Ein ehrfurchtsvoller Unterton lag in seiner Stimme. „Vertrau mir, zu gegebener Zeit wird auch für dich der Richtige kommen. Du hast so ein großes Herz. Gib dir einfach Zeit. Danke, dass du mir alles anvertraut hast. Ich weiß das sehr zu schätzen.“ Er küsste ihr liebevoll die letzten Tränen von der Wange, bevor sich seine Lippen zärtlich auf ihren Mund legten.

Sie löste sich von ihm. „Ähm, Alexander. Bitte sei mir nicht böse. Aber ich glaube, mir ist die Lust auf Sex gerade vergangen.“

„Ehrlich gesagt hätte mich alles andere auch gewundert. Ich halte dich einfach nur im Arm, falls das für dich in Ordnung geht.“

„Mehr als in Ordnung“, flüsterte sie. „Danke fürs Zuhören. Ich glaube, es war wirklich nötig, dieses Erlebnis mal mit jemandem zu teilen. Und du denkst, ich werde es irgendwann überwinden?“

„Ganz sicher!“

Dankbar für seinen Zuspruch und sein Verständnis hauchte sie ihm ein zartes Küsschen auf die Lippen und schmiegte sich eng an ihn.

Sie musste wieder ins Reich der Träume abgedriftet sein. Als sie zu sich kam, hielt Alexander sie immer noch fest. Und in diesem Moment wünschte sie sich, jeden Tag in seinen Armen aufzuwachen. Na ja, ein wenig träumen war schließlich erlaubt. Sie schaute auf. Er bemerkte es und lächelte sie an. Und sah dabei so süß aus, dass sie ihn am liebsten vom Fleck weg geheiratet hätte. Seine Haare waren zerzaust und in seinem Blick lag so viel Wärme, dass ihr erneut das Herz aufging.

„Ich muss eingeschlafen sein."

„Was du nicht sagst."

Sie sah ihm tief in die Augen und da wusste sie, dass sie diesem Mann vertrauen konnte. Mehr als jedem anderen Menschen auf der Welt. Und zum allerersten Mal stellte sie sich die Frage, ob nicht alles so viel einfacher wäre, wenn Alexander noch am Leben wäre, kein Geist wäre? „Alexander, ich habe es mir überlegt. Ich möchte es versuchen. Das mit dem Ring. Aber ich hätte gerne ein Safeword."

Er sah sie verdutzt an. „Du redest jetzt aber nicht von Sex, oder?"

„Doch."

„Ein Safeword? Es lag nun wirklich nicht in meiner Absicht, dir deinen süßen Arsch zu versohlen, auch wenn du das sicher hin und wieder verdient hättest."

„Ich will trotzdem eins. Falls ich Panik bekomme, möchte ich, dass du mich augenblicklich loslässt, einverstanden?"

Er blies die Backen auf. „Puh, weißt du, was du da gerade von mir verlangst? Ich bin schließlich auch nur ein Mann."

„Wenn ich es schaffe, den Ring abzulegen, kannst du das auch."

Er schloss resigniert die Augen. „Okay, eins zu null für dich. Such dir ein Wort aus."

„Du hast mir mit dem Flugzeug eine gute Vorlage geliefert. Fallschirm."

Er runzelte die Stirn. „Ernsthaft? Das Wort Fallschirm? Nicht sehr erotisch."

„Das spielt doch keine Rolle."

„Also gut, meinetwegen. Bist du schon mal Fallschirm gesprungen?"

Sie schüttelte den Kopf.

„Würdest du mit mir springen?“

„Wir sind unsterblich.“

„Will heißen, wir könnten eigentlich auf den Fallschirm verzichten und so aus dem Flieger hüpfen.“ Amüsement beherrschte seine Stimme.

Sie kicherte. „Vermutlich.“

Er blickte sie eindringlich an. „Du bist wunderschön, wenn du lachst. Versprich mir, das in Zukunft häufiger zu tun.“

Sein Blick streichelte ihr Gesicht, dann hefteten sich seine Augen auf ihre Lippen, und das Knistern zwischen ihnen war wieder zugegen. Alexander beugte sich über sie und berührte federleicht ihren Mund, strich zärtlich mit seiner Zunge darüber und hinterließ eine Spur aus Feuer. Sie stöhnte auf. Bereitwillig gab sie sich seinen Küssen hin. Prompt zog er sie näher an sich, hielt sie fest, glitt mit den Händen über ihren Körper. Bis hinunter zu ihrem Po. Dann presste er ihr Becken gegen seins.

Sie keuchte leise auf, als sie seine Erregung an ihrer Hüfte spürte. Er rieb sich an ihr und entfachte damit ein loderndes Feuer in ihrem Unterleib. Immerhin war er genauso scharf auf sie, wie sie auf ihn. Ein beruhigendes Gefühl. Ihre Hände tasteten sich zu seinem Hemd vor und begannen es aufzuknöpfen.

„Der Ring“, flüsterte er gegen ihren Mund. „Steck ihn mir an!“

„Mist!“, murmelte sie. „Ich dachte schon, du hättest es vergessen.“

Er lachte gegen ihre Wange. „Da hättest du dich schon ein bisschen mehr ins Zeug legen müssen.“

Sie löste sich eine Handbreit von ihm und blickte ihn an. In seinen Augen lauerte der Schalk. Couragiert griff sie nach dem Ring auf dem Nachttisch und schob ihn Alexander über den Finger.

Er musterte skeptisch seine Hand. „Ich warte jedes Mal auf den Blitz, der mich durchfährt. Aber nichts. Lass mich ausprobieren, ob es funktioniert.“ Er packte eins der Kissen, die ihr Bett bevölkerten. „Tatsächlich.“ Mit einer Hand zog er Olivias Becken hoch und schob ihr das Kissen unter den Hintern. Als er sich wieder über sie beugte, stöhnte sie auf. Seine Erektion drückte genau gegen ihre empfindlichste Stelle.

„Oh mein Gott!“, wimmerte sie.

Er lächelte nur. Dann griff er nach ihrer Hand. Er schaute ihr tief in die Augen, während er ihr langsam den Ring vom Finger zog. Ihr Atem beschleunigte sich, das Blut rauschte in ihren Ohren. Sie hörte ihren eigenen Pulsschlag. Allerdings war sie sich nicht darüber im Klaren, ob Angst oder Begehren dieses Gefühl auslöste.

Alexander legte den Ring auf den Nachtisch. „Alles klar?“

„Ich weiß nicht. Ich kann gerade nicht denken.“

„Hervorragend, das musst du jetzt auch nicht. Lass es einfach geschehen.“ Seine Finger wanderten über ihr Schlüsselbein nach unten und schoben ihr den Träger des BHs von der Schulter. Liebevoll küsste er ihren Busen, was sie laut aufstöhnen ließ.

„Alex, o ja. Bitte, hör nicht auf!“

„Keine Angst. Ich wäre ein verdammter Idiot, wenn ich mich heute nicht ganz tief zwischen deinen warmen weichen Schenkeln vergraben würde.“ Er richtete sich auf und ließ sein Hemd von den Schultern rutschen. Sie stöhnten beide auf, als er sich wieder über sie beugte und Haut auf Haut traf.

„Gott, Livi“, flüsterte er nahe an ihrem Ohr, als sie

mit einer Hand seine Jeans aufknöpfte. „Ich werde wirklich versuchen, das heute langsam anzugehen. Aber ich kann für nichts garantieren.“ Er schnappte nach Luft, als sie ihre Hand in seine Jeans schob und seine Härte umfasste. Er ließ es ein paar Sekunden lang schwer atmend zu, dass sie ihn streichelte. Dann sprang er auf und zog sich die Jeans mitsamt Boxershorts aus.

Er kniete sich auf das Fußende des Bettes, nahm einen ihrer Füße in die Hand und küsste sich liebevoll daran hoch. Voller Überraschung keuchte sie auf, doch dann lehnte sie sich zurück und schloss entspannt die Augen. Das war nicht mehr der emotionslose, ja fast sogar skrupellose Mann, den sie kennengelernt hatte. Die schweren Zeiten, die sie zusammen durchgemacht hatten, schienen sich endlich auszuzahlen.

Und auch Alexander jubilierte innerlich. Olivia war auf dem besten Wege, sich ihm hinzugeben. Und zwar ohne diesen dämlichen Ring. Bewundernd glitten seine Blicke über ihren Körper. Sie war schön wie die Sünde und wirkte mit ihrer hellen Haut wie eine edle Porzellanpuppe, eine erlesene Kostbarkeit. Sanft küsste er sich ihr Bein entlang. Sie roch so gut, ihre Haut war zart und weich. Als er mit seinem Mund an ihrem Becken angelangte, knabberte er an dem feinen Stoff ihres Höschens, und es fiel ihm mal wieder unglaublich schwer, langsam zu machen.

Sie kicherte leise. „Bitte, nicht wieder zerreißen. Nicht, dass ich etwas dagegen hätte. Aber die Dinger sind so schweineteuer.“

Er schmunzelte. „Dein Wunsch ist mir Befehl. Weißt du was? Wenn du mal wieder in Berlin bist, um nach den Kids der Maier zu sehen, dann machst du einfach mit der Kreditkarte, die Sebastian mir besorgt hat, einen kleinen Abstecher ins KaDeWe. Dort bekommst du deine bevorzugte Unterwäschemarke.“

Sie richtete sich leicht auf. „Alexander Winter, ich werde jetzt nicht nachfragen, woher du das weißt“, äußerte sie betont entrüstet. „Aber das Angebot nehme ich dankend an. Ich werde deine Kreditkarte zum Rauchen bringen.“

Er griff nach ihrem Höschen und zog es ihr langsam nach unten. „Gut, ausnahmsweise verschone ich es.“ Lächelnd ließ er es fallen, bevor er sich über sie beugte und ihr den BH öffnete. Dann ging auch dieser zu Boden.

„Wow!“, flüsterte er. „Weißt du, dass ich dich noch nie vollkommen nackt gesehen habe? Was für ein Vergehen.“

„Tja, so ist das nun mal, wenn man es immer so eilig hat, dass man es nicht aus den Klamotten schafft. Aber dein Körper ist auch nicht zu verachten.“ Spielerisch kratzte sie ihm mit einem Fingernagel über die Brust, was ihm postwendend eine Gänsehaut bescherte.

Er schob sich wieder über sie und küsste sie.

Sie wimmerte leise. „O Alex, es fühlt sich so verdammt gut an, dich so zu spüren.“

„Wem sagst du das? Du bringst es immer wieder fertig, mir den Verstand zu vernebeln. Im Grunde genommen wollte ich das mit dem Vorspiel noch ein wenig vertiefen, aber ich glaube, ich schaffe das nicht. Also Planänderung: Ich werde dich zuerst nehmen, bevor ich dich von Kopf bis Fuß verwöhne, einverstanden? Und dann werde ich wieder von vorne anfangen - die ganze Nacht lang.“

Sie keuchte auf, dann nickte sie. „Welche Frau könnte so einem Angebot widerstehen?“, bediente sie sich der Worte, die er ein paar Tage zuvor benutzt hatte.

Er sank zwischen ihre Schenkel, die sich wie von selbst für ihn öffneten. Da sie immer noch mit dem Hintern auf dem Kissen lag, drückte seine Erektion automatisch gegen ihre empfindlichste Stelle. Abermals entfuhr ihr ein Keuchen. Es kostete ihn eine unglaubliche Überwindung, nicht sofort in sie einzudringen, doch er wollte sie noch ein klein wenig verrückter machen. Frauen, die die Kontrolle abgaben, machten ihn scharf. So glitt er mit einer Hand zwischen ihre Beine und liebkoste sie so lange, bis sie sich unter ihm wand.

Ihr Körper zuckte. Immer wieder hauchte sie seinen Namen. Er spürte, dass sie kurz vor der Erlösung stand. Doch es lag nicht in seinem Sinn, ihr auf diese Art und Weise Befriedigung zu verschaffen. Er wollte in ihr sein, wenn sie kam. Und dieses Mal würde er ihr dabei in die Augen sehen. So schob er sich mit einem kräftigen Stoß in sie hinein. Gott! Sie war so warm und eng und feucht. Wenn er nicht schleunigst an etwas anderes dachte, würde es keine fünf Sekunden dauern, bis er in ihr abspritzte.

Überrascht riss sie die Augen auf. „Alex, was …?“

Er schmunzelte. „Keine Panik, du wirst schon noch auf deine Kosten kommen.“

„Mistkerl!“, murmelte sie leise.

Doch als er anfing sich in ihr zu bewegen, seufzte sie glücklich. Immerhin schien sie inzwischen vollkommen vergessen zu haben, dass sie den Ring nicht mehr trug.

Hervorragend, sein Plan ging auf!

Vorsichtig fuhr er immer wieder in sie hinein und kämpfte gegen den Drang an, sich mit ein paar gezielten Stößen zu holen, was er brauchte. Doch als sie ihm nach einiger Zeit die Beine um die Taille schlang, verlor er sich völlig in ihr. Es gab nur noch ihre beiden Körper, die sich rhythmisch bewegten. Alles um ihn herum verblasste. Da war nur noch Olivia, die sich einfach unglaublich anfühlte.

Olivia bemerkte, dass Alexander die Zähne zusammenbiss. Er hatte die Augen geschlossen und schien heftig um Beherrschung zu ringen, während er sich ein ums andere Mal fest in sie hineinschob. Noch nie zuvor hatte sie sich mehr als Frau gefühlt. Sie schaffte es wirklich, diesen abgeklärten, erfahrenen Kerl an seine Grenzen zu treiben.

„Meine Güte, Livi. Du fühlst dich so gut an", flüsterte er in diesem Moment mit rauer Stimme. Er atmete nun abgehackt und seine Stöße wurden schneller, härter. Anscheinend hatte er soeben eine dieser Grenzen überschritten.

Moment mal! Hatte er ihr nicht gerade mit purer Absicht einen Orgasmus verwehrt?

„Fallschirm!", rief sie.

Er verharrte in der Bewegung und riss die Augen auf. „Was? Abwehrend hob er eine Hand in die Luft. „Herrje, was habe ich getan?"

„Ich weiß auch nicht. Irgendetwas stimmt nicht. Würdest du mich bitte kurz zu Atem kommen lassen."

Er stöhnte. „O Fuck, Livi! Wenn du jetzt verlangst, dass ich ihn rausziehe, dann sterbe ich."

„Unwahrscheinlich, du bist doch längst tot."

Er ballte eine Hand zur Faust. Sein Gesichtsausdruck war so verzweifelt, dass sie laut losprustete.

Da kam ihm die Erkenntnis. „Du Hexe!", wetterte er.

Dann zog er sich blitzschnell aus ihr zurück. Und bevor sie noch reagieren konnte, hatte er sie schon auf den Bauch gedreht und sich von hinten wieder in sie hineingeschoben.

„Das wirst du mir büßen!“, raunte er ihr ins Ohr und stieß so fest in sie, dass ihr der Atem stockte. „Du hättest es heute auch bis zum Schluss zärtlich haben können. Aber du musstest mich ja bis aufs Blut reizen. Eigentlich wollte ich dir ausnahmsweise mal in die Augen sehen, wenn du kommst. Aber das muss nun eben noch ein wenig warten.“

Olivias ganzer Körper vibrierte. Sie liebte es, wenn er sie so hart hernahm. Das passte einfach zu Alexander. Er war durch und durch ein Draufgänger. Ging grundsätzlich aufs Ganze. In jeder Hinsicht. Er genoss es, die Kontrolle zu behalten. Und sie überließ sie ihm nur zu gerne. Denn genau das war es, was seine Persönlichkeit ausmachte.

Er nahm sie mit einer solchen Kraft und Hingabe, dass sie schon nach wenigen Stößen das Gefühl hatte zu vergehen, sich aufzulösen wie eine Brausetablette im Wasser. Alles um sie herum verschwamm. Ihre Körper wurden einmal mehr zu einem. Ihr Unterleib schlug Kapriolen. Die Erregung schien über ihr zusammenzuschlagen wie eine Welle, bevor sie sie in die Tiefe riss. Olivia in einer Welt zurückließ, in der kein Raum mehr zum Denken war.

Und irgendwann konnte sie von Glück reden, dass das Kissen unter ihrem Bauch lag, denn sie hatte keine Kraft mehr Alexanders Stöße zu parieren. Sie schrie laut auf, als der Orgasmus sie zerriss. „Alex!“, keuchte sie immer wieder. „Oh Alex, bitte, ich kann nicht mehr!“, bettelte sie. „Gib mir eine kurze Pause!“

Er gab ein knurrendes Geräusch von sich. „Aber nur weil du so lieb darum bittest. Doch ich verspreche dir, dass du heute Nacht noch einige Male meinen

Namen stöhnen wirst." Mit diesen Worten ließ er endlich locker und brach nach wenigen Sekunden auf ihr zusammen.

Kapitel 22

Als Olivia am nächsten Morgen erwachte, fand sie sich alleine im Bett wieder. Sie benötigte ein paar Wimpernschläge, um in die Realität zurückzufinden. Ihre Gedanken wanderten zu der vergangenen Nacht zurück und ließen sie hoffen, dass nicht alles nur ein Traum gewesen war. Sie beäugte die zerwühlten Laken und sog Alexanders männlichen Duft ein, der dem Bett anhaftete.

Nein, eindeutig kein Traum!

Alexander hatte Wort gehalten und ihr erst Ruhe gegönnt, als die ersten Vögelchen in den Bäumen zwitscherten und die Sonnenstrahlen neugierig durch die Ritzen der Vorhänge lugten. Sie streckte sich genüsslich. Ihr Körper war ausgelaugt nach dieser anstrengenden Nacht, aber so entspannt wie selten zuvor. Dieser Mann wusste definitiv, wie man eine Frau glücklich machte. Einem das Gefühl gab, wunderschön und durch und durch erotisch zu sein. Ob er wieder in seine Zwischenwelt abgetaucht war?

Sie blickte um sich. Seine Klamotten waren samt und sonders verschwunden. Auf dem Nachtisch ruhte einer der Ringe. Der zweite glänzte jedoch durch Abwesenheit. Verwundert griff sie nach dem Ring und steckte ihn sich an.

Was war mit dem anderen passiert?

Sie schlüpfte in ihre Jeans und ein T-Shirt und marschierte nach draußen. Strahlender Sonnenschein begrüßte sie und blendete sie im ersten Moment.

Verblüfft nahm sie den Mann ins Visier, der im Schneidersitz inmitten eines Blumenbeetes saß. Hingebungsvoll ließ er seine Finger über die Blätter einer Rose gleiten. Bei dem Gedanken daran, wie seine zärtlichen Hände in der Nacht zuvor über ihren Körper gewandert waren, durchströmte Olivia prompt ein angenehmes Gefühl.

Es war ein rührendes Bild. Alexander trug den Ring noch am Finger und genoss es sichtlich, einmal nicht durch jeden Gegenstand hindurchzufassen. Wie ein Kind, das mit großen Augen die Natur bewunderte, ertastete er seine Umgebung. Und wie er so dasaß, von der Sonne bestrahlt, wirkte er wie ein Engel. Allerdings ein gefallener Engel, wenn sie an die vergangene Nacht zurückdachte.

Dieser Mann war so verboten schön, dass es ihr den Atem raubte. Seine schwarzen Haare fingen die Strahlen der Sonne ein und schimmerten seidig. Sie ging auf ihn zu und sank neben ihm auf die Knie. Er sah auf und lächelte sie an, und in diesem Moment hatte sie das Gefühl, ihr bliebe das Herz stehen. Erst Sekunden später machte es sich heftig hämmernd wieder bemerkbar. Ob dieser unerwarteten körperlichen Reaktion atmete sie tief ein. Sekundenlang starrten sie sich nur stumm an.

Alexander löste sich als Erster aus dem Bann. Er beugte sich nach vorne und küsste sie sanft auf die Lippen. „Guten Morgen, meine Schöne. Alles in Ordnung mit dir?“

„Gott, ja! Ich danke dir für diese wundervolle Nacht.“ Ihr Blick wanderte zu seiner Hand, die immer noch die Rose umschloss. „Genießt du es, die Dinge einmal wieder berühren zu können?“

Er nickte. „Du kannst dir gar nicht vorstellen, was das für ein Gefühl ist. Einfach unbeschreiblich. Ich habe mir erlaubt, den Ring noch ein bisschen anzubehalten. Ich hoffe, du siehst mir das nach.“

„Alexander, ich möchte, dass du ihn behältst. Er

gibt dir deine Lebensfreude zurück. Du kannst wieder fliegen, Fallschirm springen, was weiß ich noch alles. Ansonsten gammelt er eh nur in diesem elenden Schließfach herum."

„Nein, das hatten wir doch bereits geklärt. Du bewahrst ihn für jemanden auf, der es wert ist, ihn zu tragen."

Sie winkte ab. „Ehrlich gesagt habe ich denjenigen schon gefunden." Sie blickte ihm in die Augen. „Alexander Winter, ich schenke dir den Ring. Ab sofort gehört er dir. Von nun an trägst du die Verantwortung dafür."

Alexander starrte sie für den Bruchteil einer Sekunde ungläubig an. Dann kniff er die Augen zusammen. „Autsch! Was ist denn mit der Sonne los? Warum blendet sie mich plötzlich?" Er blinzelte, legte jedoch augenblicklich schützend die Hand vor die Augen. „Entschuldige, ich glaube, ich vertrage die Sonne gerade nicht." Er schielte auf seinen Finger, aus dem ein Tropfen Blut quoll. „Das glaube ich jetzt nicht", stammelte er. „Die Rose, ich habe mich an einem Dorn gestochen. Wie ist das möglich?"

Er rappelte sich auf und rannte gegen die Gartenbank. „O Fuck! Ich bin Hindernisse einfach nicht mehr gewöhnt." Er humpelte in den Schatten und sank dort auf die Bank.

Olivia sprang auf und rutschte neben ihn. „Was ist los? Geht es dir nicht gut?"

Er zuckte mit den Schultern. „Ich weiß auch nicht. Irgendetwas stimmt mit meinen Augen nicht. Es ist so hell." Er schaute auf seinen Finger. „Mir war nie bewusst, dass ein Geist bluten kann." Er hob den Kopf. „Kann das etwas mit dem Ring zu tun haben?"

„Ich habe keine Ahnung. Lilly oder Sebastian haben

das nie erwähnt."

Ganz unerwartet blitzte Unmut in seinen Augen auf. „Ich finde das völlig unverantwortlich, was du soeben getan hast. Vielleicht hast du die Kraft des Ringes gerade aufs Spiel gesetzt. Kann man das mit der Schenkung rückgängig machen?"

„Woher soll ich das wissen?"

Plötzlich durchbrach ein knurrendes Geräusch die Stille.

Alexander sah an sich hinab. „War das eben mein Magen? Himmel, Olivia, was hat dieser Ring mit mir angestellt?" Verwirrt schaute er um sich. „Die Umgebung, sie wirkt komplett verändert. Viel heller, farbenfroher. Das Gezwitscher der Vögel, es erscheint mir lauter. Der Geruch der Natur, viel intensiver."

Er inspizierte sie ein paar Sekunden lang gedankenverloren, wobei sein Blick direkt in ihre Seele einzutauchen schien. „Olivia, ich muss dich das jetzt fragen. Was genau empfindest du für mich?"

„Wenn ich das nur selbst wüsste", murmelte sie und schaute betreten zu Boden.

„Olivia, sieh mich an!"

Zaghaft blickte sie wieder auf.

„Kann es sein, dass du dich in mich verliebt hast?"

„Wäre möglich." Ihre Stimme war nur mehr ein kaum wahrnehmbares Flüstern.

Alexander schloss die Augen. „O mein Gott! Du liebst mich? Nein, das darf nicht sein!" Er sprang auf und tigerte fieberhaft im Garten umher. „Himmel noch mal, monatelang habe ich mir das gewünscht, habe mit allen fairen und unfairen Mitteln gekämpft, um dich so weit zu bringen. Und jetzt, wo ich die Hoffnung schon aufgegeben hatte, ist es passiert. Und nun weiß ich verdammt noch mal nicht, wie ich damit umgehen soll.“

In Olivias Brust zog sich etwas zusammen. Allem Anschein nach würde sie nun zum ersten Mal in ihrem Leben in Erfahrung bringen, wie sich ein gebrochenes Herz anfühlte. „Irgendwie war mir selbst nicht bewusst, wie stark meine Gefühle für dich sind. Ich vermisse dich, wenn du nicht in meiner Nähe bist. Noch nie ist mir ein Mann so nahegekommen wie du. Aber ich wusste ja bisher nicht, wie es ist, jemanden zu lieben. Daher habe ich keinen Gedanken daran verschwendet, als ich dir den Ring geschenkt habe.

Aber mach dir keinen Kopf deswegen. Das stellt keinerlei Verpflichtung für dich dar. Alex, du hast mir schon so viel gegeben. Du hast mir meine Angst vor Menschen weitestgehend genommen, du hast mich vom Alkohol kuriert. Und du hast mir die schönste Nacht meines Lebens bereitet. Wobei ich nicht eine einzige Sekunde an den Ring gedacht habe. Ich stehe tief in deiner Schuld. Nun habe ich dir dein Leben zurückgegeben. Jetzt sind wir quitt.“

Er öffnete den Mund, um etwas kundzutun, doch die Worte schienen ihren Weg nicht nach draußen zu finden. Er sank neben sie auf die Bank und zog sie in seine Arme. Freimütig ließ sie es geschehen und sank gegen seine Brust.

Er strich ihr seufzend übers Haar. „Olivia, das kommt alles so überraschend. Ich bin momentan nicht in der Lage auch nur einen klaren Gedanken zu fassen. In meinem Kopf schwirrt alles wild durcheinander.

Ich meine, wie geht es jetzt weiter? Was wird aus mir? Muss ich zurück in die Zwischenwelt oder kann ich wieder fliegen? Kann ich meine Tochter in die Arme schließen, ohne Angst zu haben, dass ich sie ein paar Tage später verlassen muss? Oder werde ich sie gar töten, wenn ich sie berühre? Was passiert, wenn ich den Ring ablege? Und vor allem, wie geht das mit uns beiden weiter? Du bedeutest mir viel, wirklich. Aber Liebe? Ich weiß nicht. Tiefere Gefühle sind nun mal nicht so mein Ding. Das alles überfordert mich gerade ziemlich."

Sie nickte tapfer, versuchte sich nicht anmerken zu lassen, dass seine Worte sich wie scharfe Krallen in ihr Herz geschlagen hatten. „Schon klar. Ich bin ja soeben selbst aus allen Wolken gefallen. Vielleicht solltest du mal mit Sebastian reden. Er hat das ja auch durchgemacht."

„Das ist eine gute Idee. Aber lass mich dich erst noch einen Moment festhalten. Und dann brauche ich dringend etwas zu essen und endlich mal wieder ein Bier."

Kapitel 23

„Vertraust du mir, Olivia?"

Die wohlbekannte Männerstimme ließ Olivia aufblicken. „Alexander, du bringst es doch immer wieder fertig, mich zu erschrecken." Mit einem klackenden Geräusch schloss sie ihren Laptop. „Was für eine Frage! Inzwischen solltest du eigentlich nicht mehr an meinem Vertrauen zu dir zweifeln."

Er kam näher. Und wie immer sah er einfach nur sexy aus. „Bereust du es schon, dass du mir den Ring geschenkt hast?"

„Ich würde es jederzeit wieder tun." Sie unterzog ihn einer eingehenden Musterung. Er wirkte verändert. Ein gelöster Zug lag um seine Mundwinkel. Anscheinend tat ihm das zurückgewonnene Leben gut. „Du siehst glücklich aus."

Er grinste und wirkte dabei so anziehend, dass es ihr den Atem verschlug. „Da liegst du vollkommen richtig. Und jetzt möchte ich, dass du mit mir kommst. Ich will dir etwas zeigen."

„Ich vermute, du wirst mir nicht sagen, wohin?"

Er schüttelte den Kopf. „Nicht einmal ansatzweise. Lass dich überraschen." Auffordernd streckte er ihr die Hand entgegen.

Ohne zu zögern, griff sie zu. Er zog sie hoch, und sie landete in seinen starken Armen. Selig schmiegte sie sich an ihn, denn ihr dummes Herz hatte schon Angst gehabt, ihn nie mehr wiederzusehen. Nicht, dass sie eine Ahnung hatte, wie sie mit diesem Verlust hätte umgehen sollen. Jetzt, wo Alexander frei über den Ring verfügen konnte, war er in keiner Weise mehr von ihr abhängig. Und immerhin war er zwei elendig lange Tage verschwunden gewesen. Mehrfach war sie drauf und dran gewesen, ihren Kummer mit dem einen oder anderen Gläschen Whiskey zu vertreiben. Doch glücklicherweise war sie standhaft geblieben.

„Bist du so weit?“, hauchte er in ihr Haar.

„Für dich doch immer.“ Hach! Nur die Umarmung dieses Mannes konnte ein solches Wohlgefühl in ihr auslösen.

Er lachte leise. Dann packte er sie fester. Kurzzeitig verlor sie den Boden unter den Füßen, bevor sie im weitläufigen Garten eines schicken weißen Einfamilienhauses wieder in die Realität zurückbefördert wurde. Verwundert blickte sie um sich.

Ach du liebe Güte! Wo war sie?

„Komm mit!“, raunte er ihr zu und zog sie um das Haus herum.

Etwas versteckt neben einer schmiedeeisernen Bank hockte ein kleines Mädchen auf einer Decke. Vor ihr lag ein Malbuch. Voller Hingabe zerrte ein Kätzchen an einem Ende der Decke herum. Als sie sich näherten, blickte das Mädchen auf. Prompt ließ sie den Stift fallen. Ein Strahlen breitete sich auf ihrem Gesicht aus. Sie schoss hoch und jagte auf sie zu.

„Papa!“, rief sie. Dann flog sie in Alexanders Arme. Ungestüm wirbelte er sie herum, bis sie vor Freude quietschte. Er stellte den Wildfang ab und ging neben ihm in die Hocke. „Jessy, ich möchte dir jemanden vorstellen.“ Er sah zu Olivia auf. „Das ist Olivia. Sie ist die Frau, die mich geheilt hat. Ohne sie könnte ich jetzt nicht bei dir sein.“

Jessy hüpfte auf Olivia zu und schlang ihre kleinen Arme um Olivias Taille. „Danke, dass du meinen Papa wieder gesund gemacht hast. Er hat mir so gefehlt.“

Olivia wusste nicht so recht, was sie sagen sollte. Weder war sie im Umgang mit Kindern sonderlich bewandert, noch war sie darüber im Bilde, was Alexander seiner Tochter erzählt hatte. „Das habe ich doch gerne gemacht“, verkündete sie hilflos.

Die Kleine löste sich ein Stück von ihr und schielte zu ihr hinauf. „Kommst du jetzt öfter zu uns?“

„Ja, das wird sie“, nahm Alexander ihr die Antwort ab.

Olivia starrte ihn überrascht an. Ach ja? Gut zu wissen!

„Und in den Ferien wirst du uns in England besuchen kommen, nicht wahr?“, äußerte Alexander zu seiner Tochter gewandt. „Olivia liebt Pizza genauso sehr wie du. Sie wird dich sicherlich damit füttern, bis du platzt.“

Uns? England? Pizza? Was hatte sie verpasst? Olivia blickte ungläubig zwischen ihm und der Kleinen hin und her, die eifrig nickte.

„Cool!“, flötete das Kind. „Hauptsache, du gehst nicht wieder weg.“

Alexander zog das Mädchen von Olivia weg und nahm sie auf seine Arme. „Versprochen, mein Sonnenschein“, hauchte er in ihr Haar und zwinkerte Olivia über Jessys Kopf hinweg zu. „Ich werde dich nie mehr alleine lassen! Niemals wieder!“

Aufmerksam betrachtete Olivia das Mädchen in Alexanders Armen, das seine Ärmchen nun fest um seinen Hals geschlungen hatte. Das Bild war so rührend, dass ihr die Tränen in die Augen stiegen.

In diesem Moment setzte Alexander seine Tochter ab. „Wir haben noch etwas Wichtiges zu erledigen, mein Schatz. Aber mach dir keine Sorgen, ich bin bald zurück.“

Das Mädchen wollte gerade zum Protest ansetzen, als hinter ihnen etwas knirschte.

Alexander grinste. „Äh, Jessy. Ich glaube, wenn du dich nicht bald wieder um Alex kümmerst, bleibt von deinem Malbuch nicht viel übrig."

Irritiert fuhr die Kleine herum. „O nein!", quiekte sie, als sie des Kätzchens gewahr wurde, das gerade ihr Malbuch zerlegte. „Mach's gut, Papa, und du auch, Olivia!" Aufgebracht hetzte sie auf das Tier zu. „Alex, du weißt doch, dass du das nicht darfst!", schimpfte sie, bevor sie auf die Decke sank, und den Versuch unternahm, den restlichen Zeichnungen das Leben zu retten.

Alexander griff derweil schmunzelnd nach Olivias Hand und führte sie erneut um das Haus herum. In einer abgelegenen Ecke hielt er inne und schloss sie einmal mehr in die Arme. Dann küsste er sie sanft auf den Mund. Doch noch bevor sie irgendwelche Fragen aufwerfen konnte, verlor sie abermals den Boden unter den Füßen. Als sie wieder aufblickte, war sie von Bäumen umgeben.

Ein Wald? Was kam denn jetzt?

Schnurstracks zog Alexander sie auf eine Lichtung, auf der sich ein kleiner Flugplatz verbarg.

Fliegen! Er wollte mir ihr fliegen! War das nun ein gutes oder ein schlechtes Zeichen?

„Alexander, willst du mir nicht endlich erklären, was das alles zu bedeuten hat?"

„Später!"

Sie steuerten ein winziges Flugzeug an, stiegen aber nicht vorne ein, sondern hinten. Lächelnd reichte er ihr einen gelben Overall. „Hier, zieh den an!" In diesem Moment setzte sich die Maschine auch schon in Bewegung. Vorsichtshalber rutschte Olivia neben Alexander, der auf dem Boden Platz genommen hatte. Richtig, jetzt fiel es ihr erst auf: Jemand hatte die Sitze herausmontiert.

„Was hast du vor?“ Sie bombardierte ihn mit auffordernden Blicken.

„Vertrau mir, du wirst es lieben.“

Das Flugzeug hob unter leichtem Geruckel und Gescheppper ab. Ein paar Minuten später stülpte sich Alexander eine Art Rucksack über. Eine dunkle Ahnung beschlich sie. Und obgleich sie unsterblich war, fing ihr Herz plötzlich heftig an zu pochen.

„Bist du bereit?“, fragte Alexander, als sie schon eine beträchtliche Höhe erreicht hatten. In seinen Augen lauerte der Schalk. Und eins war ihr bewusst: Die Frage bezog sich nicht nur auf den bevorstehenden Fallschirmsprung.

„Nicht wirklich, denn du bist immer für eine Überraschung gut.“

Er schmunzelte. Dann küsste er sie sanft auf den Mund, bevor er ihr zwei Gurte über die Schultern schob. „Mach die Beine breit!“, raunte er ihr mit tiefer Stimme zu. Dann führte er zwei weitere Gurte zwischen ihren Schenkeln hindurch und befestigte diese vor ihrem Bauch, bevor er Olivia quasi an sich festgurtete.

Mit ihr zusammen robbte er zur Tür des kleinen Flugzeugs, die sich knarzend öffnete. Blau strahlte der Himmel, und die Helligkeit blendete Olivia für einen kurzen Moment. Während sie noch blinzelnd versuchte, ihre Augen an die Lichtverhältnisse zu gewöhnen, krabbelte Alexander schon an den Rand des Fliegers. „Die Füße aufs Trittbrett, die Arme vor die Brust, den Kopf nach hinten. Den Rest mache ich“, befahl er. Dann schob er ihr eine Brille über die Augen und sprang mit ihr ins Leere.

Sie quiekte überrascht auf, als er mit ihr eine Rolle

im freien Fall vollführte, bevor sie kopfüber auf die Erde zurasten. Die Luft zischte pfeifend an ihr vorbei, verzerrte ihre Gesichtszüge, riss an ihrem Haar und dem Overall.

Doch eine Sache nahm ihr die Panik: Alexander.

In der Luft war er in seinem Element und urplötzlich war jede Angst dahin. Adrenalin schoss durch Olivias Adern und ließ sie vor Freude jauchzen. Das Kribbeln im Bauch war unvergleichlich. So fühlte sich unendliche Freiheit an. Wie eine ewig andauernde Achterbahnfahrt ohne Schienen in die Tiefe. Es war wie das Gleiten auf einem riesigen Luftkissen. Und während sie sich auf die Erde zubewegten und die Wiesen und Dörfer unter ihnen Konturen annahmen, entspannte sie sich komplett.

Nie hatte sie sich einem Menschen näher gefühlt. Sie war völlig von Alexander abhängig. Und sie liebte diese Vorstellung. Grenzenloses Vertrauen zu ihm durchflutete sie.

Nach fast einer Minute im freien Fall öffnete er den Fallschirm, der sich mit einem leisen Knall entfaltete. Dann gab es einen Ruck, und sie hatte den Eindruck nach oben zum Flugzeug zurückzuschnellen. Dabei waren sie nur langsamer geworden. Lässig flog Alexander ein paar Kurven. Die Welt von oben in solch einer Ruhe zu sehen war zum Heulen schön. Sie schwebte, und es war, als ob alle Sorgen von ihr abfielen. Sie hatte ihr Zeitgefühl völlig verloren.

Viel zu schnell kamen sie dem Boden näher und Alexander legte eine saubere Landung hin, rutschte mit den Füßen noch ein paar Meter über das Gras, bevor sie zum Stillstand kamen. Dann setzte er sie vorsichtig ab und löste die Gurte. Immer noch ganz high vom Adrenalin drehte sie sich zu ihm um.

„Noch einmal!“, forderte sie ausgelassen.

Er strahlte über das ganze Gesicht und wirkte dabei so jung und zufrieden, wie selten zuvor. „Ein anderes Mal gerne, aber jetzt lass mich dir aus dem Overall helfen.“

Sie war so aufgedreht, dass sie beim Ausziehen prompt in einem Bein des Overalls hängen blieb und rücklings ins weiche Gras purzelte. Doch Alexander dachte gar nicht daran, ihr aufzuhelfen. Im Gegenteil: Nachdem er ihren Fuß befreit hatte, beugte er sich über sie und drückte sie mit dem Oberkörper nach hinten, sodass sie auf dem Rücken zum Liegen kam. Er fischte ihr ein paar rote Haarsträhnen aus dem Gesicht und küsste sie liebevoll auf den Mund.

„Du hast mir gefehlt“, flüsterte er ihr zu.

„Du mir auch. Ich hatte fürchterliche Angst, dich nicht wiederzusehen. Wo warst du?“

„Ich musste erst einmal dieses Wirrwarr in meinem Kopf sortieren. Daher habe ich mich lange mit Sebastian unterhalten. Danach habe ich meiner Tochter und meiner Mutter einen Besuch abgestattet. Meiner Mutter habe ich die ungeschminkte Wahrheit erzählt, was sie ziemlich geschockt hat. Jessy hingegen glaubt, dass ich schwer krank war, es zuerst keine Hoffnung gab. Doch durch deine Hilfe habe ich wundersamerweise überlebt.“ Er küsste sie erneut, dieses Mal intensiver. „Ja, und jetzt habe ich ein großes Problem. Ich brauche nämlich eine Wohnung.“

Sie starrte ihn verdattert an. „Bitte?“

„Ja, eine Freundin meiner Mutter bevölkert mein früheres Appartment und ist nicht gewillt, dort so schnell wieder auszuziehen. Und aus meiner Wohnung in der Zwischenwelt muss ich auch raus. Da ich quasi wieder lebe, ist Thanatos nicht mehr für mich zuständig."

„Und was hast du jetzt vor?"

Er grinste. „Dein Haus ist zwar nicht riesig. Aber ich denke, für den Anfang sollte es gehen."

„Du willst bei mir wohnen?"

„Nein, nicht bei dir. Sondern mit dir."

„Ich verstehe nicht."

Er blickte sie einen Moment lang schweigend an, wobei in seinen Augen mehr Gefühl aufblitzte, als sie es je bei ihm für möglich gehalten hätte. „Hör zu, Olivia. Ich bin nicht gut in solchen Dingen. Und ich kann das, was ich für dich empfinde, nur schwer in Worte fassen. Du weißt, seit du mir den Ring geschenkt hast, könnte ich wieder jede Frau haben, die ich will. Das Seltsame ist, dass ich gar kein Interesse daran habe. Denn es gibt inzwischen nur noch eine, die mich anspricht."

Zärtlichkeit hatte sich bei seinen Worten auf seinem Gesicht ausgebreitet. „Livi, ich weiß nicht, ob es für die Ewigkeit sein wird. Eine feste Beziehung, das ist für mich Neuland. Aber in einer Sache bin ich mir ganz sicher: Ich möchte jede Minute mit dir verbringen. Mich hat es echt erwischt. Irgendetwas ist in den letzten Wochen in mir geschmolzen, hat zugelassen, dass sich jedes Mal in deiner Nähe ein unbeschreibliches Glücksgefühl in mir ausbreitet.

Zuerst war ich mir nicht sicher, ob ich damit umgehen kann. Du bist in mancher Hinsicht völlig durchgeknallt, gefangen in deiner Fantasywelt. Du bist so anders als die meisten Frauen, so außergewöhnlich. Aber genau das ist es, was einen unglaublichen Reiz auf mich ausübt. Ich möchte für dich da sein. Dich vor der Welt da draußen beschützen und dir auch noch deine letzten Ängste nehmen.

Aber ich habe auch eine Bitte. Ich will, dass du mir hilfst, ein besserer Mensch zu werden. Ich habe mein Leben lang immer nur an mich gedacht. War arrogant, hielt mich für unantastbar. Ich muss lernen, auch mal für andere da zu sein. Und ich möchte mich mehr um Jessy kümmern. Was meinst du, gibst du mir eine Chance?"

„Versuchst du mir etwa gerade mitzuteilen, dass du etwas für mich empfindest?"

Er nickte. „Ja, du verrücktes Huhn. Ich weiß nicht, wann es passiert ist. Aber du hast mich mitten ins Herz getroffen. Und du kannst mir glauben, die folgenden Worte fallen mir alles andere als leicht, denn du bist die erste Frau, zu der ich das sage." Er machte eine theatralische Pause. „Ich liebe dich, süße Livi!"

Sie schluckte. „Wow! Damit hätte ich nun am allerwenigsten gerechnet. Und ganz ehrlich, du denkst schon lange nicht mehr nur an dich. Hättest du ansonsten einen Teil deines Vermögens dieser Familie in Berlin gestiftet? Und die Sache mit dem Ring. Du hättest damit sang- und klanglos verschwinden können. Aber das hast du nicht getan. Du warst in letzter Zeit immer für mich da, warst um mich besorgt."

Sie zuckte mit den Schultern. „Lilly hat immer gesagt, dass du kein schlechter Kerl bist. Und sie hatte recht. Ich vermute, die paar Tage in der Hölle haben das Gute in dir an die Oberfläche gekehrt. Dort hat man dich ganz schnell von deinem hohen Ross heruntergeholt. Und ja, ich würde gerne auf dich aufpassen, auch wenn ich glaube, dass das gar nicht mehr nötig ist.

Aber wie soll das jetzt alles weitergehen? Ich schreibe Bücher und lebe in England. Deine Familie lebt in Deutschland. Und was wirst du in Zukunft überhaupt machen?“

„Ich werde wieder fliegen.“

„Und wie willst du das anstellen? Offiziell bist du tot.“

„Sebastian besorgt mir gefälschte Papiere. Allerdings hast du recht, Jets werde ich keine mehr fliegen können. Die Sicherheitsvorkehrungen beim Militär sind zu hoch. In der zivilen Luftfahrt kommt man jedoch leichter unter.“ Er grinste. „Nun ja, ich wollte schon immer mal eine Boeing 747 oder einen A 380 fliegen. Könntest du damit leben, mit einem Piloten der British Airways oder Lufthansa zusammen zu sein? Und was Jessy betrifft: Schreiben kannst du doch auch ab und zu in Deutschland, oder?“

Olivia lächelte glückselig. „In so einer Pilotenuniform wirst du bestimmt rattenscharf aussehen. Einverstanden, unter zwei Voraussetzungen. Erstens: Du lässt die Finger von den Flugbegleiterinnen. Und zweitens: Du zeigst mir die Welt. Ich habe genug Geld auf der Seite, um auch mal First Class zu reisen. Da fühle ich mich vielleicht nicht so eingeengt. Und wenn du die Maschine fliegst, muss ich mir sowieso keine Gedanken machen.“

Er schmunzelte. „Ich hätte da auch schon eine Vorstellung, wie wir uns die Zeit auf diesen sterbenslangweiligen Langstreckenflügen vertreiben könnten.“ Mit diesen Worten beugte er sich über sie und küsste sie.

Epilog

Ein paar Wochen später

Niemand bemerkte den Mann in schwarzem Leder, der mit einem mächtigen Groll im Bauch die beiden Paare und das kleine Mädchen beim Picknicken beobachtete. Sie hatten eine Decke auf der Wiese ausgebreitet, auf der ein Korb mit Leckereien und eine Flasche Wein verharrten. Ausgelassen plauderten sie, genossen die Sonne und ihr wiedererlangtes Leben. Ein paar Meter entfernt spielte das Kind vergnügt mit seinem Kätzchen.

Luzifer fluchte leise vor sich hin. Es wurmte ihn immer noch maßlos, dass ihm die beiden Männer durch die Lappen gegangen waren. Jeder von ihnen wäre auf seine Art eine Bereicherung für die Hölle gewesen. Er war die Eintönigkeit dort so satt. Diese Unendlichkeit, die ihn umgab, war einfach nicht mehr zu ertragen. Genau wie diese alles vernichtende Einsamkeit. Die paar Tage auf der Erde hatten ihm so gutgetan, ihm gezeigt, was es bedeutete, wieder lebendig zu sein.

Zweifellos: Er hatte den Bogen ein wenig überspannt. Daher hatte er auch klein beigegeben, als Gott ihm angedroht hatte, die Erde in eine Insel des Friedens zu verwandeln. Wo blieb denn da der Spaß? So hatte er den Ring gezwungenermaßen zurückgegeben.

Doch seitdem zerbrach er sich unablässig den Kopf über diese Ringe. Wenn dieser verrückte Magier es geschafft hatte, solche Meisterstücke zu schmieden, musste das doch auch jemand anderes zuwege bringen. Dämonen, düstere Goldschmiede, Hexen und Kohorten anderer abartiger Geschöpfe tummelten sich seit

Jahrhunderten in der Hölle. Was, wenn er die Besten von ihnen damit beauftragte, einen weiteren Ring zu erschaffen? Das war doch nun wirklich nicht zu viel verlangt, oder?

Er musste lediglich dafür Sorge tragen, dass Thanatos oder Gott das niemals in Erfahrung brachten. Gleich morgen würde er mit seinen engsten Vertrauten an die Planung gehen.

Mit einem letzten neidischen Blick auf die gut gelaunten Paare löste er sich in Luft auf.

Doch das war nicht das Ende!

Er würde zurückkehren!

Vorschau Teil 3:

Was, wenn dem Herrscher der Hölle plötzlich langweilig in seinem Refugium wird und er sich in den Kopf setzt, die Erde in menschlicher Gestalt zu betreten? Doch der Ring, der ihn zum Leben erwecken soll, hat eine Fehlfunktion. So landet Luzifer statt in einer Metropole versehentlich in einem 500-Seelen-Nest in der Nähe von London, wo ihn ausgerechnet die bodenständige Ärztin Delilah aus einer prekären Situation rettet. Was für eine Ironie des Schicksals. Wo er doch einfach nur seinen Spaß haben wollte! Doch die junge Frau scheint ganz andere Pläne mit ihm zu haben.

Kann die wahre Liebe den Tod besiegen?

Packende Fantasy, prickelnde Erotik und eine Liebe, die es niemals geben dürfte.

Die neue Serie von Amanda Frost.

Weitere Bücher der Autorin:

Vom Tod geküsst (Teil 1 der Tod-Serie)

Er ist der Tod! Und er kommt, um sie zu holen!
Doch was, wenn sie nicht sterben kann? Und zudem völlig fasziniert von dem teuflisch gut aussehenden Fremden ist? Diese Frage muss sich die Krankenschwester Lilly stellen. Denn anscheinend gibt es nur eine Alternative: Sie muss sterben, ansonsten wird Sebastian in der Hölle schmoren. Doch soll das wirklich das Ende sein?

Wofür lebst du, wenn du längst gestorben bist?

Packende Fantasy, prickelnde Erotik und eine Liebe, die sich über den Tod hinwegsetzt.

Die neue Serie von Amanda Frost.

Gib mir meinen Stern zurück (Teil 1 der Siria-Reihe)

Dass ausgerechnet ein Chaot wie Rafael seinen Planeten Siria vor dem Aussterben retten soll, hätte er selbst nie für möglich gehalten. Und doch findet er sich plötzlich in München wieder, um mit der bildschönen, aber egozentrischen Schauspielerin Angelina Russo für Nachwuchs zu sorgen. Dummerweise gibt es nichts, was die bissige Diva mehr verabscheut als Kinder. Pech für Rafael – und Glück für Valerie, Angelinas Assistentin. Denn im Gegensatz zu ihrer Chefin ist sie zutiefst von dem attraktiven Mann mit den überirdisch strahlenden Augen fasziniert. Und spätestens als sie ein zottiges Tier in seiner Wohnung findet, das nicht von dieser Welt zu sein scheint, gerät ihrer beider Leben mächtig aus den Fugen.

Sei mein Stern (Teil 2 der Siria-Reihe)

Inzwischen hat es auch Rafaels jüngeren Bruder auf die Erde verschlagen: Simon, ein Computergenie mit begnadeter Intelligenz und einem Hang zur Alltagsuntauglichkeit. Nicht die ideale Kombination, um eine geeignete Frau aufzureißen, auch wenn man so höllisch attraktiv ist wie der spleenige Informatiker. So widmet er sich nach einigen missglückten Affären doch lieber dem Hacken von Computern. Bis er den fatalen Fehler begeht, sich mit der mächtigen deutschen Geheimdienstorganisation BSC anzulegen. Denn diese hetzt ihm postwendend ihre beste Undercoveragentin auf den Hals: Jana, eine 32-jährige skrupellose Power-Frau, die Simon in ein erbarmungsloses Katz-und-Maus-Spiel verwickelt. Bis beiden letztendlich die Kontrolle über die Geschehnisse entgleitet …

So fern wie ein Stern (Teil 3 der Siria-Reihe)

Hätte der Tierarzt Mark für Frauen nur ein halb so geschicktes Händchen wie für Tiere, würde sein Einsatz auf der Erde sicherlich erfolgreicher verlaufen. Denn kaum hat er die quirlige Elena kennengelernt, verliert sie bei einem Unfall ihr Gedächtnis. Eine Fügung des Schicksals? Vielleicht! Elena kauft ihm nämlich bedenkenlos ab, dass Außerirdische auf der Erde das Normalste der Welt sind. Orientierungslos, wie sie ist, verfrachtet Mark sie schließlich auf seinen Heimatplaneten Siria. Mitnichten darauf gefasst, dass der rothaarige Wirbelwind binnen kürzester Zeit nicht nur sein Leben, sondern auch das seiner beiden Töchter auf den Kopf stellt. Was aber, wenn Elena eines Tages ihr Gedächtnis wiedererlangt …?

13083227R00191

Printed in Poland
by Amazon Fulfillment
Poland Sp. z o.o., Wrocław